◉ 本书由江苏省高校优势学科项目资助出版

文 学 苏 州

编著：王家伦　谢勤国　张长霖
摄影：王家伦　王之喆

东南大学出版社
·南京·

图书在版编目(CIP)数据

文学苏州/王家伦,谢勤国,张长霖编著.—南京:
东南大学出版社,2022.6
　ISBN 978-7-5766-0129-9

　Ⅰ.①文…　Ⅱ.①王…②谢…③张…　Ⅲ.①中国文学-文学欣赏　Ⅳ.①I206

中国版本图书馆 CIP 数据核字(2022)第 088598 号

文 学 苏 州
Wenxue Suzhou

编 著 者：王家伦　谢勤国　张长霖
出版发行：东南大学出版社
社　　址：南京四牌楼2号　邮编：210096　电话：025-83793330
网　　址：http://www.seupress.com
经　　销：全国各地新华书店
排　　版：南京星光测绘科技有限公司
印　　刷：南京玉河印刷厂
开　　本：700 mm×1000 mm　1/16
印　　张：16
字　　数：310 千字
版　　次：2022 年 6 月第 1 版
印　　次：2022 年 6 月第 1 次印刷
书　　号：ISBN 978-7-5766-0129-9
定　　价：48.00 元

本社图书若有印装质量问题,请直接与营销部联系。电话(传真):025-83791830
责任编辑：刘庆楚　责任印制：周荣虎　封面设计：顾晓阳

代 序

苏州以山明水秀,人文荟萃闻名于世,其优美的历史人文环境,古往今来,引来无数文人墨客的向往与憧憬。与苏州有关的文学作品汗牛充栋,举不胜举。大量的诗歌、美文被反复吟诵,脍炙人口。

我们在《苏州古石桥》《姑苏名宅》《姑苏老街巷》《苏州文脉》出版以后,又推出了《文学苏州》一书,希冀读者从不同体裁的文学作品中对吴中大地有更多的了解。

书中涉及的"苏州"甚为宽泛,包括自秦置会稽郡,汉析吴郡,隋名苏州,宋元之平江以及明清苏州府所辖地域,并不局限于如今苏州市的范围。如此,也便于读者对苏州历史沿革有所了解。

书中通过古代文学中的小说、散文、诗词、剧本四种体裁的作品对苏州的描述,告诉读者苏州的概貌。诗文的作者以本籍人士为主,也有长期寓居苏州的宾客,或途经苏州稍作逗留的文士。不管他们在苏州生活了多长时间,在作品中都颂扬了这个自唐宋以来被称作"人间天堂"的地方。这些作品的作者的上限为两晋南北朝,下限为清末民初。

所介绍的小说起自"粗"具规模的志人志鬼作品,到"四大谴责小说"等中国文学名著,这些作品用大量的文字和细腻的笔触详述了与苏州有关的人物故事、市井风俗、历史事件等。而苏州文人对小说的贡献,更是引人注目。如唐之沈亚之等,如元明之施耐庵以及冯梦龙等,如清之金圣叹以及毛宗岗父子、俞樾等,如清末民初之金松岑以及曾朴等。或许是我等孤陋寡闻,目前尚未看见有关的著作正式涉及此块。

所选散文以游记为主,介绍了沧浪亭、虎丘、天平山、灵岩山、石湖、太湖与洞庭东山西山以及常熟的虞山等苏州山水风景和中秋、重九等节日活动,还涉及了一些平民人事。据我们所知,此块有关著作涉及较多,但大多遗漏一些颇有价值的有名或微名作者的作品,故本书有所涉足。

所选诗歌中最早问世的是陆机的《吴趋行》，此诗使得京城洛阳诸贵了解吴地人文，使向以龙头老大自居的"中原"人士对江南刮目相看。入唐以后，大批诗人在苏州留下大量优秀作品，更有韦应物、白居易与刘禹锡三位著名文人先后担任了苏州的最高领导，对推动苏州文化的发展起了重要作用，而张继的《枫桥夜泊》堪称流传最广，影响最钜的作品。

所选剧本作品主要为百戏之祖——昆曲作品中涉及的与苏州有关的英雄故事、传奇故事、爱情故事等。虽篇幅不多，但凭一孔可窥全豹。苏州戏剧的人才之茂、作品之丰，举世罕见。当然我们涉及的戏剧是"案头"的，舞台的一头不在文学的范畴，这里就不涉及了。

由于众所周知的原因，目前能见到的一些文学作品文字上出入较大，于是，我们只能尽量从自己能够找到的较为权威的版本中选材，就如彭定求的《全唐诗》、唐圭璋的《全宋词》以及较早问世的作者的作品选等。有些作品实在找不到比较权威的版本，而颇有文字出入，只能相互比较，选取我们认为恰当的文字。我们对每一篇入选作品均作了力所能及的注解，写了赏析文字。就赏析文字而言，尽量避开热点，写出自己的见解是原则。

本书考虑图文并茂，关于有关作者的画像，尽量用沧浪亭"500名贤"所涉及者；关于现场照片，一律自己拍摄；当然，一些老照片，只能翻拍。写作中如出现与前四本书相近的内容，用括号标注"参阅拙作××××"。

谢勤国
2020 年 10 月

目 录

第一编　小说与苏州

干宝《搜神记》与苏州 / 1
刘义庆《世说新语》与苏州 / 7
"唐宋传奇"与苏州 / 19
施耐庵《水浒传》与苏州 / 25
罗贯中《三国演义》与苏州 / 31
冯梦龙"三言"与苏州 / 37
凌濛初"二拍"与苏州 / 45
吴敬梓《儒林外史》与苏州 / 50
曹雪芹《红楼梦》与苏州 / 55
李汝珍《镜花缘》与苏州 / 64
石玉昆《三侠五义》与苏州 / 67
吴趼人《二十年目睹之怪现状》与苏州 / 72
李宝嘉《官场现形记》与苏州 / 78
金松岑、曾朴《孽海花》与苏州 / 82

第二编　散文与苏州

吴均散文中的苏州 / 89
张种散文中的苏州 / 91
苏舜钦散文中的苏州 / 93
文征明散文中的苏州 / 99
归有光散文中的苏州 / 102

陶望龄散文中的苏州 / 108

袁宏道散文中的苏州 / 111

李流芳散文中的苏州 / 114

姚希孟、文震孟散文中的苏州 / 116

张岱散文中的苏州 / 124

张溥散文中的苏州 / 127

叶小鸾散文中的苏州 / 131

宋荦散文中的苏州 / 134

张裕钊散文中的苏州 / 137

第三编 诗词与苏州

陆机诗咏苏州 / 140

李白诗咏苏州 / 143

张继诗咏苏州 / 148

韦应物诗咏苏州 / 150

白居易诗咏苏州 / 153

刘禹锡诗咏苏州 / 162

皮陆诗咏苏州 / 168

范仲淹诗咏苏州 / 174

贺铸诗咏苏州 / 179

范成大诗咏苏州 / 183

姜夔诗咏苏州 / 190

吴文英诗咏苏州 / 193

高启诗咏苏州 / 200

陆容诗咏苏州 / 209

杨循吉诗咏苏州 / 211

唐寅诗咏苏州 / 213

叶燮诗咏苏州 / 220

汪琬诗咏苏州 / 222

韩菼诗咏苏州 / 224

顾贞观诗咏苏州 / 226

沈德潜诗咏苏州 / 228

赵翼诗咏苏州 / 235

第四编　剧本与苏州

梁辰鱼《浣纱记》与苏州 / 238
李玉《清忠谱》与苏州 / 240
朱㙔《双熊梦》与苏州 / 243
叶时章《琥珀匙》与苏州 / 246

后　记 / 248

第一编 小说与苏州

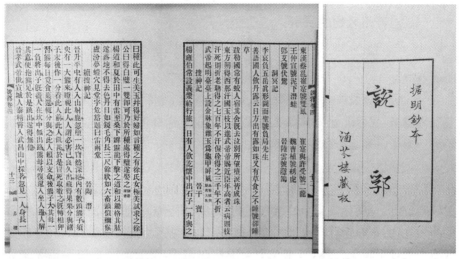

涵芬楼版《说郛》中的《搜神记》(民国)

干宝《搜神记》①与苏州

鲁迅将两晋南北朝的作品(《搜神记》与《世说新语》等)称为"规模粗具"的小说。"粗",指的是初步具备了小说的三要素,但还不甚到位。我们知道,小说的三要素是情节、环境与人物形象,"规模粗具"的意思是三要素相对到位,当然这个"到位"是相对而言的。

"规模粗具"的小说中,有一部属"志怪"的,它记录了一大批古代的神话传说和奇闻异事,内容生动丰富,情节曲折离奇,艺术价值很高,这就是干宝的《搜神记》。干宝(约282—351,一说?—336),字令升,新蔡(今河南省新蔡县)人,后迁居海宁盐官之灵泉乡(今属浙江)。《晋书·干宝传》说干宝有感于生死之事,"遂撰集古今神祇灵异人物变化,名为《搜神记》"。《搜神记》在中国小说史上有着极其深远的影响,被称作"中国志怪小说的鼻祖"。《搜神记》中的故事,有多处涉及苏州。

---

① 干宝.搜神记.长沙:岳麓书社,1987.本文所引原文材料,主要据此版本(适当参以他本)。

一、对苏州风物的展示

(一)

吴县张成夜起,忽见一妇人立于宅南角,举手招成曰:"此是君家之蚕室,我即此地之神。明年正月十五,宜作白粥,泛膏于上。"以后年年大得蚕。今之作膏糜像此。

——卷四

吃汤圆,是现代元宵节的饮食主题;其实,在唐宋以前,汤圆并不是元宵节的必食之物,正月十五吃白米粥才是风俗。且让我们看看这则故事,吴县的张成有一天夜里起床,忽然看见一个女子站在他住宅的南边,挥着手招呼张成说:"这是你们家的养蚕房,我就是这里的神仙。明年正月十五,你应该煮一些白米粥,在这养蚕房上涂一层米膏。"张成照着做,此后年年养蚕丰收。

(二)

江东名"余腹"者:昔吴王阖闾江行,食脍有余,因弃中流,悉化为鱼。今鱼中有名"吴王脍余"者,长数寸,大者如箸,犹有脍形。

——卷十三

苏州一带有一种名叫"余腹"的鱼。传说是当年吴王阖闾在长江中行进时,吃肉块没吃完,便把剩余的扔进江中,这些肉块就都变成了鱼。现在鱼当中有一种叫做"吴王脍余"的,长几寸,大的像筷子一样长,它们的身体还留有肉块的形状。对一些奇怪的动物,民间往往对他们的出现作出奇特的想象。据说,这种鱼就是现在的银鱼。然而由于太湖禁捕,如今想见到已经是不容易了。

太湖银鱼

二、预言类

(一)

汉文帝十二年,吴地有马生角,在耳前,上向。右角长三寸,左角长二寸,皆大二寸。刘向以为马不当生角,犹吴不当举兵向上也,吴将反之变云。京房《易传》曰:"臣易上,政不顺,厥妖马生角。兹谓贤士不足。"又曰:"天子亲伐,马生角。"

——卷六

汉文帝十二年(前168),吴国有马长出了角,长在耳朵的前面,向上竖起。右边的角长三寸,左边的角长两寸,粗细都是两寸。刘向认为马不应该长角,就好像吴国不应该兴兵来对待君王,这马长角预示着吴国将要发生叛乱。京房《易传》说:"臣下要取代君主,政治不顺,那怪异的事情是马长角。这是贤能的人不满足的象征。"又说:"天子亲自征伐,马就长角。"果然,公元前154年发生了吴楚七国之乱,虽然不久就被镇压下去,但造成的伤害是难以估量的。

(二)

永嘉五年,吴郡嘉兴张林家,有狗忽作人言云:"天下人俱饿死。"于是果有二胡之乱,天下饥荒焉。

——卷七

永嘉五年(311),吴郡嘉兴县人张林家有一条狗忽然说人话,说:"天下人都要饿死。"这一年,果然发生了羯人石勒与匈奴人刘聪的"二胡之乱",全国闹饥荒。狗能说人话,奇哉怪也,又成了预言家,不更怪乎!

三、褒奖类

何敞,吴郡人,少好道艺,隐居。里以大旱,民物憔悴,太守庆洪遣户曹掾致谒,奉印绶,烦守无锡。敞不受,退,叹而言曰:"郡界有灾,安能得怀道?"因跋涉之县,驻明星屋中。蝗蝝消死,敞即遁去。后举方正、博士,皆不就,卒于家。

——卷十一

何敞是吴郡人。年轻时爱好道术,隐居在家。有一年,家乡大旱,百姓生活非常贫困,吴郡太守庆洪派遣户曹掾送上名帖,拿着印章绶带,麻烦他署理无锡县的政事。何敞不肯接受,但退回室内后又感叹,他说:"郡内有灾害,我哪能一心扑在道术上呢?"于是他就徒步来到无锡县,用道术将太白金星停留在屋子里。等到蝗虫都死亡了,何敞就悄悄地离开了。后来推选他做方正、博士,他都没有去任职,老死在家里。我们无法考证何敞法术的真伪,但他为了一方平安丢弃个人修行,功成身退,不求闻达的行为确实值得赞赏。

四、因果报应类

> 吴郡海盐县北乡亭里,有士人陈甲,本下邳人。晋元帝时寓居华亭。猎于东野大薮,欻见大蛇,长六七丈,形如百斛船,玄黄五色,卧冈下。陈即射杀之,不敢说。三年,与乡人共猎,至故见蛇处,语同行曰:"昔在此杀大蛇。"其夜梦见一人,乌衣黑帻,来至其家,问曰:"我昔昏醉,汝无状杀我。我昔醉,不识汝面,故三年不相知。今日来就死。"其人即惊觉。明日,腹痛而卒。
>
> ——卷二十

吴郡海盐县北乡亭里,有一个名叫陈甲的人。在东晋元帝时期,他在华亭(如今上海松江,当时属于吴郡吴县)客居。一天,他到华亭东边的荒野去打猎,忽然,他发现大沼泽中有一条六七丈长的大蛇,形状就像一艘能装百斛粮食的大船,这条蛇身现黑黄五色花纹,它安静地卧伏在土冈下面,陈甲立即拔箭将它射死,且不敢宣扬。过了三年,陈甲和同乡一起去打猎,又来到原先发现蛇的地方。陈甲对同伴说:"以前,我在这里杀死了一条大蛇。"当天晚上,陈甲在梦中见到了一个穿着黑衣服,戴着黑头巾的人来到身边,向他问道:"那天你毫无道理地将我杀死。那时我醉了,没有看清你的面目,因此,三年来一直不知道是你,今天,你是来找死。"陈甲一惊,立即从梦中醒来。第二天,陈甲腹痛难忍,很快就死了。故事虽然不可思议,但劝人行善,却是实在的用心。

五、已经成型的小说

实际上,《搜神记》中的故事,有些已经很不"粗"了,与后来标志着文言短篇小说成熟的《唐宋传奇》中的故事不相上下。就如下面这则:

> 吴王夫差小女名曰紫玉,年十八,才貌俱美。童子韩重,年十九,

有道术。女悦之,私交信问,许为之妻。

重学于齐、鲁之间。临去,属其父母使求婚。王怒,不与。女玉结气死,葬阊门之外。三年重归,诘其父母,父母曰:"王大怒,玉结气死,已葬矣。"

重哭泣哀恸,具牲币,往吊于墓前。玉魂从墓出,见重流涕谓曰:"昔尔行之后,令二亲从王相求,度必克从大愿。不图别后,命遭奈何!"玉乃左顾宛颈而歌曰:"南山有鸟,北山张罗;鸟既高飞,罗将奈何!意欲从君,谗言孔多。悲结生疾,没命黄垆。命之不造,冤如之何!羽族之长,名为凤凰。一日失雄,三年感伤。虽有众鸟,不为匹双。故见鄙姿,逢君辉光。身远心近,何当暂忘?"歌毕,歔欷流涕,要重还冢。重曰:"死生异路,惧有尤愆,不敢承命。"玉曰:"死生异路,吾亦知之,然今一别,永无后期。子将畏我为鬼而祸子乎?欲诚所奉,宁不相信?"

吴王夫差

重感其言,送之还冢。玉与之饮燕,留三日三夜,尽夫妇之礼。临出,取径寸明珠以送重,曰:"既毁其名,又绝其愿,复何言哉!时节自爱。若至吾家,致敬大王。"

重既出,遂诣王,自说其事。王大怒曰:"吾女既死,而重造讹言,以玷秽亡灵,此不过发冢取物,托以鬼神。"趣收重。重走脱,至玉墓所诉之。玉曰:"无忧。今归白王。"王妆梳,忽见玉,惊愕悲喜,问曰:"尔缘何生?"玉跪而言曰:"昔诸生韩重来求玉,大王不许,玉名毁义绝,自致身亡。重从远还,闻玉已死,故赍牲币,诣冢吊唁。感其笃终,辄与相见,因以珠遗之,不为发冢。愿勿推治。"夫人闻之,出而抱之。玉如烟然。

——卷十六

正如鲁迅先生所说:"六朝人之志怪,却大抵一如今日之记新闻,在当时并非有意做小说。"这个故事的情节很完整,开端是吴王夫差的小女儿紫玉与少年韩重相爱;发展是吴王反对,紫玉气急郁闷而死,韩重得知后前去祭奠,紫玉的魂魄从坟中出来,对韩重诉说自己的无奈与痛苦,哭尽自己一生的冤屈;高潮是紫玉邀请韩重一起回到墓穴,相爱数日且赠给韩重一颗径寸明珠;结局是韩重被吴王误会,紫玉前去解释清楚后化作青烟飘散。就环境而言,故事发生在当时的吴国即现在的苏州阊门外,这个地方靠近在虎丘的吴王阖闾坟。尤其是塑造的几个人物形象,栩栩如生:紫玉长相美貌又颇具才华,性格刚烈,敢爱敢恨,对爱情一往情深,热情执着;韩重也是重情重义,一片真心;相比之下吴王却显得武断跋扈,独断专行。所以说,这篇小说具有完整的三要素,一点儿也不"粗"。

郭沫若认为《聊斋志异》是"写鬼写妖高人一等,刺贪刺虐入木三分"。然而,《聊斋志异》的这种风格,我们都能在《搜神记》中找到影踪,从上面所引的几则故事中,就能清晰地看出。可以说《搜神记》就是《聊斋志异》的"鼻祖"。

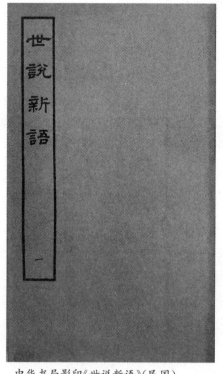 

中华书局影印《世说新语》(民国)

刘义庆《世说新语》①与苏州

鲁迅称两部作品为"规模粗具"的小说。除《搜神记》外,另一部就是刘义庆的"志人"作品《世说新语》(又称《世说》《世说新书》),其内容主要是记载东汉后期到六朝初期一些名士的言行与轶事。刘义庆(403—444),彭城(今江苏徐州)人,南朝宋武帝刘裕之侄。他"性简素,寡嗜欲",爱好文学,广招四方文学之士,聚于门下,著成《世说新语》一书,为中国古代文学的发展作出了巨大贡献。《世说新语》是中国魏晋南北朝时期"笔记小说"的代表作,是我国最早的一部文言志人小说集。它原本有八卷,被遗失后如今只剩三卷。

---

① 刘义庆.世说新语.上海:上海古籍出版社,1982.本文所引原文材料,主要据此版本(适当参以他本)。

《世说新语》中有不少与苏州相关的内容。秦初设天下36郡(相当于现在的省),其中的会稽郡基本上就是当年的吴、越两国,涉及如今苏南、浙北、上海、皖东南等地,而郡的治所就设在如今的苏州。所以说,《世说新语》中出现的"会稽",除少数能明显分辨为浙、皖、沪者以外,我们权都当做苏州。东汉永建四年(129),析原会稽郡的钱塘江以西部分设吴郡,治所在原会稽郡的治所吴县(今苏州姑苏区);而东南部仍称会稽,治所移到山阴(今浙江绍兴越城区)。所以说,《世说新语》中的吴郡、吴中,指的就是苏州了。

一、官场趣闻之所

(一)

贺太傅作吴郡,初不出门,吴中诸强族轻之,乃题府门云:"会稽鸡,不能啼。"贺闻,故出行,至门反顾,索笔足之曰:"不可啼,杀吴儿。"于是至诸屯邸,检校诸顾、陆役使官兵及藏逋亡,悉以事言上,罪者甚众。陆抗时为江陵都督,故下请孙皓,然后得释。

——政事篇

故事发生在三国东吴境内。会稽人贺邵被任命为吴郡太守,到任之初,不出府门一步。吴中的那些豪门士族都轻视他,竟在官府大门写上"会稽鸡,不能啼"的字样。贺邵听说后,故意走出门口,要求"笔墨伺候",补上一句"不可啼,杀吴儿",意思是别看我不吱声,我要杀掉你们这些吴中的坏人!于是到各大族的庄园,查核东吴大家族顾姓、陆姓奴役官兵和窝藏逃亡户口的情况,然后把事情本末全部报告给了朝廷。效果非常显著,因这一举动受到牵连的人非常多。当时正任江陵都督的是陆抗,他出面请求吴主孙皓,这些人才得到宽恕。这就是"不鸣则已,一鸣惊人"吧!

(二)

王东亭与张冠军善。王既作吴郡,人问小令曰:"东亭作郡,风政何似?"答曰:"不知治化何如,唯与张祖希情好日隆耳。"

——政事篇

东亭侯王珣和冠军将军张玄两人关系很好。王珣担任吴郡太守以后,有人问王珣的弟弟中书令王珉说:"你老兄担任吴郡太守,民风和政绩怎么样?"

王珉回答说:"不了解政绩教化怎么样,只是看到他和张玄的交情一天比一天深厚罢了。"看来,这个王珣一点儿也不勤勉,按现在的说法,就是不作为。但是,也可以这么认为,王珉作为弟弟,关心的是哥哥的日常起居、友朋往来,没去关心哥哥上班时的情况。还可以这样认为,王珣作为名臣王导的孙子,当时名门王氏的当家人,其政治地位很尴尬,王氏在王珣伯祖王敦造反失败后就处于尴尬境地,也许"不作为"才是最好的政治态度。魏晋六朝的"名士风度"大抵如此。王珣、王珉兄弟曾在苏州虎丘舍宅为寺,为后来虎丘的发展奠定了基础。

(三)

张凭举孝廉,出都,负其才气,谓必参时彦。欲诣刘尹,乡里及同举者共笑之。张遂诣刘,刘洗濯料事,处之下坐,唯通寒暑,神意不接。张欲自发无端。顷之,长史诸贤来清言,客主有不通处,张乃遥于末坐判之,言约旨远,足畅彼我之怀,一坐皆惊。真长延之上坐,清言弥日,因留宿。至晓。张退,刘曰:"卿且去,正当取卿共诣抚军。"张还船,同侣问何处宿,张笑而不答。须臾,真长遣传教觅张孝廉船,同侣惋愕。即同载诣抚军。至门,刘前进谓抚军曰:"下官今日为公得一太常博士妙选。"既前,抚军与之话言,咨嗟称善,曰:"张凭勃窣为理窟。"即用为太常博士。

——文学篇

张凭被举为孝廉后,到京都去,他仗着自己有才气,拜访丹阳尹刘真长。这时刘真长正在洗濯并处理一些事务,只是和他寒暄一下,就把他安排到下座,根本没有注意他。不久,一帮名流到刘家清谈,主客间有不能沟通的地方,张凭便远远地在末座上给他们分析评判,言辞精炼而内容深刻,把彼此心意表述得明明白白,满座的人都很惊奇。刘真长就请他坐到上座,和他清谈了一整天,竟然留他住了一夜。第二天,刘真长带他一起坐车去谒见抚军。到了大门口,刘真长先进去对抚军说:"下官今天给您找到一个太常博士的最佳人选。"张凭进见后,抚军和他谈话,不住赞叹,连声说好,于是就任用他做太常博士。看来,这就是三四百年后的韩愈所谓的千里马与伯乐的故事。

陆机(500名贤之一)　　陆云(500名贤之一)

（四）

  卢志于众坐，问陆士衡："陆逊、陆抗是君何物？"答曰："如卿于卢毓、卢珽。"士龙失色，既出户，谓兄曰："何至如此，彼容不相知也？"士衡正色曰："我父、祖名播海内，宁有不知，鬼子敢尔！"议者疑二陆优劣，谢公以此定之。

——方正篇

  这段文字牵涉到两户人家，河北人卢志的祖父是卢毓、父亲是卢珽；苏州人陆机(字士衡，参阅拙作《苏州文脉》)的祖父是陆逊、父亲是陆抗。卢志在大庭广众之下问陆机："陆逊、陆抗是您的什么东西(人)？"陆机回答说："就像你与卢毓、卢珽的关系一样。"陆机的弟弟陆云惊慌得变了脸色，出门之后，对兄长说："何必要这样说呢！他或许不了解我们的家世。"陆机严肃地说："我们的祖父与父亲名扬天下，难道还有不知道的？这小子竟敢如此直呼我们祖父与父亲的姓名!"当时评论陆氏兄弟的人难分两人的上下,谢安就根据这件事判定了他们的区别:陆机刚,陆云柔。

(五)

庞士元至吴,吴人并友之。见陆绩、顾劭、全琮,而为之目曰:"陆子所谓驽马有逸足之用,顾子所谓驽牛可以负重致远。"或问:"如所目,陆为胜邪?"曰:"驽马虽精速,能致一人耳。驽牛一日行百里,所致岂一人哉?"吴人无以难。"全子好声名,似汝南樊子昭。"

——品藻篇

陆绩(500名贤之一)

庞统(字士元)到了东吴,东吴的人都和他交往。见到了陆绩、顾劭、全琮等人,庞统如此评价他们:"陆绩就是人们所说的用来快跑的性子暴躁的马,顾劭是用来负重走远路的牛。"有人问:"如你所观察的,那么陆绩就胜一筹了吧?"庞统回答:"马虽快,只能载一人;牛一日能行百里,能载的只有一人吗?"陆绩为陆逊的叔叔,顾劭为东吴丞相顾雍的长子,都是苏州杰出的人才,也是吴中大户的杰出人物。庞统的评价,将两人的特点分辨得清清楚楚。

(六)

苏峻东征沈充,请吏部郎陆迈与俱。将至吴,密敕左右,令入阊门,放火以示威。陆知其意,谓峻曰:"吴治平未久,必将有乱。若为乱阶,请从我家始。"峻遂止。

——规箴篇

苏峻起兵东下讨伐沈充的叛军,带苏州人陆迈一起出征。快要到吴地的时候,苏峻吩咐手下人去阊门放火来显示军威。陆迈明白苏峻的意图,对他说:"吴地刚太平了不久,这样做一定会引起骚乱。你一定要这样做,请从我家开始放火。"初看,似乎陆迈大公无私,实际上是一种机智的规劝——所幸的是苏峻罢手了。

（七）

孙皓问丞相陆凯曰："卿一宗在朝有人几?"陆曰："二相、五侯、将军十余人。"皓曰："盛哉!"陆曰："君贤臣忠,国之盛也;父慈子孝,家之盛也。今政荒民弊,覆亡是惧,臣何敢言盛!"

——规箴篇

东吴皇帝孙皓问丞相陆凯(陆逊的侄儿)说："你们陆氏家族在朝中做官的有多少人?"陆凯说："两个丞相,五个侯爵、十几个将军。"孙皓说："真兴旺啊!"陆凯说："君主贤明,臣下尽忠,这是国家兴旺的象征;父母慈爱,儿女孝顺,这是家庭兴旺的象征。现在政务荒废,百姓困苦,臣唯恐国家灭亡,还敢说什么兴旺啊!"心中只有国家没有自家,在一个后期沉溺酒色、昏庸暴虐、专于杀戮的皇帝面敢说这样的话,谁还能说吴人懦弱!

（八）

戴渊少时游侠,不治行检,尝在江、淮间攻掠商旅。陆机赴假还洛,辎重甚盛。渊使少年掠劫。渊在岸上,据胡床指麾左右,皆得其宜。渊既神姿峰颖,虽处鄙事,神气犹异。机于船屋上遥谓之曰："卿才如此,亦复作劫邪?"渊便泣涕,投剑归机,辞厉非常。机弥重之,定交,作笔荐焉。过江,仕至征西将军。

——自新篇

戴渊年轻时,任侠气盛,行为不检,曾在长江、淮河上劫掠商贾游客。陆机休假后回洛阳,携带的行李物品很多,戴渊指使一些少年抢劫。戴渊当时在岸上,坐在胡床上指挥手下行动,条条有理。戴渊原本就神采出众,即使干这种巧取豪夺的事情,也显得洒脱异常。陆机在船舱里,隔着很远对他说："你这样才华出众的人,怎么也当强盗呢?"戴渊听罢哭了,丢掉佩剑归附了陆机。戴渊后在军中作战勇敢,表现突出,一直做到征西将军,都督北方军事,位在祖逖之下。仅仅一句话,就使得一个强盗弃暗投明,陆机的能力可见一斑——这不由得使人想起了邱迟的《与陈伯之书》。

二、名人琐事

（一）

吴郡陈遗，家至孝，母好食铛底焦饭。遗作郡主簿，恒装一囊，每煮食，辄贮录焦饭，归以遗母。后值孙恩贼出吴郡，袁府君即日便征。遗已聚敛得数斗焦饭，未展归家，遂带以从军。战于沪渎，败。军人溃散，逃走山泽，皆多饥死，遗独以焦饭得活。时人以为纯孝之报也。

——德行篇

苏州人陈遗是个大孝子，他的母亲喜欢吃煮饭时产生的锅巴，他在外每次煮饭，总要收集锅巴，带回家给母亲吃，因此总是随身带着一袋锅巴，养成了习惯。后来孙恩在苏州作乱，陈遗带着锅巴从军作战。部队吃了败仗，军人们都饿死了，只有陈遗靠随身带着的那些锅巴活了下来。显然，陈遗得以活命是因为纯厚的孝心，这就是"善有善报"吧。

（二）

顾荣在洛阳，尝应人请，觉行，炙人有欲炙之色，因辍己施焉。同坐嗤之。荣曰："岂有终日执之，而不知其味者乎？"后遭乱渡江，每经危急，常有一人左右己，问其所以，乃受炙人也。

——德行篇

顾荣，字彦先，苏州人，东吴丞相顾雍之孙。这样的一个世家大族的公子哥，和一群圈子里的朋友吃顶级大餐——烤肉。顾荣发现端盘子的服务人员馋涎欲滴，心生恻隐，就把自己的那份烤肉赠送给了这个服务人员。就是这一次不经意而为，却数次在危难中获得了对方相救；就那位服务员而言，也是滴水之恩涌泉相报了。

顾荣（500名贤之一）

（三）

道壹道人好整饰音辞，从都下还东山，经吴中。已而会雪下，未甚寒，诸道人问在道所经。壹公曰："风霜固所不论，乃先集其惨澹。郊邑正自飘瞥，林岫便已浩然。"

——言语篇

道壹道人是个得道的高僧(古时亦称和尚为"道人")，颇能说出有禅理的话语。他经过苏州时正好遇到下雪，但感觉上不怎么寒冷。别人问他感觉时，他却说道："一路寒风固然不用说了，只是先聚起暗淡的阴云。然后郊野的村落才只见雪花飘掠，四周的山林就已一片白茫茫了。"这，或许就是因景忘情吧！

（四）

张季鹰辟齐王东曹掾，在洛，见秋风起，因思吴中菰菜羹、鲈鱼脍，曰："人生贵得适意尔，何能羁宦数千里以要名爵？"遂命驾便归。俄而齐王败，时人皆谓为见机。

——识鉴篇

张翰（500名贤之一）

晋时的张翰(字季鹰，参阅拙作《苏州文脉》)是苏州人，他在首都洛阳的齐王司马冏麾下就职。一天，他看见秋风起了，便想起老家吴中的菰菜羹和鲈鱼脍，说道："人生可贵的是能够顺心罢了，怎么能远离家乡到几千里外做官，来追求名声和爵位呢！"于是坐上车就南归了。不久齐王败死，张翰逃过一劫。当时人们都认为他能洞察事情的苗头。珍惜生命，不贪恋官爵，实在是高明。张翰的家，一般认为在如今苏州的昆山与吴江的交界处周庄一带。

（五）

蔡司徒在洛，见陆机兄弟住参佐廨中，三间瓦屋，士龙住东头，士衡住西头。士龙为人文弱可爱,士衡长七尺余,声作钟声,言多忼慨。

——赏誉篇

司徒蔡谟在洛阳时,看到陆机(士衡)、陆云(士龙)兄弟两人住在僚属的官署中。三间瓦屋,士龙住在东边,士衡住在西边。士龙文雅纤弱,性格可爱;士衡则身高七尺有余,说话像钟声一样洪亮,言辞大多慷慨激昂。这对陆氏兄弟的褒奖可都说到了点子上。或许,当中的那间就是蔡谟的住处。后来,"三间瓦屋"就成了形容友人或自己住处的典故。

(六)

庾长仁与诸弟入吴,欲住亭中宿。诸弟先上,见群小满屋,都无相避意。长仁曰:"我试观之。"乃策杖将一小儿,始入门,诸客望其神姿,一时退匿。

——容止篇

庾统,字长仁,他和弟弟们过江来到吴地,途中想在驿亭里住宿。几个弟弟先进去,看见满屋都是平民百姓,这些人一点回避的意思也没有。长仁说:"我试着进去看看。"于是就拄着拐杖,扶着一个小孩走了进去。刚进门,其他旅客们望见他的神采,一下子都躲开了。可见,庾长仁和他的那些弟弟们气质不可同日而语。

(七)

贺司空入洛赴命,为太孙舍人。经吴阊门,在船中弹琴。张季鹰本不相识,先在金阊亭,闻弦甚清,下船就贺,因共语,便大相知说。问贺:"卿欲何之?"贺曰:"入洛赴命,正尔进路。"张曰:"吾亦有事北京。"因路寄载,便与贺同发。初不告家,家追问,乃知。

——任诞篇

绍兴人贺循到京都洛阳任职,经过吴郡的阊门时,在船上弹琴。吴人张翰(字季鹰)原本不认识他,这时候正在金阊亭上,听见琴声非常清朗,下船去找贺循,于是就一起高高兴兴地谈论起来,结果彼此加深了了解。张翰问贺循:"你要到哪里去?"贺循说:"到洛阳去就职,正在赶路。"张翰竟然没有告诉家里,就和贺循一同上路去洛阳。从吴郡阊门前往洛阳,何止三五百里！或许这就是知音难觅，不肯放过一切机会吧。

（八）

王子猷尝行过吴中，见一士大夫家极有好竹。主已知子猷当往，乃洒扫施设，在听事坐相待。王肩舆径造竹下，讽啸良久，主已失望，犹冀还当通。遂直欲出门。主人大不堪，便令左右闭门，不听出。王更以此赏主人，乃留坐，尽欢而去。

——简傲篇

今日金阊亭

王子猷有一次到外地去，经过苏州，他知道苏州一个士大夫家有个很好的竹园。竹园主人已经知道王子猷会去，就洒扫布置一番，在正厅里坐着等他。王子猷却不理睬主人，径直坐着轿子来到竹林里，玩赏了很久。主人感到很失望，还希望他返回时会派人来通报一下，可他竟然要一直出门去。主人忍受不了了，就叫手下的人去关上大门，不让他出去。王子猷却因此更加赏识主人，留步坐下，尽情欢乐了一番才走。怪人就是作怪，就是这个王子猷，住在绍兴时，雪夜乘船到嵊县拜访戴安道，到了门口却不进去，径自乘船回家！

（九）

王子敬自会稽经吴，闻顾辟疆有名园。先不识主人，径往其家。值顾方集宾友酣燕，而王游历既毕，指麾好恶，傍若无人。顾勃然不堪曰："傲主人，非礼也；以贵骄人，非道也。失此二者，不足齿人，伧耳！"便驱其左右出门。王独在舆上回转，顾望左右移时不至，然后令送著门外，怡然不屑。

——简傲篇

这个王子敬就是书法家王献之。他听说苏州顾辟疆有个花园很有特色，虽然并不认识这个名园的主人，他从会稽郡经过吴郡，还是径直到人家府上去了。正巧顾辟疆和宾客朋友设宴畅饮，可是王子敬游遍了整个花园后，只在那里指点评论优劣，根本不跟主人打招呼。顾辟疆实在忍受不住，就把他赶出门去。你狂妄，总得有个礼貌，被扫地出门，丢尽了面子，又能怪谁呢？

（十）

陆士衡初入洛，咨张公所宜诣；刘道公是其一。陆既往，刘尚在哀制中。性嗜酒，礼毕，初无他言，唯问："东吴有长柄壶卢，卿得种来不？"陆兄弟殊失望，乃悔往。

——简傲篇

世家大族出身的苏州人陆机（字士衡）兄弟初到京都洛阳，征求张华的意见，看看应该去拜访谁。张华认为其中之一就是刘道真。陆氏兄弟前去拜访时，刘道真还在守孝。行过见面礼，正在服丧期间，但生性喜欢喝酒的刘道真竟然问道："东吴有一种长柄葫芦，你带来种子没有？"这可使得陆氏兄弟大失所望。刘义庆将这个故事放在"简傲"栏中，也可见其用心。

（十一）

张苍梧是张凭之祖，尝语凭父曰："我不如汝。"凭父未解所以，苍梧曰："汝有佳儿。"凭时年数岁，敛手曰："阿翁，讵宜以子戏父？"

——排调篇

这是苏州一家祖孙三代的故事。张镇（曾任苍梧太守）是张凭的祖父，有一次，他对张凭的父亲说："我不如你。"张凭的父亲不明所以，张苍梧说："你有个好儿子。"张凭当时只有几岁，他拱手说道："爷爷，你怎么可以拿儿子来戏弄父亲呢？"张镇的弦外之音是抱怨自己的儿子没出息，他的儿子确

张陵禅寺

实不聪明，居然"未解所以"。但是只有几岁的孙子张凭却听出了话外之音，一句"你怎么可以拿儿子来戏弄父亲呢？"解除了父亲的尴尬。苏州甪直镇有张陵山，据说就是张镇的墓葬地。当然，水网地区的所谓"山"，就是数十米的土墩。该处如今建有张陵禅寺。

（十二）

褚太傅初渡江，尝入东，至金昌亭，吴中豪右，燕集亭中。褚公虽

素有重名,于时造次不相识别。敕左右多与茗汁,少着粽,汁尽辄益,使终不得食。褚公饮讫,徐举手云:"褚季野。"于是四坐惊散,无不狼狈。

——轻诋篇

担任太傅的褚裒(póu)(字季野)刚到江南时,曾经到吴郡去。到了苏州阊门外的金阊亭,遇到吴地的豪门大族正在亭中聚会宴饮。褚季野虽然有很高的名声,但一向为人低调,当时那些富豪匆忙中不认识他,只是吩咐手下人多给他茶水,少摆上其他食品。茶喝完了就添上,让他始终也吃不上其他食品。褚季野喝完茶,慢慢和大家作揖、谈话,说:"我是褚季野。"于是满座的人惊慌地散开,个个进退两难。真所谓"人不可貌相,海水不可斗量"。

三、苏州风物

陆机诣王武子,武子前置数斛羊酪,指以示陆曰:"卿江东何以敌此?"陆云:"有千里莼羹,但未下盐豉耳。"

——言语篇

苏州人陆机一次去拜访山西太原人王济。王济指着眼前的羊奶酪说:"你们苏州一带有什么东西能抵得上这种美味?"陆机说:"我们江东的莼菜羹已抵得上这种羊奶酪,如果再加上咸味的豆豉,羊奶酪还能相比吗?"其中,可见陆机对家乡风物的自豪感。

一部《世说新语》,描尽了世间(尤其是上层社会)百态,而苏州,也因《世说新语》而突出,我们要感谢刘义庆的生花妙笔。

泰伯庙外门

"唐宋传奇"与苏州

传奇,指情节离奇或人物行为不寻常的故事,文学史上一般指唐宋人用文言写作的短篇小说。唐代与宋代的传奇中有不少情节曲折、文笔精美的作品,这些作品的出现标志着中国文言短篇小说的成熟。鲁迅"发意匡正",重新编辑一部可以凭信的唐宋传奇集,选录传奇《古镜记》《补江总白猿传》《离魂记》等40余篇,编成《唐宋传奇集》一本。《唐宋传奇集》于1927年编定,由北新书局出版,1956年文学古籍刊行社重印出版。另外,在《新唐书》《全唐诗》等著作中也选录了一些传奇作品。

一、"唐传奇"的苏州作者

说起"唐传奇",苏州有一位重要作家,那就是韩愈的门下士,唐宪宗元和十年(815)乙未科状元沈亚之。沈亚之(生卒年不详),字下贤,湖州乌程县(今浙江湖州)人,寄居当时吴县的松陵镇(今属苏州吴江区),也就是说,他是"半个"苏州人——或许是"大半个"苏州人。

沈亚之初至长安,曾投韩愈门下,与李贺结交,与杜牧、张祜、徐凝等友善。举不第,李贺为歌以送归。元和十年(815)成状元。后入朝为秘书省正字。长庆元年(821),补栎阳尉。四年,升任福建团练副使,后累迁至殿中丞御史内供奉。太和三年(829)为德州行营使柏耆判官。耆贬,亚之亦谪南康尉。后终郢州掾。亚之著有文集三卷,《新唐书·艺文志》有载。其集中有传奇小说《湘中怨辞》《异梦记》《秦梦记》三文,为唐代传奇文中的"白眉"。所谓"白眉"用的是三国时的典故,有语云:"马氏五常,白眉最良。"这里是说沈亚之的三篇传奇是唐代传奇中最好的一批作品之一。

李贺曾为他作《送沈亚之歌》①,笔者将李贺的《送沈亚之歌》摘录于下:

送沈亚之歌(并序)

[唐] 李 贺

文人沈亚之,元和七年,以书不中第,返归于吴江。吾悲其行,无钱酒以劳,又感沈之勤请,乃歌一解以送之。

吴兴才人怨春风,桃花满陌千里红。
紫丝竹断骢马小,家住钱塘东复东。
白藤交穿织书笈,短策齐裁如梵夹。
雄光宝矿献春卿,烟底蓦波乘一叶。
春卿拾材白日下,掷置黄金解龙马。
携笈归江重入门,劳劳谁是怜君者。
吾闻壮夫重心骨,古人三走无摧挫。
请君待旦事长鞭,他日还辕及秋律。

从这首诗看,天才李贺对沈亚之是很赞赏的。

沈亚之的传奇《湘中怨辞》《异梦记》《秦梦记》三篇都是人神相恋之作。从作品来看,沈亚之是一个才气横溢,激情奔放,而又富有浪漫气息的作家。

可以这样说,在"唐传奇"时代,苏州人写小说,小说中写苏州,都已渐入佳境了。

---

① 彭定求.全唐诗.郑州:中州古籍出版社,1996:2388.

二、《柳毅传》与苏州

鲁迅的《唐宋传奇集》中,李朝威的传奇作品《柳毅传》与苏州大有瓜葛。《柳毅传》讲了一个曲折缠绵的爱情故事,概况如下:

> 唐高宗李治仪凤年间(676—679),落第书生柳毅回乡,途中路过泾阳,遇见洞庭龙君的小女儿在荒野牧羊。龙女向他诉说了嫁与泾水龙君之子后,备受丈夫和公婆迫害的情形,托柳毅带信至洞庭龙宫。柳毅激于义愤,替她投书。洞庭龙君之弟钱塘君勇武过人,性情急躁,飞身而出,击杀了泾水龙宫六十万兵将,将小龙女救回。事后,龙宫上下对柳毅敬谢不已。钱塘君深感柳毅为人高义,要把龙女嫁给他,但因言语傲慢,遭到柳毅的严词拒绝。后来,小龙女不忘柳毅之恩,扮作凡间女子嫁入柳家,两人终成眷属。

历史上有争议的就是洞庭湖的位置。《柳毅传》中说:"有儒生柳毅者,应举下第,将还湘滨。"看来柳毅的家乡就在湖南,虽然文中的"洞庭龙君"未曾注明是何处洞庭湖的龙君,但文中还有"月余到乡,还家,乃访友于洞庭",既然是先到位于"湘滨"的家,那么从这点来看,这个洞庭湖就是湖南湖北交界处的洞庭湖了。

然而,很多苏州人却认为这个洞庭湖应该是苏州附近的太湖。

首先,同样收入《唐宋传奇集》中的李公佐的《古岳渎经》中有"至九年春,公佐访古东吴,从太守元公锡泛洞庭,登包山,宿道者周焦君庐"一句,意思是跟从吴地太守元锡游览洞庭湖,登上洞庭湖中的包山。包山就是太湖中的洞庭西山,那么,这个洞庭湖就是太湖。

李公佐,公元813—848年间在世,李朝威大约生活于公元766—820年之间,也就是说,两李生活的年代差不多。不管怎样,两李所处之时的太湖叫做洞庭湖也应该没有问题。实际上,太湖中的两个岛

洞庭东山柳毅井

一直叫做洞庭东山与洞庭西山(改名为"金庭")。

其次,位于太湖中的东山另有柳毅井,此柳毅井现在东山启园之内,东山本地盛产橘子,称为"洞庭红",太湖之边肯定有大橘树。这又应了《柳毅传》中"洞庭之阴,有大橘树焉,乡人谓之'社橘'。君当解去兹带,束以他物。然后叩树三发,当有应者。因而随之,无有碍矣。"柳毅井有明大学士王鏊的题款石碑一块,属于苏州市文保单位。这说明此井至少在明代就有,或许还要早得多。另外,苏州阊门内五峰园中一个土山上有一个六角亭子,现今题额为柳毅亭,传说亭下土山为柳毅的衣冠冢,亭旁中有一口井,称为"柳毅井",据说就是柳毅进龙宫之大门。

此外,从唐代起,苏州就有多处水仙庙。那么苏州的水仙又是祭祀何方神圣呢?民间大致上有两种说法,一说是伍子胥,一说是柳毅。我们更倾向于柳毅,因为苏州城内外多有伍相庙祭祀伍子胥,如果水仙庙还祭祀伍子胥,不免重复太甚。虽说伍相是潮神,说是水仙也无大错,但是既然已经有了专祀,那水仙庙还祭祀他的可能性就不大了。据民国《吴县志》记载:"宋高宗南渡胥江显应",说的是宋高宗赵构被金兀术追赶避难南逃,至苏州胥江渡河,曾有柳毅神灵现身。或许就此吓退金兵,使得赵构能安全渡河南逃。为此"敕封为水仙明王",这就是为什么苏州有那么多水仙庙的原因之一。苏州古城区内凤凰街与十全街交界处有条水仙弄(参阅拙作《苏州老街巷》),以弄内有水仙庙而得名,方志记载所祀神为唐柳毅。

最后,至于李朝威为何将故事搬到"湘滨",有一个传说或许能说明问题。简单说,就是古人认为洞庭湖君山与太湖洞庭山之间有地下洞府相通。太湖中有洞庭山,一名包山;洞庭湖中有洞庭山,一名君山。南朝盛弘之的《荆州记》曰:"君山上有道通吴之包山。今太湖亦有洞庭山,亦潜通君山,故得名耳。"北朝郦道元的《水经注》也认为:"洞庭湖中有山,曰洞庭山。山有石穴潜通吴之包山。郭景纯所谓巴陵地道者也,是山湘君所游处,故名君山。"既然南北朝时就认为两湖相通,那么,叫同样的名称也就没什么不可以理解了。

诸葛亮隐居的隆中,人们历来在湖北襄阳与河南南阳之间争论不休,这是事实。实际上,《柳毅传》毕竟是小说,小说中的具体环境,是作者根据情节发展与人物形象塑造的需要而设置的,何必死认一根筋呢?留下故事中的美好,这才是现实的,才是当下人们面对传统文化更应采取的态度。

三、传奇与苏州祭祀习俗

有一篇唐传奇保存在《全唐诗》中,记载的故事是进士刘景复在泰伯庙送客醉酒,梦见紫衣王者相邀,为作"胜儿胡琴歌",梦醒而回。基本上也是唐人传奇的老套路:醉酒—遇仙—作诗—惊醒。这篇传奇无足称者,但是留下了唐代苏州泰伯庙祭祀的习俗,也是最早记载泰伯庙送别的文献,这就弥足珍贵了。

梦为吴泰伯作胜儿歌[①]

[唐] 刘景复

吴郡泰伯祠,市人赛祭,多绘美女以献。岁乙丑,有以轻绡画侍婢捧胡琴者,名为胜儿,貌逾旧绘。巫方献舞,进士刘景复过吴,适置酒庙东通波馆。忽欠伸思寝,梦紫衣冠者言让王奉屈,随至庙,揖而坐。王语之曰:"适纳一胡琴妓,艺精而色丽,知吾子善歌,奉邀作胡琴一曲以宠之。"因命酒,为作歌,王召胜儿授之。刘寤,传其歌吴中云。

繁弦已停杂吹歇,胜儿调弄逻娑拨。
四弦拢拈三五声,唤起边风驻明月。
大声嘈嘈奔溽溽,浪蹙波翻倒溟渤。
小弦切切怨飕飕,鬼哭神悲秋寒窣。
倒腕斜挑掣流电,春雷直戛腾秋鹘。
汉妃徒得端正名,秦女虚夸有仙骨。
我闻天宝十年前,凉州未作西戎窟。
麻衣右衽皆汉民,不省胡法暂蓬勃。
太平之末狂胡乱,犬豕崩腾恣唐突。
玄宗未到万里桥,东洛西京一时没。
汉土民皆没为虏,饮恨吞声空呜咽。
时看汉月望汉天,怨气冲星成彗孛。
国门之西八九镇,高城深垒闭闲卒。
河湟咫尺不能收,挽粟推车徒兀兀。
今朝闻奏凉州曲,使我心神暗超忽。
胜儿若向边塞弹,征人泪血应阑干。

按诗歌内容,刘景复应该是"安史之乱"之后的人,而且写作时天下干戈未

---

① 彭定求. 全唐诗. 郑州:中州古籍出版社,1996:5300.

息。推断是玄宗末年至肃宗代宗时期的人。以传奇为载体,呈现自己写的诗歌,也颇有情趣。由于此诗与苏州密切相关,故收录评析。

被称为"让王"的吴泰伯祠在苏州。市民们常去祭祀,乙丑年的这一天,有人把画着美女捧胡琴的绡奉献于神前,画上的美女容貌远胜旧日绘画,绘画者因此把她叫做"胜儿"。对着这样的盛况,女巫正要起舞。进士刘景复经过这儿,在泰伯庙东面的通波馆摆酒,忽然打哈欠想睡觉,梦见一个穿紫袍戴高冠的人对他说:"让王(按:指泰伯)邀请你,刘先生。"听后,刘景复随他到泰伯庙旁,行礼坐下。让王对刘生说:"刚才纳了一个会弹胡琴的歌姬,技艺精湛容貌美丽。我知道先生善于作歌,故而邀请先生作胡琴歌来荣宠她。"刘景复突然惊醒,作了这首诗。(诗长达32句,不逐句翻译)

这里可以告诉我们这样一些信息:其一,当时苏州经常有祭祀泰伯庙的活动;其二,泰伯庙祭祀有特殊风俗,一是画祭品奉献,特别是胡琴婢的出现,很奇特,二是有女巫起舞;其三,唐朝中后期泰伯庙是送别的场所。此泰伯庙乃东汉郡守糜豹所建,位于阊门外三乐湾,五代十国时吴越国将之移到如今的苏州阊门内下塘。顺便说一下,从诗歌所呈现的动作来看,诗中的"胡琴"应该是琵琶吧!

元末明初,也有人将元杂剧称为"传奇"。自从宋元南戏在明代规范化、典雅化、声腔化之后,传奇就成为不包括杂剧在内的明清中长篇戏曲剧本的总称。

施耐庵雕塑

施耐庵《水浒传》①与苏州

《水浒传》根据宋江起义故事为线索创作而成,作为一部长篇英雄传奇,是中国古代长篇小说的代表作之一。宋江起义发生在北宋徽宗时期,在《宋史》的《徽宗本纪》《张叔夜传》等文本中都有记载。从南宋起,宋江起义的故事就在民间流传,最终由施耐庵将之成书。《水浒传》是我国第一部以农民起义为题材,而且有很大成就的长篇小说,是我国人民最喜爱的古典长篇白话小说之一,在中国乃至世界文学史上占有极重要的地位。

一、施耐庵与苏州

《水浒》,现在把著作权归于施耐庵名下,其实历来争议很多。比较早的百回本《水浒》的署名是"罗贯中的本,施耐庵编次"。从署名来看似乎罗贯中是原作者,而施耐庵是加工润色者。其实也无所谓原作者,《水浒》故事从宋代说

---

① 施耐庵.水浒传.北京:光明日报出版社,2009.本文所引原文材料,主要据此版本(适当参以他本)。

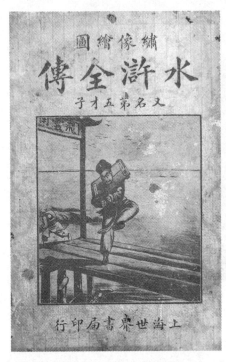

上海世界书局版《水浒传》(民国)

话人开始就很丰富,杨志、呼延灼、关胜等人故事已经在民间广为流传。宋高宗命龚开作《三十六人图赞》,《水浒》故事已经渐成体系。而宋末的长篇话本《大宋宣和遗事》的出现则标志着《水浒》故事基本成型。元杂剧的《水浒》剧目甚多,更标志着《水浒》故事深入人心。在这样的基础上,元末明初,由罗贯中或者施耐庵,或者两人合作整理,进行再创作,自然是水到渠成的事情了。又有一说法,罗贯中曾师事施耐庵。如果属实,两人合作《水浒》再创作的可能性就更大了。

施耐庵(约1296—约1370),原名彦端,字肇瑞,号子安,别号耐庵。施耐庵其人正史无著录,即使文人笔记也少见。所以胡适先生就认为是"乌有先生""亡是公"者流。对施耐庵研究的突破在抗战期间,苏北解放区的兴化县共产党县长是个文化人,发现治下的施家桥有施耐庵墓、施家祠堂、施氏家谱等文物,经过他的宣传,施耐庵其人的事迹渐渐为人所知。

赵伯英和奇林编著的《施耐庵年谱》①中说:

> 公元1296年秋,1岁,生于苏州城外施家巷,取名彦端,字子安,号耐庵。父名施元德,字长卿,母为卞氏。施氏是孔子弟子施之常的后裔。
> 公元1308年,13岁,在苏州城外的浒墅关季氏家塾就读。
> 公元1311年,15岁②,在季家继续就读。在季家就读的时间很长,此后季先生的女儿嫁给了他。
> 公元1314年,19岁,考中秀才,同季氏结婚……

---

① http://www.zhcchina.com/asp/Article.asp? Artic.
② 不知何故,此条为周岁,其余皆为虚岁。

按以上这种说法,施耐庵不但祖籍苏州,而且生于苏州、长于苏州,还娶苏州妻子,是个彻头彻尾的苏州人。当然,这还是"人道是",没有佐证。

也有一种说法,他们施家是洪武年间从苏州迁往苏北兴化的,施耐庵在兴化写下了《水浒传》,估计属于"洪武赶散"(参阅拙作《姑苏老街巷》)人群之一。

还有人认为是钱塘(今杭州)人。还有人认为是苏北的兴化大丰白驹场(今盐城市大丰区)人,也就是说,与张士诚同乡。

比较公认的是施耐庵隐居在兴化写成《水浒传》,写完后没过几年病逝。

民间认为,张士诚起兵反元,在平江路(行政区划,今苏州)称吴王,由于他的部将卞元亨与施耐庵相交甚密,张士诚特聘施耐庵为军师。后张士诚降元,施耐庵屡谏不从。张士诚在苏州称王以后,日渐腐化,贪享逸乐,不纳忠言,施耐庵也是屡谏不从。失望之下,一度赴江阴祝塘镇教书。朱元璋发兵围攻张士诚,施耐庵亲见或者亲闻张士诚被女婿潘元绍出卖,苏州城被攻破,张士诚身死。据说由于对"潘"姓的成见很深,《水浒传》中的两个出卖丈夫的坏女人都姓了"潘":一个是潘金莲,一个是潘巧云。

二、《水浒传》的版本与金圣叹

一般认为,《水浒传》分70回本、100回本和120回本三个系统。

其中以百回本为最古,而在120回本这一版本中增添的平田虎与王庆共20回,即使在《水浒传》安排的时间上也难以自圆其说,所以一般认为是后人强塞进去的。

此外还有明末清初苏州才子金圣叹根据120回本删节、润色而成的70回本。金圣叹假托得到古本,将原书的第1回改为楔子,这样,原来正文的第71回就成了第70回,即梁山泊英雄排座次,最后让卢俊义做了一个108将全部被俘的噩梦。所以这个70回的本也可以称为71回本。金圣叹本在客观上保留了《水浒传》的精华部分,经他修改、润饰过的文字水平更高,文本受到了文人阶层的很大推崇,流传很广。

我们这里有必要介绍一下苏州才子金圣叹。

金圣叹(1608—1661)(参阅拙作《苏州文

金圣叹画像(著者翻拍)

脉》),明末清初苏州人,著名的文学家、文学批评家,因"哭庙"一案被当局冤杀。金圣叹的主要成就在文学批评这一领域,对《水浒传》《西厢记》《左传》等书及杜甫诸家唐诗都有评点。

金圣叹接触通俗文学很早。据说11岁那年,他无意中得到一本《忠义水浒传》,立刻就被迷住,一口气将全书读完。放下书本时,他感到眼界大开:原来世上还有这样未被列入"圣贤书"的好书。成年后,他仕途失意,遂专以评点古书为事业。他把《离骚》、庄子的《南华经》、《史记》、杜甫诗、《水浒传》与《西厢记》定为"天下六才子书",并准备一一评点。在清军入关之前,金圣叹就完成了《水浒传》的评点并出版。

中国人的传统价值观是"尚古",所以金圣叹很聪明,他腰斩《水浒传》就是打着"得到古本"的旗号。后来苏州人毛宗岗父子效其故智,也是打着"得到古本"的旗号改编《三国演义》。只是金圣叹说的是得到施耐庵的"古本",毛氏父子则是说得到罗贯中的"古本",这也是第一次明确这两本书的著作权所属。

因金圣叹书斋名贯华堂,所以后世称被金圣叹"腰斩"的《水浒传》为贯华堂本。对于贯华堂本的争论是很激烈的,一种意见是认为金圣叹真的得到了古本,至今一些日本学者还持这种观点;一种意见是金圣叹伪托古本,中国几代学者基本上持这种观点。而认为是伪托古本的学者大多认为金圣叹破坏了全书的结构,是《水浒》的罪人。鲁迅在他的中国小说史发轫之作《中国小说史略》中就表达了这种观点,认为金圣叹把《水浒》弄成了"断尾巴蜻蜓"。另一种观点则认为金圣叹本大大提高了《水浒》的艺术品位,是《水浒》的功臣。如今我们的观点倾向于后者。

金圣叹为什么要"腰斩"《水浒传》? 因为他少年时读《忠义水浒传》就有一种感觉,认为小说70回以后的文本是他人(罗贯中)续作,文字不好,是"恶札"。所以他裁剪《水浒传》,使其截止于"排座次",在水浒事业达到巅峰时戛然而止,并以水浒全伙被抓的噩梦预示水浒未来的走向。胡适说:"他删去《水浒》的后半部,正是因为他最爱《水浒》,所以不忍见《水浒》受'狗尾续貂'的耻辱。"关于金圣叹腰斩与评点《水浒传》的功过,从清初以来就毁誉不一。但是需要注意的是在《水浒传》的众多版本中流传最广、妇孺皆晓的本子,就是经他删改的金本《水浒传》。

金圣叹对腰斩以后的本子进行了全面的润色,我们只要用现在市场上习见的120回本的后50回的文字与70回本对照,就可以体会两者的优劣高下了。即使从这个点来看,也可以体会到金圣叹的非凡才华。

金圣叹对《水浒传》评价非常高,认为"天下之文章无出《水浒》右者"。金圣叹认为书中有许多写作方法是其他书里所不曾有的。因此,金圣叹总结出十几种可供当今写作者参考的写作方法。例如反衬法:要衬宋江奸诈,就写李逵的直率;要衬石秀的尖利,就写杨雄的糊涂。例如重复法:连续写如武松打虎、李逵杀虎、二解争虎;潘金莲偷汉后,又写潘巧云偷汉;江州城劫法场后,又写大名府劫法场……

小说的根本在于塑造人物。《水浒传》写108个人性格,真是108样。例如,同是写人物的粗鲁,鲁达的粗鲁是性急,史进粗鲁是少年任气,李逵粗鲁是蛮,武松粗鲁是豪杰不受羁约,阮小七粗鲁是悲愤无说处,焦挺粗鲁是气质不好。

金圣叹认为,《水浒传》中可以算得"上上人物"的只有九个:武松、鲁达、林冲、吴用、花荣、阮小七、杨志、李逵、关胜。

三、《水浒传》中的苏州大战

《水浒传》的前70回,除了说到一个白面郎君郑天寿是苏州人外,基本没有涉及苏州,因为梁山好汉活动的场所基本在北方。

《水浒传》中方腊的势力范围很大。平定王庆后,燕青混入东京玩耍,听到一个老人道:"客人原来不知。如今江南草寇方腊反了,占了八州二十五县,从睦州(今杭州淳安)起,直至润州(江苏镇江),自号为一国,早晚来打扬州。因此朝廷已差下张招讨、刘都督去剿捕。"也就是说,方腊的势力由浙江、安徽东南扩大到了整个江南。那么,苏州就是方腊起义占据的主要地盘了,施耐庵"安排"了"三大王"方貌驻守。所以,梁山好汉征讨方腊,苏州自然成为主战场。首先,在攻打润州、毗陵(今常州)时,苏州就是方腊军队的大后方,方腊军队人员时时到苏州找方貌请示或求救。如"小人姓吴名成,今年正月初七日渡江。吕枢密直教小人去苏州,见了御弟三大王方貌","苏州又有使命,擎御弟三大王令旨到来","中将告急文书,去苏州报与三大王方貌求救。闻有探马报来,苏州差元帅邢政领军到了","众将且坚守,等待苏州救兵来到,方可会合出战","吕师囊引着许定,逃回至无锡县,正迎着苏州三大王发来救应军兵","吕枢密会同卫忠、许定三个,引了败残军马,奔苏州城来告三大王求救"……

正式的苏州城攻坚战,是在攻破无锡县后。

第一回合是方貌手下的"八骠骑"与宋江手下的八员大将在城西的决战:

> 这十六员猛将,都是英雄,用心相敌,斗到三十合之上,数中一将,翻身落马,赢得的是谁?美髯公朱仝,一枪把苟正刺下马来。两

阵上各自鸣金收军,七对将军分开,两下各回本阵。
——第一百一十三回 混江龙太湖小结义 宋公明苏州大会垓

第二个回合是宋江部下攻取苏州周围各县,如江阴、太仓、吴江等。

第三回合是破城,李逵等猛将混进城内杀将起来。

第四个回合是高潮:

且说三大王方貌急急披挂上马,引了五七百铁甲军,夺路待要杀出南门,不想正撞见黑旋风李逵这一伙,杀得铁甲军东西乱窜,四散奔走。小巷里又撞出鲁智深,抡起铁禅杖打将来。方貌抵当不住,独自跃马,再回府来。乌鹊桥下转出武松,赶上一刀,掠断了马脚,方貌倒撷将下来,被武松再复一刀砍了,提首级径来中军,参见先锋请功。此时宋江已进城中王府坐下,令诸将各自去城里搜杀南军,尽皆捉获……
——第一百一十三回 混江龙太湖小结义 宋公明苏州大会垓

乌鹊桥

就这样,以礼乐著称的苏州城一时充满了血腥,"替天行道"的强盗对"不替天行道"的强盗大开杀戒,这难道不是悲剧吗? 从这个语段可看出,施耐庵将方貌的"王府"定位在张士诚的"皇宫"——如今的体育场一带,想要出当时苏州的南门——如今的盘门,必须经过乌鹊桥。试想,如果不是对苏州城万分熟悉,施耐庵能写得这么详细、真实吗?

在明代的正德、嘉靖年间,苏州名士文征明就曾"听人说宋江",在明代后期,苏州及其附近一带说"水浒传"的风气形成。可以这么说,《水浒传》在苏州一带深入人心,这些说书艺人功不可没。无论如何,《水浒传》作为中国小说中的典范,小说中运用的写作手法,对中小学生的阅读与写作将会产生积极的影响。

襄阳古隆中

罗贯中《三国演义》[①]与苏州

罗贯中（约 1330—约 1400），名本，字贯中，号湖海散人，山西并州太原府人。7 岁开始在私塾读"四书五经"。14 岁时母亲病故，则辍学随父亲去苏州、杭州一带做生意。然而罗贯中对商业不感兴趣，他感兴趣的是文学创作，创作了《三国演义》（又称《三国志通俗演义》，或《三国志演

罗贯中雕塑

---

① 罗贯中.三国演义.南京:江苏古籍出版社,1996.

义》)。《三国演义》是中国文学史上第一部章回小说,是历史演义小说的开山之作,也是第一部文人长篇小说,中国古典四大名著之一。

一、毛氏父子改编《三国演义》

上海会文堂版《三国演义》扉页(民国)

我们如今看见的《三国演义》,实际上是清代苏州人毛宗岗(1632—1709以后)与他父亲毛纶合作的改编本。毛氏父子仿效金圣叹删改《水浒传》的做法,声称得《三国演义》古本,对罗贯中原著进行删改,并在章回之间夹写批语,题为"圣叹外书""声山别集",又伪作金圣叹序冠于卷首,名为第一才子书。此即今天流行的120回本,它取代旧本广为流行。毛氏父子评改之后的《三国演义》,超越了以往所有的版本。在情节上变动很大,不仅有增删,还整顿回目,修正文辞,改换诗文。与原著比较,尊刘抑曹的"正统"观念和天命思想明显加强,在表现技巧、文字修饰方面也颇有提高。

毛宗岗父名毛纶,生卒年不详。毛纶与金圣叹是同时代人,颇有文名,但一生困顿不仕。中年以后,双目失明,乃评《三国志演义》等书以自娱。评书时,由他口授,再由其子毛宗岗校订、加工和最后定稿。所以可以看做是父子合作。

(一)提倡"尊刘抑曹"的"正统"观念

毛氏修改后的《三国志演义》中"拥刘反曹"的封建正统观念比原作大大增强,且这一正统观念始终贯穿在修订后的全书中。暂且不说具体内容,如果我们看看《三国演义》的120个回目,就能发现一点端倪。除却一些中性的姓名、字号、官职等称呼,回目中称刘备之名、之举不吝赞美之词,如第一回"宴桃园豪杰三结义 斩黄巾英雄首立功"、第三十五回"玄德南漳逢隐沧 单福新野遇英主"、第四十一回"刘玄德携民渡江 赵子龙单骑救主"、第八十回"曹丕废帝篡炎刘 汉王正位续大统";而称呼曹操,则用上了一些难听的词语,如第二十三回"祢正平裸衣骂贼 吉太医下毒遭刑"、第二十四回"国贼行凶杀贵妃 皇叔败走投袁绍"、第六十九回"卜周易管辂知机 讨汉贼五臣死节"、第七十八回"治风疾神医身死 传遗命奸雄数终"。

(二) 表现技巧大大提高

《三国演义》为人称道的"文不甚深,言不甚俗"的语言风格是经毛氏父子的润色而形成的。

毛氏父子在评点《三国演义》时看重《三国演义》一书的艺术价值和审美功能,这是突破性的进展。他们对《三国演义》文学价值的挖掘很是深入,体现在文本中运用的表现技巧也大大提高。刘备第二次访问卧龙岗时,来到诸葛亮的草堂,抬头看见中门上有一副对联:"淡泊以明志,宁静而致远",于是便被深深地吸引住了。毛宗岗在这副对联下批了一句话:"观此二语,想见其为人。"此时,诸葛亮虽尚未出场,但这副对联却道出了他俭朴的生活、处世的态度,以及不凡的抱负。我们知道,三国时期是没有对联的,五代后蜀孟昶的"新年纳余庆,佳节号长春"是有史可考的第一副对联。实际上,这副对联是毛氏父子增补进去的,后人都说补得好,好就好在给草堂添上了风雅的色彩,言简意赅地介绍了草堂主人的"为人",起到了未见其面先知其人的作用。看来,他不但熟读了诸葛亮的作品,对他的为人也了如指掌。

1994版84集电视剧《三国演义》被视为经典,一曲片头曲《滚滚长江东逝水》传唱至今,经久不衰。这首明代大学者、诗人杨慎原作的《临江仙》就是毛宗岗父子引用到《三国演义》卷首的,由此成为点睛之笔。

二、《三国演义》中涉及的苏州

三国时期,尚没有"苏州"这个称呼,只有"吴县"这一说法。但是,在文本中却出现数以百计的"东吴"这一称呼。就地域而言,东吴相当于现在江苏南部、浙江全境、安徽东南部地区,即以当今苏州为核心的地域。然而,它更是孙吴势力的代称。叙述人称之为"东吴",如第三十八回《定三分隆中决策 战长江孙氏报仇》中有"且说东吴各处山贼,尽皆平复"。曹魏集团称之为"东吴",如第四十二回《张翼德大闹长坂桥 刘豫州败走汉津口》中有"曹操与众将议曰:'今刘备已投江夏,恐结连东吴,是滋蔓也,当用何计破之?'"蜀汉集团称之为"东吴",如第四十二回《张翼德大闹长坂桥 刘豫州败走汉津口》中有"孔明曰:'曹操势大,急难抵敌,不如往投东吴孙权,以为应援。使南北相持,吾等于中取利,有何不可?'"实际上,孙吴集团内部也自称"东吴",如第四十三回《诸葛亮舌战群儒 鲁子敬力排众议》中有"张昭又曰:'主公不必多疑。如降操,则东吴民安,江南六郡可保矣。'"

《三国演义》中多次出现"吴郡",吴郡是地名,吴郡的核心部分就是如今的苏州市姑苏区。吴郡所辖属县:吴县(今苏州市姑苏区)、娄县(今昆山东北)、由拳(今嘉兴南)、海盐(东汉时在今平湖东南)、余杭、钱唐(今杭州钱塘)、富春(今富阳)、乌程(今湖州)、阳羡(今宜兴)、无锡、毗陵(今常州)、曲阿(今丹阳)、丹徒(今镇江)等。《三国演义》中,有些人,尤其是东吴的人就是吴郡人,如孙坚、朱桓、张温等。

《三国演义》中,攻取、占据、主政吴郡的事例数不胜数,有一场战斗就发生在吴郡:

> 时有严白虎,自称"东吴德王",据吴郡,遣部将守住乌程、嘉兴。当日白虎闻策兵至,令弟严舆出兵,会于枫桥。舆横刀立马于桥上。有人报入中军,策便欲出。张纮谏曰:"夫主将乃三军之所系命,不宜轻敌小寇,愿将军自重。"策谢曰:"先生之言如金石;但恐不亲冒矢石,则将士不用命耳。"随遣韩当出马。比及韩当到桥上时,蒋钦、陈武早驾小舟,从河岸边杀过桥来,乱箭射倒岸上军。二人飞身上岸砍杀,严舆退走。韩当引军直杀到阊门下,贼退入城里去了。
> ——第十五回 太史慈酣斗小霸王 孙伯符大战严白虎

从两军"会与枫桥"和"直杀到阊门下"来看,这场战斗被安排在如今苏州城姑苏区的西部,而所谓的"据吴郡",就是占领了苏州城。

《三国演义》的第三十九回中涉及一个地名"吴会",这个吴会,应该是吴郡与会稽郡的合称。《三国演义》还提到了"吴中"。

> 瑜闻大惊,行坐不安,乃思一计,修密书付来人持回见孙权。权拆书视之。书略曰:"瑜所谋之事,不想反复如此。既已弄假成真,又当就此用计。刘备以枭雄之姿,有关、张、赵云之将,更兼诸葛用谋,必非久屈人下者。愚意莫如软困之于吴中,盛为筑宫室以丧其心志,多送美色玩好以娱其耳目,使分开关、张之情,隔远诸葛之契,各置一方,然后以兵击之,大事可定矣。今若纵之,恐蛟龙得云雨,终非池中物也。愿明公熟思之。"
> ——第五十五回 玄德智激孙夫人 孔明二气周公瑾

这处的吴中,可做两重理解:其一,吴郡的某地;其二,孙氏的势力范围之中——并不是现在的吴中区。实际上,历史上孙氏势力的发祥地是吴郡(苏州)。孙策从袁术处借兵渡江袭取曲阿(今丹阳),始据有江东。建安元年

(196)渡浙江取会稽,二年(197)占领吴郡。后诛杀通敌的吴郡太守许贡,以母舅吴景为吴郡太守。于是以吴郡为根据地,攻取豫章(今南昌)、庐陵(今吉安)等地扩展势力。建安五年(200)孙策被许贡家将刺伤,伤重而死,临终传位于弟孙权。孙坚夫妇与孙策的墓都在苏州。建安十七年(212)孙权始建石头城(今南京)。所以说,吴郡一直是东吴的中心。

玄德曰:"只恐吴中将士加害于先生。"孔明曰:"瑜在之日,亮犹不惧;今瑜已死,又何患乎?"乃与赵云引五百军,具祭礼,下船赴巴丘吊丧。于路探听得孙权已令鲁肃为都督,周瑜灵柩已回柴桑。
……
鲁肃出谓庞统曰:"非肃不荐足下,奈吴侯不肯用公。公且耐心。"统低头长叹不语。肃曰:"公莫非无意于吴中乎?"
——第五十七回 柴桑口卧龙吊丧 耒阳县凤雏理事

孔明曰:"某已料曹操必有此谋,然吴中谋士极多,必教操令曹仁先兴兵矣。"
——第七十三回 玄德进位汉中王 云长攻拔襄阳郡

这三个"吴中",应该就是指孙氏的势力范围了。

三、《三国演义》与苏州评话

苏州评话在明末清初形成,是用苏州方言讲故事的口头语言艺术。其语言由第一人称即说书人的语言和第三人称即故事中人物的语言两部分组成,而且以前者为主。这就和戏剧的语言有质的区别。它是讲故事,而不是演故事。第一人称语言称"表",第三人称语言称"白","表"和"白"以散文为主,只说不唱。苏州评话"三国"可以分为四个阶段:第一阶段,清嘉庆、道光年间为苏州评话"三国"的开创时期,出现了说"三国"的著名艺

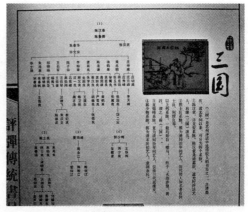

《三国》是苏州评弹的传统书目

人陈汉章。第二阶段：咸丰、同治年间至清末，苏州评话"三国"发展史上出现了流派纷呈、名家众多的繁荣局面。第三阶段：清末经民国时期是苏州评话"三国"的继续发展期，出现了名家唐再良、黄兆麟等人。第四阶段：建国以来苏州"三国"评话进入整理和发展期，并在前人基础上形成现当代四大流派，即"张三国""陆三国""唐三国""汪三国"①。在苏州评话"三国"这一阶段中，该书情节不断拓展，篇幅也逐渐增多。如《千里走单骑》由原作的两回半书发展为十七回；《三顾茅庐》由小说两回发展为十二回书；《孔明初用兵》由小说一回半发展为十五回书，《长坂坡》由小说两回发展为十五回书；《群英会》《草船借箭》《火烧赤壁》《三气周瑜》由原来的十四回半发展为六十五回。可以说在《三国演义》流传的过程中苏州评话艺人付出了很多的心血和努力。

  胡适在《三国演义序》中写道："在几千年的通俗教育史上，没有一部书比得上他的魔力。五百年来无数的失学国民从这部书里得着了无数的常识与智慧，从这部书里学会了看书写信作文的技能，从这部书里学到了做人与应世的本领。"的确，《三国演义》在大众传播方面做得很好，在很长一段时间内，《三国演义》成为人们理解历史的基础。甚至明末的几位著名的文盲将领左良玉、李自成、张献忠都把《三国演义》当做教科书，从中学打仗。但也正因为其传播时间之长、流传范围之广，这其中的内容与观点在不知不觉中，就成为很多人所信赖的真实事件。然而，我们在阅读的时候，还是应该仔细辨别某些东西。如在《三国演义》中把女性作为异类，女性价值是不被重视的，是父权制社会的牺牲品。对此，立足接受论的角度，读者要对《三国演义》一书进行品析，取其精华，去其糟粕。

---

① 韩霄. 三国故事说唱文学研究[D]. 扬州大学，2012.

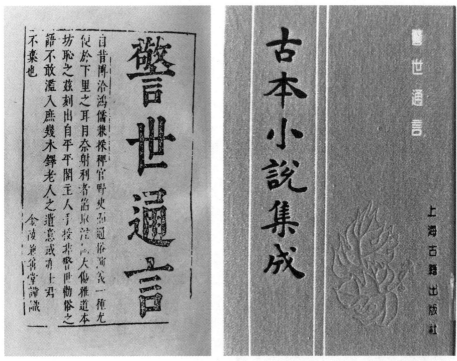

上海古籍出版社版《古本小说集成》中的《警世通言》

冯梦龙"三言"①与苏州

"三言",是明代苏州才子冯梦龙编辑的三个短篇小说集《喻世明言》《警世通言》与《醒世恒言》的合称,是明代拟话本小说的代表作。拟话本是明代兴起的短篇小说的一种形式,实际上就是文人模拟宋元话本而进行的创作。它与话本的共同点都是运用当时的"白话";其不同点是拟话本不再是说话艺人说唱的底本,而是专供人们阅读欣赏的文学作品。拟话本这种短篇小说形式的大量出现,标志着宋元以来开创的说唱文学已逐渐脱离了口头创作阶段,进而发展成为作家的书面文学。

"三言"中的有些作品来自宋元话本,冯梦龙在对其进行编辑的同时,进行

---

① 冯梦龙.冯梦龙全集.南京:凤凰出版社,2007.

了一定的修订,可以看成是冯梦龙的文本重构;另外也有冯梦龙自己的创作。

一、姑苏才子冯梦龙

冯梦龙塑像

冯梦龙(1574—1646),字犹龙,又字子犹、公鱼,号龙子犹、墨憨斋主人等等。苏州人,是明代重要的思想家和我国最负盛名的通俗文学家。冯梦龙出身名门世家,弟兄三人被称为"吴下三冯"。其兄冯梦桂是画家,其弟冯梦熊是太学生,作品均已不传。冯梦龙将主要精力放在写历史小说和言情小说上,他自己的诗集今也不存。但值得庆幸的是由他编纂的三十种著作得以传世,为中国文化宝库留下了一批不朽的珍宝,其中以"三言"的影响最大、最广。

冯梦龙如今已是苏州家喻户晓的历史人物,然而在近百年前,还不甚为人所知。1920年,鲁迅在北京大学讲授中国小说史时并未提及此人;直到1930年撰写《中国小说史略》时方才话及,然而那时未真正涉及"三言","仅知其序目"。随着"三言"和其他著作被挖掘,借助现代传播手段得以广泛流传,冯梦龙作为通俗小说家逐渐被学界认可,为社会公众所认同。但是值得注意的是,冯梦龙以及他作品的价值和意义,并没有得到应有的恰如其分的估量。正如瑞典汉学家、作家马悦然所言,欧洲人最早接触中国文学是"三言",欧洲人知道冯梦龙比知道曹雪芹早了好几十年,可惜中国古代对这位通俗文学大家很不重视。补充一下,马悦然是莫言获得诺贝尔文学奖的推手,他对中国文学有深入的研究,这番话分析得很有道理。

冯梦龙所处的时代,正是西方的文艺复兴时期,由于新思潮席卷全球,我们这个有着几千年文明的东方大国也受到西方的一些影响,开始出现了动荡。随着城市工商业的发展,社会财富的积累,明代中晚期出现了封建统治的危机,具体表现在以道德信条为基础的国家统治机器迅速显现出它的脆弱性。旧有的道德价值体系,实质上已不可避免地面临瓦解。一般认为,冯梦龙编辑、整理"三言"的主要目的就是为了"喻世""警世""醒世",唤醒世人,改变世风;实际上还有一个非常重要的作用,那就是"知世",让读者了解当时时局的变化。作为地道的苏州人,冯梦龙的"三言"中多次借助苏州表现了历史的动荡。

相城区所建的冯梦龙故居

关于冯梦龙之死,有两种说法,一是自然死亡;二是因为有抗清行为,被清军所杀。如果是后者,就是冯梦龙及其作品在清代不被重视的原因吧!

二、"三言"中展现的明中后期的苏州

首先是太湖风貌,苏州城西的太湖是那样的浩渺。且看:

> 这太湖在吴郡西南三十余里之外。你道有多少大?东西二百里,南北一百二十里,周围五百里,广三万六千顷,中有山七十二峰,襟带三州。哪三州?苏州、湖州、常州。东南诸水皆归。一名震泽,一名具区,一名笠泽,一名五湖。何以谓之五湖?东通长洲松江,南通乌程霅溪,西通义兴荆溪,北通晋陵滆湖,东通嘉兴韭溪,水凡五道,故谓之五湖。那五湖之水,总是震泽分流,所以谓之太湖。就太湖中,亦有五湖名色,曰:菱湖、游湖、莫湖、贡湖、胥湖。五湖之外,又有三小湖:扶椒山东曰梅梁湖,杜圻之西、鱼查之东曰金鼎湖,林屋之东曰东皋里湖:吴人只称做太湖。那太湖中七十二峰,惟有洞庭两山最大:东洞庭曰东山,西洞庭曰西山,两山分峙湖中。其余诸山,或远或近,若浮若沉,隐见出没于波涛之间。有元人计谦诗为证:
>
> 周回万水入,远近数州环。南极疑无地,西浮直际山。
>
> 三江归海表,一径界河间。白浪秋风疾,渔舟意尚闲。
>
> 那东西两山在太湖中间,四面皆水,车马不通。欲游两山者,必假舟楫,往往有风波之险。昔宋时宰相范成大在湖中遇风,曾作诗一首:

>白雾漫空白浪深,舟如竹叶信浮沉。科头宴起吾何敢,自有山川印此心。
>
>——《醒世恒言》第七卷 钱秀才错占凤凰俦

其次看"三言"与苏州工商业。一般认为,苏州是中国资本主义萌芽的先驱地区,比如当年仓街上大量的手工作坊,以及葛成领导的织工起义(参阅拙作《苏州文脉》)都可证明。苏州吴江盛泽是一个有悠久历史的丝绸纺织重镇,早在明清时期就有发达的丝绸织造业和繁荣的丝绸贸易往来,与苏州、杭州、湖州并称为中国的四大绸都。关于盛泽丝绸业的盛况,"三言"中就有描绘:

>说这苏州府吴江县,离城七十里,有个乡镇,地名盛泽。镇上居民稠广,土俗淳朴,俱以蚕桑为业。男女勤谨,络纬机杼之声,通宵彻夜。那市上两岸绸丝牙行,约有千百馀家,远近村坊织成绸匹,俱到此上市。四方商贾来收买的,蜂攒蚁集,挨挤不开,路途无伫足之隙。乃出产锦绣之乡,积聚绫罗之地。江南养蚕所在甚多,惟此镇处最盛。有几句口号为证:东风二月暖洋洋,江南处处蚕桑忙。蚕欲温和桑欲干,明如良玉发奇光。缲成万缕千丝长,大筐小筐随络床。美人抽绎沾唾香,一经一纬机杼张。咿咿轧轧谐宫商,花开锦簇成匹量。莫忧入口无餐粮,朝来镇上添远商。
>
>且说嘉靖年间,这盛泽镇上有一人,姓施,名复,浑家喻氏,夫妻两口,别无男女。家中开张绸机,每年养几筐蚕儿,妻络夫织,甚好过活。这镇上都是温饱之家,织下绸匹,必积至十来匹,最少也有五六匹,方才上市。那大户人家,积得多的,便不上市,都是牙行引客商上门来买。
>
>——《醒世恒言》第十八卷 施润泽滩阙遇友

如此的盛况,如此的熙熙攘攘,如此的产、供、销一条龙,也只有苏州才有。正因为苏州有如此的繁华,所以各处人士都愿意到苏州赚钱,甚至到苏州定居。如《喻世明言》第一卷中的蒋兴哥、陈大郎特地到苏州做生意,虽几经周折也不悔;第二十三卷《张舜美灯宵得丽女》导言中的张生,特地到苏州安居;《警世通言》第三十四卷《王娇鸾百年长恨》中的张客人特地到苏州收货……

书中塑造的苏州商人形象也深入人心,明代以来的苏州经济更加鼎盛,在苏州这片土地上,"贱商"的思想渐趋淡薄,这中间涌现出许多成功的商人,他们重义轻利,敢拼敢闯,吃苦耐劳,为苏州腾飞的经济作出贡献。冯梦龙在"三言"中塑造的商人形象也在小说表现人物多样性时留下绚烂的一笔。

  施复是个小户儿,本钱少,织得三四匹,便去上市出脱。一日,已积了四匹,逐匹把来方方折好,将个布袱儿包裹,一径来到市中。……施复分开众人,把绸递与主人家。主人家接来解开包袱,逐匹翻看一过,将秤准了一准,喝定价钱,递与一个客人道:"这施一官是忠厚人,不耐烦的,把些好银子与他。"那客人真个只拣细丝称准,付与施复。施复自己也摸出等子来准一准,还觉轻些,又争添上一二分,也就罢了。讨张纸包好银子,放在兜肚里,收了等子、包袱,向主人家拱一拱手,叫声有劳,转身就走。行不上半箭之地,一眼觑见一家街沿之下,一个小小青布包儿。施复趱步向前,拾起袖过,走到一个空处,打开看时,却是两锭银子,又有三四件小块,兼着一文太平钱儿。……连忙包好,也揣在兜肚里,望家中而回。一头走,一头想……看看将近家中,忽地转过念头,想道:"这银两若是富人掉的,譬如牯牛身上拔根毫毛,打什么紧,落得将来受用。若是客商的,他抛妻弃子,宿水餐风,辛勤挣来之物,今失落了,好不烦恼! 如若有本钱的,他拼这帐生意扯直,也还不在心上。倘然是个小经纪,只有这些本钱,或是与我一般样苦挣过日,或卖了绸,或脱了丝,这两锭银乃是养命之根,不争失了,就如绝了咽喉之气,一家良善,没甚过活,互相埋怨,必致鬻身卖子。倘是个执性的,气恼不过,肮脏送了性命,也未可知。我虽是拾得的,不十分罪过,但日常动念,使得也不安稳。就是有了这银子,未必真个便营运发迹起来。一向没这东西,依原将就过了日子。不如原往那所在,等失主来寻,还了他去,到得安乐。"随复转身而来,正是:多少恶念转善,多少善念转恶。劝君诸善奉行,但是诸恶莫作。

  当下,施复来到拾银之处,靠在行家柜边,等了半日,不见失主来寻。他本空心出门的,腹中渐渐饥饿,欲待回家吃了饭再来,犹恐失主一时间来,又不相遇,只得忍着等候。少顷,只见一个村庄后生,汗流满面,闯进行家,高声叫道:"主人家,适来银子忘记在柜上,你可曾检得么?"主人家道:"你这人好混帐! 早上交银子与了你,这时节却来问我,你若忘在柜上时,莫说一包,再有几包也有人拿去了。"那后生连把脚跌道:"这是我的种田工本,如今没了,却怎么好?"施复问道:"约莫有多少?"那后生道:"起初在这里卖的丝银六两三钱。"施复道:"把什么包的? 有多少件数?"那后生道:"两大锭,又是三四块小的,一个青布银包包的。"施复道:"恁样,不消着急。我拾得在此,相候久矣。"便去兜肚里摸出来,递与那人。那人连声称谢,接过手,打开看时,分毫不动。

那时往来的人,当做奇事,拥上一堆,都问道:"在那里拾的?"施复指道:"在这阶沿头拾的。"那后生道:"难得老哥这样好心,在此等候还人。若落在他人手里,安肯如此! 如今到是我拾得的了。情愿与老哥各分一半。"施复道:"我若要,何不全取了,却分你这一半?"那后生道:"既这般,送一两谢仪与老哥买果儿吃。"施复笑道:"你这人是个呆子! 六两三两都不要,要你一两银子何用!"那后生道:"老哥,银子又不要,何以相报?"众人道:"看这位老兄,是个厚德君子,料必不要你报。不若请到酒肆中吃三杯,见你的意罢了。"

那后生道:"说得是。"便来邀施复同去。施复道:"不消得,不消得! 我家中有事,莫要耽搁我工夫。"转身就走。那后生留之不住,众人道:"你这人好造化,掉了银子,一文钱不费,便捞到手。"那后生道:"便是,不想世间原有这等好人!"把银包藏了,向主人叫声打搅,下阶而去。众人亦赞叹而散。也有说:"施复是个呆子,拾了银子,不会将去受用,却呆站着等人来还。"也有说:"这人积此阴德,后来必有好处。"不提众人。

且说施复回到家里,……将还银之事,说向浑家。浑家道:"这件事也做得好。自古道:'横财不富命穷人。'傥然命里没时,得了他反生灾作难,到未可知。"施复道:"我正为这个缘故,所以还了他去。"当下夫妇二人,不以拾银为喜,反以还银为安。衣冠君子中,多有见利忘义的,不意愚夫愚妇到有这等见识。

——《醒世恒言》卷十八　施润泽滩阙遇友

这段文字不厌其烦,通过大量的心理描写、语言描写与动作描写,同时又通过"主人家"的话语和施复妻子的话语从不同维度作侧面衬托,将一个诚实守信的苏州商人形象表现得惟妙惟肖,给人留下了深刻的印象。

在社会的巨大变革中,由于以道德信条为基础的国家统治机器迅速显现出它的脆弱性,只求温饱的平民百姓阶层,更希望的是清官在世。在苏州的历任"市长"中,不乏这样的清官。况钟就是这样的清官——因百姓竭力挽留,曾

经在苏州连任三届"市长"。在《警世通言》中第三十五卷有关于况钟(《况太守断死孩儿》)的一则故事,梗概如下:

> 明朝宣德年间,扬州有一个年轻貌美的寡妇邵氏,一直本分度日。然而,有一恶毒汉子支助看中了她的美貌,买通了她的家童得贵,以得贵引诱年轻寡妇,想尽办法使得家童得贵与邵氏有了私情,苟合后竟生下了一男婴……此后,恶汉支助便用生石灰腌就了邵氏生下的男婴,以此为要挟,逼迫邵氏与他通奸,岂料竟遭邵氏竭力抵拒……
>
> 此时,邵氏方知家童得贵早年之引诱,竟是恶汉支助定下的恶计,便在后悔痛苦中砍死家童得贵,自己毅然赴死……
>
> 幸好苏州"市长"况钟偶然间得知此案,他通过明察暗访,不放过一点蛛丝马迹,最终清断了这个陈年积案……

况钟最著名的断案,就是他所管的"闲事"——破"十五贯"一案(参阅拙作《苏州文脉》与本书《朱㢲〈双熊梦〉与苏州》)。这里的这个故事发生在仪真(今仪征)一地,断案过程很曲折,破这个案子,是苏州太守况钟丁忧被圣旨"夺情"(父母去世,本该守孝三年,但皇帝可以以需要为理由,要求立即到任工作)返回苏州途中,配合仪真县令所管的"闲事"。断案的况钟,给读者留下了深刻的印象。

况钟像(翻拍)

三、"三言"中被"风流"的唐解元

在姑苏才子中,解元唐寅(唐伯虎)可谓名列前茅。《警世通言》第二十六卷有《唐解元一笑姻缘》故事一则,梗概如下:

> 吴中才子唐伯虎恃才豪放,无意功名。一日,坐在阊门游船上,看见从旁经过的画舫中有一青衣小丫鬟正对着他笑,顿时恍然若失。一路追随那画舫,打听到青衣小丫鬟乃是华学士府中丫鬟。于是,便扮成穷汉前往华府谋职,做了公子的伴读书童,改名华安。华安常替公子改审文章,终于引起了华学士的注意。于是华学士对他日加宠信。这段时间,华安也打听到了之前所见的青衣小丫鬟名叫秋香,是

夫人的贴身丫鬟。华府中主管病故后，学士想用华安为主管，但嫌他孤身无室，难以重托，就和夫人商量为他谋划娶亲之事。华安知道后提出要在侍女中选一人为妻，华夫人同意了。当晚，夫人将府中的二十多个丫鬟一起唤出，供华安挑选。华安却始终沉默，原来秋香并不在其中，于是他说："只是夫人随身侍婢还来不齐，既蒙恩典，愿得尽观。"夫人便将秋香在内的四个贴身丫鬟也唤出。华安于是点了秋香，与秋香结成姻缘。新婚当晚，秋香才知道华安就是苏州的唐解元。两家结为亲戚，从此往来不绝。

唐寅墓

唐寅（1470—1524），号称明代苏州第一才子，他刻意功名，参加乡试（省里的考试）得第一名，为"解元"。30岁时进京会试，涉会试泄题案而被革黜，妻子改嫁，一生坎坷（参阅拙作《姑苏名宅》《苏州文脉》），哪有机会与能力这么洒脱，这么风流去"点秋香"！这实在是捕风捉影。据说历史上有秋香其人，为金陵名妓，但其年龄比唐伯虎至少要大20岁，两人之间又怎会有那种风流韵事呢？然而百年后，也是他的同乡冯梦龙根据坊间传闻，搞成了这么一个故事，唐寅的"第一才子"称呼中加上了"风流"两字，成了"第一风流才子"。好在那时的文人是不在乎被别人称作"风流"的，此后也没听说苏州的唐氏后人讨什么说法。

冯梦龙在苏州的故居，至少有两说。其一，认为在葑门一带，其家族被称为"葑溪冯氏"。葑溪，就是葑门内在十全街北侧与十全街平行的一条河道，曾有人认为葑溪北侧滚绣坊内苍龙巷的那座古建筑就是冯梦龙的故居，遗憾的是，这座房子被拆除已久。其二，如今的苏州市相城区政府经多方考证，在黄埭镇冯埂上村重建冯梦龙故居，影响颇大。

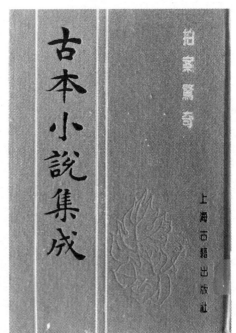

上海古籍出版社版《古本小说集成》中的《拍案惊奇》

凌濛初"二拍"①与苏州

这个"二拍",指的是凌濛初所著的两本拟话本小说——《初刻拍案惊奇》和《二刻拍案惊奇》。一般认为"二拍"与"三言"不同,"三言"中有大量改编作品,而"二拍"为凌濛初独立完成的作品。

一、凌濛初与苏州的交集

凌濛初(1580—1644),字玄房,号初成,亦名凌波,别号即空观主人,明代文学家、小说家和套版印书家。因在家族中排行十九,所以时人又称之为"凌十九"。

凌濛初是浙江湖州府乌程县(今浙江省湖州市吴兴区)人,湖州与苏州隔

---

① 凌濛初. 初刻、二刻拍案惊奇集. 长沙:岳麓书社,1988.

凌濛初像

一个太湖,一度与苏州同属会稽郡。所以,就籍贯而言,凌濛初与苏州关系密切,可以说他是苏州人的"小同乡"。

凌濛初屡试不第,喜好文学创作,他的拟话本小说集《初刻拍案惊奇》和《二刻拍案惊奇》与同时期苏州文学家冯梦龙所著的《喻世明言》《警世通言》《醒世恒言》合称"三言二拍",是中国古典白话短篇小说的代表。就中国文坛地位而言,凌濛初与冯梦龙平起平坐,有趣的是,当时凌濛初与寓居杭州的嘉兴文人冯梦祯结为亲家,把女儿许配给了冯梦祯的孙子冯延生。虽说是风马牛不相及,但冯梦龙与冯梦祯两人的姓名仅一字之差,实在是有趣。

也正是这个冯梦祯,与凌濛初一起游历四方山水,万历三十一年(1603)春二月,凌濛初与冯梦祯等一同游历苏州,四人联舟以行,作诗论文。在冯梦祯《快雪堂集·卷六十四》有《舟过平望数里,遇宋宗献、凌玄房、复元上人。时先有吴阊之约,同舟夜至吴江,喜而赋此》一诗。在此诗中记载了冯梦祯与凌濛初等人同游苏州一事:

前途原有约,中路巧为群。
千里神先合,三春影讵分。
名流欣接坐,清夜恣论文。
明日吴门酒,知余不独醺。

从题目中的"喜"字,可以看出冯梦祯与凌濛初等同游之乐。这个"喜",是有约在先的"喜",是不期而遇的"喜",是形神合一的"喜"。"讵(jù)",文言副词,表示反问;"三春",春季三个月,泛指春天,白居易《别毡帐火炉》有"离恨属三春,佳期在十月",可见"三春影讵分"指的是因为心中之喜,故不忍与春天分离。颔联表现的是文人雅士舞文弄墨之喜,或许,凌濛初某一本书的构思就在那时形成。尾联中的"明日"指今后,今后还要多次地在吴门(苏州)与凌濛初等亲友饮酒把欢。通过这首诗可以想象,这次春游苏州给凌濛初留下了多么深刻的印象,可惜的是,我们无法找到凌濛初的有关诗词。

正因为与苏州的这些纠葛,在凌濛初的"二言"中"苏州"占了很大的比重。如文中对苏州风物的描写:

> 乃是太湖中有一洞庭山,地暖土肥,与闽广无异,所以广橘福橘,播名天下。洞庭有一样橘树绝与他相似,颜色正同,香气亦同。止是初出时,味略少酸,后来熟了,却也甜美。比福橘之价十分之一,名曰"洞庭红"。
> ——《初刻拍案惊奇》卷一 转运汉遇巧洞庭红 波斯胡指破鼍龙壳

此处的洞庭山指太湖中的洞庭东山或洞庭西山。笔者幼时,外来的橘子尚未挤进苏州市场,或者说因为所处的经济地位,无缘结识外来的各种柑橘,确实把东山与西山的"洞庭红"橘子当做绝佳美味。凌濛初能如此详尽地描写,肯定是有所亲见。可以推测,就如与冯梦祯等的那次春游苏州,对他何止一次!

二、通过苏州人的见闻表现对海外的认知

"二拍"作为中国文学史上著名的市民文学代表,真实地反映了当时社会的生活风貌,宣扬尊重个性、反抗封建礼教、争取个性自由的主旨。这是整部作品表现的现实主义精神最可贵之处。这正是"二拍"的价值所在。然而,当时的人们,对外面世界的认识正确与否还是值得推敲的。

> ……岸上走的人,都拢将来问道:"是甚么好东西呀?"文若虚只不答应。看见中间有个把一点头的,拣了出来,掐破就吃。岸上看的一发多了,惊笑道:"元来是吃得的!"就中有个好事的,便来问价:"多少一个?"文若虚不省得他们说话,船上人却晓得,就扯个谎哄他,竖起一个指头,说:"要一钱一颗。"那问的人揭开长衣,露出那兜罗锦红裹肚来,一手摸出银钱一个来,道:"买一个尝尝。"文若虚接了银钱,手中等等看,约有两把重,心下想道:"不知这些银子,要买多少,也不见秤秤,且先把一个与他看样。"拣个大些的,红得可爱的,递一个上去。只见那个人接上手,颠了一颠道:"好东西呀!"扑的就劈开来,香气扑鼻。连旁边闻着的许多人,大家喝一声采。那买的不知好歹,看见船上吃法,也学他去了皮,却不分囊,一块塞在口里,甘水满咽喉,连核都不吐,吞下去了。哈哈大笑道:"妙哉!妙哉!"又伸手到裹肚

里,摸出十个银钱来,说:"我要买十个进奉去。"文若虚喜出望外,拣十个与他去了。那看的人见那人如此买去了,也有买一个的,也有买两个、三个的,都是一般银钱。买了的,都千欢万喜去了。

——《初刻拍案惊奇》卷一　转运汉遇巧洞庭红　波斯胡指破鼍龙壳

百十斤"洞庭红",竟然换来成堆的银子!再如有对波斯大胡的认知。或许,凌濛初真的认为海外人与中国人完全不同。或许,这就是文化差异,否则,比凌濛初早了一二百年的苏州人沈万三搞海外贸易,怎么能不"富可敌国"呢?

三、"二拍"中苏州人的机遇与挑战

冯梦龙在他的《古今谭概·雅浪部》中记载了一则与凌濛初有关的轶事:

苏州虎丘有个和尚专好吃酒肉,他一见豆腐一类的菜就皱眉头,如同持戒者一见鱼肉就皱眉头一样。一天,几个朋友聚会,虎丘的那个和尚也在。朋友中有个人是从楚地来的,他一直吃斋,朋友们特地为他准备了素食。楚地来的这个朋友以为和尚也必持戒,特邀他共席吃素,同席的吴兴人凌濛初笑着对他说:"请不要为此僧破戒。"

苏州虎丘的和尚因喜好酒肉而"破戒",而当和尚喜好酒肉成了习惯后,"吃素"又成了"破戒"。由此可知凌濛初对"破戒"的认知甚是深刻。联想凌濛初所在时代的苏州,难道不是在不停地"破戒"吗?

"二拍"撷取的社会内容多贴近普通百姓的生活,作品主要反映了17世纪时中国涌现出的一批正在崛起的市民阶层,他们要求表达个人的普通要求和思想情感。再如《转运汉遇巧洞庭红　波斯胡指破鼍龙壳》,就是借一个苏州人,把这种市民阶层的普通要求和思想情感表现得淋漓尽致。

苏州府长洲县阊门外有一人,姓文名实,字若虚。生来心思慧巧,做着便能,学着便会。琴棋书画,吹弹歌舞,件件粗通。幼年间,曾有人相他有巨万之富。他亦自恃才能,不十分去营求生产,坐吃山空,将祖上遗下千金家事,看看消下来。以后晓得家业有限,看见别人经商图利的,时常获利几倍,便也思量做些生意,却又百做百不着。一日,见人说北京扇子好卖,他便合了一个伙计,置办扇子起来。……岂知北京那年,自交夏来,日日淋雨不晴,并无一毫暑气,发

市甚迟。交秋早凉,虽不见及时,幸喜天色却晴,有妆晃子弟要买把苏做的扇子,袖中笼着摇摆。来买时,开箱一看,只叫得苦。元来北京历沴却在七八月,更加日前雨湿之气,斗着扇上胶墨之性,弄做了个"合而言之",揭不开了。用力揭开,东粘一层,西缺一片,但是有字有画值价钱者,一毫无用。止剩下等没字白扇,是不坏的,能值几何?将就卖了做盘费回家,本钱一空,频年做事,大概如此。

文若虚一开始卖扇子,本来是能够赚个"对合利钱",利润有一倍,但是去北京却使他本钱一空。由于是南方人,他不了解北京在七八月份会类似于南方梅雨季节中的发霉状态,湿度较大,结果他的扇子上的字画胶墨粘在一起,无法卖出去,不得不回家。文若虚铩羽而归,称其为"倒运汉",却也是理所当然的了。或许是命运在三番五次地捉弄人,他又经人介绍,远赴海外吉零国,他发现了"物以稀为贵"的规律,审时度势,充分利用地区差价、时效差价获暴利,仅凭一两银子买下的"洞庭红"橘,获得了暴利。后来,又因为一只鼍龙壳发了意想不到的大财。磨难向文若虚抛出机遇的橄榄枝,他认清形势抓住了机遇,获得了成功,由此也推动情节的发展。文若虚不过是当时众多苏州商人的缩影,因为苏州在社会变革时期的特殊地位,苏州人的各种机遇必定多。也就是说,不满足于当下的生活,要求个人的合理诉求,抓住机遇,苏州人是颇有代表性的。

此外苏州人经商并非只会抓住机遇,他们还有面对困难百折不挠、越挫越勇的精神。《初刻拍案惊奇》卷八《乌将军一饭必酬　陈大郎三人重会》中的苏州商人王生就是典型。王生父母双亡,与婶母相依为命,婶母一直教育他要永不放弃。为了活下去,婶母凑出银钱要求王生外出经商,连续两次,都被同一伙强盗抢劫,不甘命运的王生第三次外出行商,却又遇到了那伙强盗。然而"盗亦有道",强盗被王生不屈不挠的精神感动了,反而馈赠了王生大量的钱财。以懦弱著称的苏州人,竟有着坚韧不拔的一面,这也就是"破戒"吧!

"二拍"中的苏州商人,还有着豪爽的一面,《乌将军一饭必酬　陈大郎三人重会》这一卷中,另写了一个苏州府吴江的商民陈大郎,因为好奇与天生的好客,请饥寒交迫的江湖好汉乌将军喝了一次酒,竟然得到了一家团聚的回报。苏州人常被人称为"小家子气",然而,陈大郎又"破戒"了。

"二拍"中,牵涉到的"苏州"之处数不胜数,或路经苏州,或行商苏州,或居住苏州;或写苏州的大官小吏,或写苏州的平头百姓,或写苏州的才子佳人,或写苏州的僧尼道俗,或写苏州的强盗小偷……这一切,足以能说明当时苏州的特殊地位,同时也足以说明凌濛初与苏州的不尽缘分。

吴敬梓塑像

吴敬梓《儒林外史》^①与苏州

吴敬梓(1701—1754),字敏轩,一字文木,号粒民,清朝最伟大的小说家之一。汉族,安徽省滁州市全椒县人。因家有"文木山房",所以晚年自称"文木老人",又因自家乡全椒县移至江苏南京秦淮河畔,故又称"秦淮寓客"。

吴敬梓创作了长篇小说名为《儒林外史》。"儒林"一词源出《史记》"儒林列传",指"儒者之林",就相当于如今的"学术界"。《二十四史》等自然是"正史",作者以"外史"为书名,正是为了作区别,强调乃小说。虽然作者有意把书中故事假托发生在明代,而实际上描绘的却是清代广泛的社会生活,反映了作者同时代的文人在科举制度毒害下的厄运。《儒林外史》代表着中国古代讽刺小说的高峰。

《儒林外史》中的苏州,颇有真正意义上的苏州特色。

---

① 吴敬梓. 儒林外史. 北京:人民文学出版社,1962.

一、水城特色

"上有天堂,下有苏杭",一句话点出了苏州的城市文化形象。苏州因为水的特色,被意大利的马可·波罗称作"东方的威尼斯"。到苏州一般得乘船,《儒林外史》中对这点写得清清楚楚。

水城特色

董孝廉道:"弟已授职县令,今发来应天候缺,行李尚在舟中。因渴欲一晤,故此两次奉访。今既已接教过,今晚即要开船赴苏州去矣。"

——第二十二回　认祖孙玉圃联宗　爱交游雪斋留客

鲍廷玺收拾要到苏州寻他大哥去,上了苏州船。

……

鲍廷奎上了船,一直来到苏州,才到阊门上岸,劈面撞着跟他哥的小厮阿三。

——第二十七回　王太太夫妻反目　倪廷珠兄弟相逢

王玉辉到了苏州,又换了船,一路来到南京水西门上岸,进城寻了个下处,在牛公庵住下。

——第四十八回　徽州府烈妇殉夫　泰伯祠遗贤感旧

二、经济文化中心

苏州,不仅仅是"东方威尼斯",其实早在明清时期,苏州就是全国的经济文化中心,是"超一流"的大都市。

牛玉圃道:"他们在官场中,自然是闻我的名的。"牛浦道:"他说也认得万雪斋先生。"牛玉圃道:"雪斋也是交满天下的。"因指着这个银子道:"这就是雪斋家拿来的。因他第七位如夫人有病,医生说是寒症,药里要用一个雪虾蟆,在扬州出了几百银子也没处买,听见说苏州还寻的出来,他拿三百两银子托我去买。我没的功夫,已在他跟前举荐了你,你如今去走一走罢,还可以赚的几两银子。"牛浦不敢违拗。

——第二十三回 发阴私诗人被打 叹老景寡妇寻夫

如要购买别处没有的东西,首先想到的是苏州。

常熟是极出人文的地方。此时有一位云晴川先生,古文诗词,天下第一,虞博士到了十七八岁,就随着他学诗文。祁太公道:"虞相公,你是个寒士,单学这些诗文无益;须要学两件寻饭吃本事。我少年时也知道地理,也知道算命,也知道选择,我而今都教了你,留着以为救急之用。"虞博士尽心听受了。祁太公又道:"你还该去买两本考卷来读一读,将来出去应考,进个学,馆也好坐些。"虞博士听信了祁太公,果然买些考卷看了,到二十四岁上出去应考,就进了学。次年,二十里外杨家村一个姓杨的包了去教书,每年三十两银子。正月里到馆,到十二月仍旧回祁家来过年。

——第三十六回 常熟县真儒降生 泰伯祠名贤主祭

《儒林外史》无论是回目还是中心内容,都承认常熟的文化地位,而常熟是苏州治下的著名的县城,其文化内涵驰名国内外。

三、江苏省政治中心

明清时期的苏州,是一个特殊的城市。明时置应天巡抚,驻苏州,管辖南直隶。南直隶管辖包括江苏(含今上海)和安徽全境之下江南诸府及江北安庆府。清初改南直隶为江南省。康熙六年(1667)由于原江南省规模和实力过大,分设江苏省和安徽省。江苏省巡抚衙门仍驻苏州,也就是说,苏州是江苏省省政府所在地。

鲍廷玺道:"这是了!一点也不错!你是甚么人?"那人道:"我是跟大太爷的,叫作阿三。"鲍廷玺道:"大太爷在那里?"阿三道:"大太爷现在苏州抚院衙门里做相公,每年一千两银子。而今现在大老爷公馆里。既是六太爷,就请同小的到公馆里和大太爷相会。"鲍廷玺喜从天降,就同阿三一直走到淮清桥抚院公馆前。阿三道:"六太爷请到河底下茶馆里坐着。我去请大太爷来会。"一直去了。

……

倪廷珠道:"兄弟,你且等我说完了。我这几年,亏遭际了这位姬大人,宾主相得,每年送我束修一千两银子。那几年在山东,今年调在苏州来做巡抚。这是故乡了,我所以着紧来找贤弟……

——第二十七回　王太太夫妻反目　倪廷珠兄弟相逢

江苏巡抚衙门旧址位于今苏州市姑苏区书院巷20号,原鹤山书院所在地,明代永乐年间改为衙署(参阅拙作《苏州老街巷》)。自明宣德设巡抚到清末,480余年间曾有不少名臣治事其中,诸如周忱、海瑞、汤斌、梁章钜、张伯行、林则徐等。

江苏巡抚衙门旧址

四、苏州名片——山塘街

清乾隆年间,画家徐扬创作的《盛世滋生图》长卷(也称《姑苏繁华图卷》),画了当时苏州的一村、一镇、一城、一街,其中一街画的就是山塘街,展现出"居货山积,行云流水,列肆招牌,灿若云锦"的市井景象。《儒林外史》中,也借王玉辉的行踪,对山塘街作了一番描绘。

王玉辉问饭店的人道:"这里有甚么好顽的所在?"饭店里人道:"这一上去,只得六七里路便是虎丘,怎么不好顽!"王玉辉锁了房门,自己走出去。初时街道还窄,走到三二里路,渐渐阔了。路旁一个茶馆,王玉辉走进去坐下,吃了一碗茶;看见那些游船,有极大的,里边雕梁画柱,焚着香,摆着酒席,一路游到虎丘去。游船过了多少,又有几只堂客船,不挂帘子,都穿着极鲜艳的衣服,在船里坐着吃酒。王玉辉心里说道:"这苏州风俗不好,一个妇人家不出闺门,岂有个叫了船在这河内游荡之理!"又看了一会,见船上一个少年穿白的妇人,他又想起女儿,心里哽咽,那热泪直滚出来。王玉辉忍着泪,出茶馆门一直往虎丘那条路上去。只见一路卖的腐乳、席子、要货,还有那四时的花卉,极其热闹,也有卖酒饭的,也有卖点心的。王玉辉老人家足力不济,慢慢的走了许多时,才到虎丘寺门口。循着阶级上去,转弯便是千人石,那里也摆着有茶桌子,王玉辉坐着吃了一碗茶,四面看看,其实华丽。那天色阴阴的,像个要下雨的一般,王玉辉不能久坐,便起身来,走出寺门。走到半路,王玉辉饿了,坐在点心店里,那猪肉包子六个钱一个,王玉辉吃了,交钱出店门。慢慢走回饭店,天已昏黑。

——第四十八回　徽州府烈妇殉夫　泰伯祠遗贤感旧

宽宽窄窄的街道,沿街的酒馆茶楼与摊贩,畅游河中的雕梁画柱的游船,游船中时髦的各类妇女,每当如今的我们步行游览七里山塘时,总会想到吴敬梓的笔下所描绘的景象。

苏州泰伯庙二门

读过《儒林外史》的人都知道,吴敬梓在书中反复渲染的一个场景就是南京泰伯祠的祭祀,那种场面、那种仪式感确实庄重,令人难忘;然而,笔者翻遍手头的文献,未曾找到有关南京泰伯祠的信息。事实上,苏州的至德庙(泰伯祠)是受历代王朝册封的"正宗"泰伯祠,自东汉永兴二年(154)桓帝下诏在吴郡立庙始,历朝历代都有加封。每年春秋两季皆用太牢,由地方最高行政长官主祭,皇帝还不断派出大臣致祭。康熙、乾隆南巡时都亲自致祭,并各赐"至德无名"与"三让高踪"题额,置于庙前牌坊之上。又封吴氏后人为"奉祀侯",延绵不断,传至光绪初年修葺庙祀时达107代。或许,《儒林外史》中的南京泰伯祠的祭祀是苏州泰伯祠祭祀的"移植"?

葫芦庙原型

曹雪芹《红楼梦》①与苏州

苏州带城桥下塘 18 号为全国重点文物保护单位苏州织造署旧址（现为江苏省苏州十中），故此巷旧时又称为"织造府场""织造府前"。织造署是一个特殊的机构，专门为皇帝采办各种丝绸制品，同时还有监视地方官员而密奏的特权，为皇家耳目。清代，在江南设置苏州、江宁和杭州三处织造。苏州织造署第一任主官就是《红楼梦》作者曹雪芹（约1715—约1763）的祖父曹寅。后来，

曹雪芹雕像

---

① 曹雪芹.红楼梦.南京：江苏古籍出版社，1996.

曹雪芹的舅父李煦长期担任苏州织造使,曹雪芹幼年曾经在舅家生活过一段日子,也就是说在苏州生活过一段日子。苏州这个诗一般的城市给曹雪芹留下了终生难以磨灭的美好印象。因此他《红楼梦》的笔触不由自主就进入了苏州。

一、小说中的苏州场景

> 当日地陷东南,这东南有个姑苏城,城中阊门,最是红尘中一二等富贵风流之地。这阊门外有个十里街,街内有个仁清巷,巷内有个古庙,因地方狭窄,人皆呼作"葫芦庙"。
> ——第一回 甄士隐梦幻识通灵 贾雨村风尘怀闺秀

民国铅印版《红楼梦》扉页

《红楼梦》以顽石入世历劫的故事说起,开头即提到了苏州,颇值得玩味。苏州最早是吴国地界,古称平江,又称姑苏。阊门,乃苏州古城之西门,沿七里山塘,可直达虎丘。阊门始建于春秋时期,是阖闾大城的八门之一。以传说天门中的阊阖得名。公元前506年,这里是孙武、伍子胥等率吴军伐楚的出发地和凯旋地。从此阊门也叫破楚门。

据说,阊门外山塘街上青山桥浜西岸的普福禅寺就是曹雪芹《红楼梦》中的葫芦庙的原型。就从这里,一个野心勃勃的苏州读书人贾雨村把读者引进了贾府。

虽然说故事在贾府展开,但到了关键的时候,曹雪芹还需要苏州帮一把。就如被选入宫中的贾元春回家"省亲",苏州又登场了。

> 赵嬷嬷道:"嗳哟,那可是千载难逢的!那时候我才记事儿,咱们贾府正在姑苏、扬州一带监造海船,修理海塘,只预备接驾一次,把银子都花的像淌海水似的!"
> ……
> 贾蔷又近前回说:"下姑苏聘请教习,采买女孩子,置办乐器行头

等事,大爷派了侄儿,带领着赖管家两个儿子,还有单聘仁、卜固修两个清客相公,一同前去,所以叫我来见叔叔。"
……
贾政不惯于俗务,……贾赦只在家高卧……贾蓉单管打造金银器皿。贾蔷已起身往姑苏去了……
——第十六回 贾元春才选凤藻宫 秦鲸卿夭逝黄泉路

我们不是"红学家",没有能力探讨大观园究竟在哪里,只能说不在苏州。但是,在曹雪芹的眼里,苏州的一切,才配登上"省亲"的舞台。

而且《红楼梦》中的大观园的影子分明在苏州。苏州的天下名园拙政园最像是大观园的原型,可惜今天我们从拙政园东门进入已经体会不到这一点了。我们儿时是从拙政园中园的大门进入的,低调的"竹节弄",沉沉大门,进门迎面是假山,遮住了满园秀色,转过假山才豁然开朗。这不就是大观园吗?建议有文化人来游拙政园,应该让他们从中园大门进,体会一下现实存在的大观园。

另外,曹雪芹还在《红楼梦》中提到了苏州的风土人情:

薛蟠笑着道:"那一箱是给妹妹带的。"亲自来开。母女二人看时,却是些笔、墨、纸、砚,各色笺纸、香袋、香珠、扇子、扇坠、花粉、胭脂等物。外有虎丘带来的自行人、酒令儿、水银灌的打金斗小小子、沙子灯、一出一出的泥人儿的戏,用青纱罩的匣子装着。又有在虎丘山上泥捏的薛蟠的小像,与薛蟠毫无相差。宝钗见了别的都不理论,倒是薛蟠的小像,拿着细细看了一看,又看看他哥哥,不禁笑起来了。
——第六十七回 见土仪颦卿思故里 闻秘事凤姐讯家童

小说有关虎丘土物的描写也是完全真实的。虎丘作为一个游览胜地,除了美丽的风景吸引着千千万万游客之外,她那特有的土产土物也是颇有魅力的。例如使宝钗最为惊叹的泥捏的薛蟠小像。据记载,当时在虎丘一带,就有好多家专门做这种泥捏小人的艺人。在

山塘

《桐桥倚棹录》一书中,就有虎丘玩物的详细记载。这种精致而有特色的小工艺品既可以给人以艺术欣赏,又可留作人们游览虎丘的珍贵纪念品,以及馈送亲友的好礼物。今天我们游虎丘,在头山门内外仍可看到一个热闹的小市集。在这里,你用不着花很多钱,便可以挑选购买自己心爱的土物作为纪念。只是由于时代的变迁,当年见之于《红楼梦》里的那些土物已不见了,而多代之以草织手编的小扇、小篮、彩蛋、香粉、花扇等手工艺品。

从阊门到"葫芦庙",再到大观园(拙政园)和虎丘,苏州之景都在《红楼梦》这部小说中有着举足轻重的地位。

二、书中的第一才女、美女——林黛玉是苏州姑娘

众所周知,《红楼梦》以贾、史、王、薛四大家族的兴衰为背景,以贾宝玉、林黛玉的爱情纠葛为主线,描绘了一批举止见识出于须眉之上的闺阁佳人的人生百态,展现了真正的人性美和悲剧美,是一部从各个角度展现女性美以及中国古代社会世态百相的史诗性著作。书中的"女一号"林黛玉就是苏州姑娘,天地钟灵毓秀的绝世才女。

或许是与苏州的关系密切,作者曹雪芹有意识地将贾政的妹妹林黛玉的母亲贾敏"嫁"给了苏州人林如海,那么,林如海何许人也?且看:

> 那日,偶又游至维扬地面,因闻得今岁盐政点的是林如海。这林如海姓林名海,表字如海,乃是前科的探花,今已升兰台寺大夫,本贯姑苏人氏,今钦点为巡盐御史,到任未久。原来这林如海之祖,也曾袭过列侯的,今到如海,业经五世。起初,只封袭三世,因当今隆恩盛德,额外加恩,至如海之父又袭了一代;到了如海便从科第出身。虽系世禄之家,却是书香之族。只可惜这林家支庶不盛,人丁有限,虽有几门,却与如海俱是堂族,没甚亲支嫡派的。今如海年已五十,只有一个三岁之子,又于去岁亡了,虽有几房姬妾,奈命中无子,亦无可如何之事。只嫡妻贾氏生得一女,乳名黛玉,年方五岁。夫妻爱之如掌上明珠。见他生得聪明俊秀,便也欲使他识几个字,不过假充养子之意,聊解膝下荒凉之叹。
>
> ——第二回 贾夫人仙逝扬州城 冷子兴演说荣国府

"今岁盐政点的是林如海。"盐政,古代盐铁专卖,清代在两淮、江浙、长芦等重要产盐区各设"都转盐运使司",长官为"盐运使",又称"盐政""巡盐御

史"。也就是说,探花郎林如海担任掌管盐务买卖的长官,职权可谓不小。贾母最钟爱的幺女贾敏小姐嫁过去,可以说是门当户对。

然而,这林家人丁不兴旺,林如海与贾敏只生下一个女儿,这就是林黛玉。这个林黛玉,自小聪明伶俐,断文识字,颇有苏州文士之风韵。如果没有如此的底蕴,又岂能有后来的吟葬花诗、诗社夺魁、讽刘姥姥、中秋联诗,并在太虚幻境的才女榜上名列第一呢?

就是这样的一个才女,因为母亲病故,10岁时就被接到了贾府,开始演绎与贾宝玉的爱情剧。11岁时,父亲病故,这位苏州姑娘林黛玉成了孤儿。

>正闹着,人来回:"苏州去的昭儿来了。"凤姐急命唤进来。昭儿打千儿请安。凤姐便问:"回来做什么?"昭儿道:"二爷打发回来的。林姑老爷是九月初三巳时没的。二爷带了林姑娘同送林姑老爷的灵到苏州,大约赶年底回来。二爷打发奴才来报个信儿请安,讨老太太的示下,还瞧瞧奶奶家里好,叫把大毛衣裳带几件去。"凤姐道:"你见过别人了没有?"昭儿道:"都见过了。"说毕,连忙退出。凤姐向宝玉笑道:"你林妹妹可在咱们家住长了。"宝玉道:"了不得,想来这几日他不知哭的怎么样呢!"说着蹙眉长叹。
>
>——第十四回　林如海灵返苏州郡　贾宝玉路谒北静王

"你林妹妹可在咱们家住长了",也就是说,林黛玉成了大观园中的长住客。虽然说深得贾母的喜爱,但是,她孤傲的性格却促使了自己的悲剧一步步地发展下去。

宝黛爱情经历了风风雨雨,其中几经悲欢离合。林黛玉是苏州人,与其他一起长大的姊妹不同,在贾宝玉的心中,最担心的是林黛玉离开贾府回苏州。

>宝玉听了,吃了一惊,忙问:"谁家去?"紫鹃道:"妹妹回苏州去。"宝玉笑道:"你又说白话。苏州虽是原籍,因没了姑母,无人照看才接了来的。明年回去找谁?可见撒谎了。"紫鹃冷笑道:"你太看小了人。你们贾家独是大族,人口多的,除了你家,别人只得一父一母,房族中真个再无人了不成?我们姑娘来时,原是老太太心疼他年小,虽有叔伯,不如亲父母,故此接来住几年。大了该出阁时,自然要送还林家的,终不成林家的女儿在你贾家一世不成?林家虽贫到没饭吃,

也是世代书香人家,断不肯将他家的人丢给亲戚,落的耻笑。所以早则明年春,迟则秋天。这里纵不送去,林家亦必有人来接的了。前日夜里姑娘和我说了,叫我告诉你:将从前小时玩的东西,有他送你的,叫你都打点出来还他。他也将你送他的打点了在那里呢。"

……

谁知宝玉见了紫鹃,方"嗳呀"了一声哭出来了。众人一见,都放下心来。贾母便拉住紫鹃,只当他得罪了宝玉,所以拉紫鹃命他赔罪。谁知宝玉一把拉住紫鹃,死也不放,说:"要去连我也带了去!"众人不解,细问起来,方知紫鹃说要回苏州去,一句玩话引出来的。

……

紫鹃笑道:"那些话,都是我编的。林家真没了人了,纵有也是极远的族中,也都不在苏州住,各省流寓不定。纵有人来接,老太太也必不叫他去。"

……

紫鹃笑道:"你知道,我并不是林家的人,我也和袭人、鸳鸯是一伙的。偏把我给了林姑娘使,偏偏他又和我极好,比他苏州带来的还好十倍,一时一刻我们两个离不开。我如今心里却愁他倘或要去了,我必要跟了他去的。我是合家在这里,我若不去,辜负了我们素日的情长;若去,又弃了本家。所以我疑惑,故说出这谎话来问你,谁知你就傻闹起来。"

——第五十七回　慧紫鹃情辞试莽玉　慈姨妈爱语慰痴颦

林黛玉是苏州人,贾宝玉心知肚明,他希望林妹妹一直住在贾府。实际上他明知林家已经无人,林黛玉不可能回苏州,但是,当紫鹃与他开玩笑时,他却迷失了自己,信了。元好问曰"问世间情是何物,直教生死相许",是也。

苏州姑娘林黛玉,到第九十八回才最终离开了《红楼梦》。

忽然眼前漆黑,辨不出方向,心中正自恍惚,只见眼前好像有人走来,宝玉茫然问道:"借问此是何处?"那人道:"此阴司泉路。你寿未终,何故至此?"宝玉道:"适闻有一故人已死,遂寻访至此,不觉迷途。"那人道:"故人是谁?"宝玉道:"姑苏林黛玉。"那人冷笑道:"林黛玉生不同人,死不同鬼,无魂无魄,何处寻访!凡人魂魄,聚而成形,散而为气,生前聚之,死则散焉。常人尚无可寻访,何况林黛玉呢?

汝快回去罢。"

——第九十八回　苦绛珠魂归离恨天　病神瑛泪洒相思地

悲剧,终于画上了句号。据说,林黛玉的原型就是苏州吴江的才女叶小鸾(参阅本书第二编《叶小鸾散文中的苏州》)。

三、各色人等的舞台

由于曹雪芹与苏州的因缘,在他用毕生精力写成的《红楼梦》中,经常展示与苏州密切相关的人士。

> ……葫芦庙。庙旁住着一家乡宦,姓甄名费,字士隐。嫡妻封氏,情性贤淑,深明礼义。家中虽不甚富贵,然本地也推他为望族了。因这甄士隐禀性恬淡,不以功名为念,每日只以观花种竹、酌酒吟诗为乐,倒是神仙一流人物。只是一件不足:年过半百,膝下无儿,只有一女,乳名英莲,年方三岁。
>
> ——第一回　甄士隐梦幻识通灵　贾雨村风尘怀闺秀

苏州不缺饱学之士,在这些士子中,有汲汲于功名历代中科举者;有"禀性恬淡,不以功名为念"者,甄士隐就是这样的一位。而正因为他不以功名为念,将重心放于家人与生活,过着恬淡率性的日子。当独女英莲被拐卖后,家道中落,心中郁结,积愤成疾。某日偶遇一疯跛道人相谈甚欢,便跟随而去。

大观园中最恃才傲物的妙玉也是苏州人。

> 外又有一个带发修行的,本是苏州人氏,祖上也是读书仕宦之家,因自幼多病,买了许多替身,皆不中用,到底这姑娘入了空门,方才好了,所以带发修行。今年十八岁,取名妙玉。
>
> ——第十七回　大观园试才题对额　荣国府归省庆元宵

这个妙玉与苏州玄墓山密切相关。

> 黛玉因问:"这也是旧年的雨水?"妙玉冷笑道:"你这么个人,竟是大俗人,连水也尝不出来!这是五年前我在玄墓蟠香寺住着,收的梅花上的雪,统共得了那一鬼脸青的花瓮一瓮,总舍不得吃,埋在地

下,今年夏天才开了。我只吃过一回,这是第二回了。你怎么尝不出来?隔年蠲的雨水,那有这样清淳?如何吃得!"

——第四十一回　贾宝玉品茶栊翠庵　刘老老醉卧怡红院

玄墓山圣恩寺

与上文的葫芦庙一样,妙玉口中的玄墓山蟠香寺,或许就以玄墓山的圣恩寺为原型。该寺在苏州,与光福、邓尉诸山相连,相传东晋时青州刺史郁泰玄葬此,故得名。此山在明清时甚有名,唐寅在《玄墓山记游》一诗中曾云:"玄墓名山久注思,少携闲伴是春时",可见其享盛名久矣!在曹雪芹的笔下,苏州玄墓山的雪水,便是如此妙不可言。

清代初期,苏州名士汪琬(1624—1691)在翰林院与同僚相聚,在场的官员纷纷自夸家乡的土产,陕西人夸胡袭皮毡,广东人夸犀角象牙,只有汪琬不发一语。便有一位官员揶揄道:苏州是有名的地方,汪公您是苏州人,怎么不给我们讲讲苏州的特产呢?汪琬说:苏州的特产不多,只有两种。这么一说,众人反倒好奇了,便问是哪两种?汪琬回答道:第一是梨园子弟(演员);另一样是状元!作为与苏州感情颇深的曹雪芹,岂能不知苏州的梨园子弟甚为著名!于是写道:

此时王夫人那边热闹非常。原来贾蔷已从姑苏采买了十二个女孩子并聘了教习以及行头等事来了。

——第十七回　大观园试才题对额　荣国府归省庆元宵

采买幼年的演员和他们的教习,必须到苏州!

苏州有"姑苏十二娘"之说。"姑苏十二娘"是十二种古代苏州职业女性的代表,分别由船娘、绣娘、织娘、茶娘、扇娘、灯娘、琴娘、蚕娘、花娘、歌娘、画娘、蚌娘组成。既然大观园有湖,必然就有船,有船,必然就有驾船的船娘,而这船娘,也来自苏州:

一齐出来走不多远,已到了荇叶渚,那姑苏选来的几个驾娘早把两只棠木舫撑来。众人扶了贾母,王夫人、薛姨妈、刘老老、鸳鸯、玉钏儿上了这一只船,次后李纨也跟上去。

——第四十回:史太君两宴大观园　金鸳鸯三宣牙牌令

令人哭笑不得的是,那个厚颜无耻忘恩负义的贾雨村也曾一度流寓于苏州,一度为林黛玉的老师,与甄家、林家都渊源颇深。这贾雨村与上文的甄士隐还颇有渊源。贾雨村原本穷困潦倒,暂居葫芦庙内,后得甄士隐资助赶考,才有之后一番作为。但他却因为一己私欲,没有顾念往昔甄老爷赠银助他赶考的慷慨义举,把英莲救出火坑,却听了当年葫芦庙中葫芦僧的一席话,竟然将明知是好友的女儿判给了别人!

船娘

贾政道:"说也话长。他(贾雨村)原籍是浙江湖州府人,流寓到苏州,甚不得意。有个甄士隐和他相好,时常周济他。以后中了进士,得了榜下知县,便娶了甄家的丫头。如今的太太不是正配,岂知甄士隐弄到零落不堪,没有找处。雨村革了职以后,那时还与我家并未相识,只因舍妹丈林如海林公在扬州巡盐的时候,请他在家做西席,外甥女儿是他的学生……"

——第九十二回　评女传巧姐慕贤良　玩母珠贾政参聚散

让各色人等在苏州这个舞台上表演,可见,曹雪芹与苏州的关系实在太密切了。在《红楼梦》第一零一回、一零四回中,参劾贾府远亲贾范的也是苏州刺史。

《红楼梦》中的各景、各人物都与苏州有着密不可分的联系,这也体现了曹雪芹对苏州的重视与眷恋。在他的笔下,苏州便是这般令人如痴如醉、心驰神往。

连云港李汝珍纪念馆

李汝珍《镜花缘》[①]与苏州

李汝珍(约1763—1830),字松石,号松石道人,清代小说家、文学家,直隶大兴(今属北京市)人,所以人称北平子。少年时从师学习古代礼制、乐律、历算、疆域沿革等。他学问渊博,并精通音韵,青少年时代就有著作《李氏音鉴》问世。他生性耿直,不阿权贵,不善钻营,所以始终没有谋到像样的官职,最大的官是做过河南县丞。中年以后,他感到谋官无望,便隐居今连云港板浦镇,潜心钻研学问。李汝珍用20年时间写成可与《西游记》《封神榜》媲美的《镜花缘》一书。

《镜花缘》,原拟写200回,结果只完成了100回。总体来说,《镜花缘》着力于解决妇女问题,希望以此提高妇女的地位;但是,文中却有着卖弄才学的嫌疑。因为牵涉到苏州,这里借紫衣女子提出的"吴郡大老倚闾满盈"一句试

---

① 李汝珍.镜花缘.上海:上海古籍出版社,1991.

作分析。

话说紫衣女子道:"婢子闻得要读书必先识字,要识字必先知音。若不先将其音辨明,一概似是而非,其义何能分别?可见字音一道,乃读书人不可忽略的。大贤学问渊博,故视为无关紧要,我们后学,却是不可少的。婢子以此细事上渎高贤,真是贻笑大方。即以声音而论,婢子素又闻得要知音必先明反切,明反切,必先辨字母。若不辨字母,无以知切,不知切无以知音,不知音无以识字。以此而论,切音一道,又是读书人不可少的。但昔人有

捷记书局石印《镜花缘》扉页

言,每每学士大夫论及反切,便瞪目无语,莫不视为绝学。若据此说,大约其义失传已久,所以自古以来,韵书虽多,并无初学善本。婢子素于此道潜研细讨,略知一二。第义甚精微,未能穷其秘奥。大贤天资颖悟,自能得其三昧,应如何习学可以精通之处,尚求指教。"多九公道:"老夫幼年也曾留心于此,无如未得真传,不能十分精通。才女方说学士大夫论及反切,尚且瞪目无语,何况我们不过略知皮毛,岂敢乱谈,贻笑大方?"紫衣女子听了,望著红衣女子轻轻笑道:"若以本题而论,岂非'吴郡大老倚闾满盈'么?"红衣女子点头笑了一笑。唐敖听了,甚觉不解。

——第十七回 因字声粗谈切韵 闻雁唳细问来宾

当多九公无法回答紫衣女子的问题后,紫衣女子发出"吴郡大老倚闾满盈"嘲笑之语。这句话令人半懂不懂。

从字面上看,"吴郡",当然是苏州。"大老",名人。"倚闾",靠在家门巷口。这里用了一个出自于《战国策》的典故:战国时期,齐湣王非常骄横,楚襄王派大将淖齿乘机串通燕国,杀了齐湣王。齐湣王手下的一名小将在齐军战败后,一人逃回家,他母亲生气地说:"平时你早上出去,回来晚,我总要靠着大门,盼望你回来;你晚上出外,不见回家,我总是街头巷口(闾)等你回来。你是事奉君王的臣子,如今君王不知下落,你竟独自跑回,你还有脸来见我?"这位小将听后非常惭愧,于是前去寻找湣王,当他得知齐湣王已死,就聚集400多

名壮士抓住淖齿,用乱剑戳死。"满盈",月圆时分。

但是,即使懂了这个典故,明白了字面意思,还是不懂这句话的内在含义。在第十九回《受女辱潜逃黑齿邦　观民风联步小人国》中,多九公恍然大悟,原来紫衣女子借用"反切"在骂他不学无术:

> 唐兄,我们被这女子骂了!按反切而论,"吴郡"是个"问"字,"大老"是个"道"字,"倚闾"是个"于"字,"满盈"是个"盲"字。他因请教反切,我们都回不知,所以他说:"岂非'问道于盲'么!"

反切是古人创制的一种注音方法,其基本规则是用两个汉字相拼给一个字注音,上字取声母,下字取韵母和声调。如用"德红"为"东"字注音,取的是"德"字的声母"d","红"字的韵母"ong",如此,"东"的读音就是"dong"。

按照这个规律,在"吴郡"中,"吴"的声母是"w","郡"的韵母是"un",合起来就是"wun(wen)"(此处牵涉到古今语音的变化);在"大老"中,"大"的声母是"d","老"的韵母是"ao",合起来就是"dao";在"倚闾"中,"倚"的声母是"y"(实际上是零声母),"闾"的韵母是"v(u)",合起来就是"yu";在"满盈"中,"满"的声母是"m","盈"的韵母是"ing",合起来就是"ming(mang)"(此处牵涉到古今语音的变化)。

如此看来,作者提到"吴郡",并不是提及苏州,而是为了借用"吴"的声母与"郡"的韵母。如此的"吴郡大老倚闾满盈",与故事情节毫无关系,实际上是淹没了小说的特征,纯粹是为了卖弄知识学问。

松江云间第一楼

石玉昆《三侠五义》^①与苏州

《三侠五义》是古典长篇侠义公案小说的经典之作,堪称中国武侠小说的开山鼻祖;同时,作为中国第一部具有真正意义的武侠小说,《三侠五义》的版本众多、流传极广,书中脍炙人口的故事对中国近代评书曲艺、武侠小说乃至文学艺术的内容都产生了深远的影响。

---

① 石玉昆.七侠五义.长沙:岳麓书社,1993.

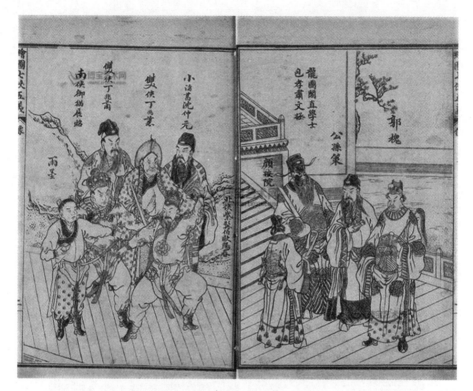

《三侠五义》绣像

作者石玉昆,约1798—约1871年前后在世,号问竹主人,天津人,生卒年及生平事迹不详,嘉庆、道光、咸丰与同治年间评话名家,善讲"三侠五义",整理编成书120回。

一、俞樾:从《三侠五义》到《七侠五义》

在苏州市中心察院场附近,有东西走向的小巷马医科,在马医科的西头,有园林曲园,清代后期朴学大师俞樾(参阅拙作《姑苏名宅》与《苏州文脉》)建而居之,人因以"俞曲园"称之。俞樾在苏州生活了40余年,这40余年是其学术上成熟的40年,把他当成苏州人,该没有疑问吧。

俞樾是一位写出"花落春仍在"的严肃学者,但是并不妨碍他也喜欢戏曲、小说之类的俗文学。俞樾喜欢民间说唱文学,而《三侠五义》的平民化以及对世态的描写,自然深得俞樾的赞赏。特别是俞樾对小说《三侠五义》的喜爱更是到了痴迷的程度。俞樾寓居苏州时,潘祖荫(参阅拙作《姑苏名宅》与《苏州文脉》)从北京归,向俞樾推荐《三侠五义》。俞樾看了非常高兴,喜欢之余动手加以修订,并于光绪十五年(1889)由上海广百宋斋铅印出版,题曰《绣像七侠五义》。由此可见,俞樾对这本书的喜爱以至于到了动手修改的地步。

俞樾所作一项重大修订,即是将书名改为"七侠五义"。原书首页题"三侠五义",俞樾认为南侠、北侠、丁氏双侠、小侠艾虎,则已得五侠矣。而黑妖狐智化者,小侠之师也;小诸葛沈仲元者,第一百回中盛称其"从游戏中生出侠义来",然则此二人非侠而何?即将柳青、陆彬、鲁英等人概置不数,而已得七侠矣。因此改题"七侠五义"以副其实。此一改动虽大,实不影响小说内容及结构。《七侠五义》这个书名也是俞樾改定的。于是,《七侠五义》与《三侠五义》并行流传。

上海锦章图书局版
《绣像七侠五义全传》(民国)

所以,我们研究"小说与苏州",不得不提到俞樾。如果有人写一部《中国通俗小说史》,也不可不提到俞樾。

二、发生在松江府茉花村的故事

《三侠五义》中,南侠展昭与丁兆蕙一段对话颇有趣味。

> 那武生便问展爷道:"尊兄贵姓?仙乡何处?"展爷道:"小弟常州府武进县,姓展名昭,字熊飞。"那武生道:"莫非新升四品带刀护卫,钦赐'御猫',人称南侠展老爷么?"展爷道:"惶恐,惶恐。岂敢,岂敢。请问兄台贵姓?"那武生道:"小弟松江府茉花村姓丁名兆蕙。"展爷惊道:"莫非令兄名兆兰,人称为双侠丁二官么?"丁二爷道:"惭愧,惭愧。贱名何足挂齿。"展爷道:"久仰尊昆仲名誉,屡欲拜访。不意今日邂逅,实为万幸。"
>
> ——第二十九回　丁兆蕙茶铺偷郑新　展熊飞湖亭会周老

故事背景为北宋时期,当时松江乃苏州属下华亭县。作者将七侠中的两位,丁兆兰、丁兆蕙的家乡安排在松江,把大量的篇幅用在写松江茉花村上。也就是说,将苏州的风韵带到了小说中:"茉花村",一个"很苏州"的村名;兆兰兆蕙,兰蕙芬芳,又颇有诗情画意。丁兆蕙很喜欢亮出自己的家乡,如第三十回《济弱扶倾资助周老　交友投分邀请南侠》中就对周老儿说:"若有人问你,银子从何而来?你就说镇守雄关总兵之子丁兆蕙给的,在松江府茉花村居住。"

有趣的是,作者将两个场面安排在松江。首先是把展昭比武招亲的场地安排在松江茉花村。虽说是刀光剑影,却见到儿女深情,甚是诗意盎然。

> 谁知此时,小姐已脱去外面衣服,穿著绣花大红小袄,系定素罗百摺单裙,头罩玉色绫帕,更显得妩媚娉婷。丁二爷已然回禀丁母,说不过是虚耍假试,请母亲在廊下观看。先挪出一张圈椅,丁母坐下。月华小姐怀抱宝剑,抢在东边上首站定。展爷此时也无可奈何,只得勉强披袍挽袖。二爷捧过宝剑……
> …………
> 只见他二人比拼并多时,不分胜负。展爷先前不过搪塞虚架,后见小姐颇有门路,不由暗暗夸奖,反到高起兴来。凡有不到之处,俱各点到,点到却又抽回,来来往往。忽见展爷用了个垂花势,斜刺里将剑递进,即便抽回,就随着剑尖滴溜溜落下一物。又见小姐用了个风吹败叶势,展爷忙把头一低,将剑躲过。才要转身,不想小姐一翻玉腕,又使了个推窗撑月势,将展爷的头巾削落。南侠一伏身,跳出圈外声言道:"我输了,我输了。"丁二爷过来拾起头巾,掸去尘土。丁大爷过来捡起先落下的物一看,却是小姐耳上之环。便上前对展爷道:"是小妹输了,休要见怪。"二爷将头巾交过。展爷挽发整巾,连声赞道:"令妹真好剑法也!"丁母差丫鬟即请展爷进厅。小姐自往后边去了。
> ——第三十一回　展熊飞比剑定良姻　钻天鼠夺鱼甘陪罪

不过,就是在松江的陷空岛,也有着真正的刀光剑影。这就是白玉堂与展昭的争斗。因为没有苏州特色,此处不再赘述。

三、苏州人的"乌盆案"

我们知道,《三侠五义》的一些部分与"侠"基本无关,写的是包公的生平与包公的断案。在包公所断的案子中,"乌盆案"颇为有名。"乌盆案"中的冤魂,就是典型的苏州人刘世昌。首先是张别古遇"鬼":

只听得悲悲切切,口呼:"伯伯,我死的好苦也!"张三闻听道:"怎么的,竟自把鬼关在屋里了。"别古秉性忠直,不怕鬼邪,便说道:"你说罢,我这里听着呢。"隐隐说道:"我姓刘名世昌,在苏州阊门外八宝乡居住。家有老母周氏,妻子王氏,还有三岁的孩子,乳名百岁。本是缎行生理。只因乘驴回家,行李沉重,那日天晚在赵大家借宿。不料他夫妻好狠,将我杀害,谋了资财,将我血肉和泥焚化。到如今,闪了老母,抛却妻子,不能见面。九泉之下,冤魂不安,望求伯伯替我在包公前伸明此冤,报仇雪恨,就是冤魂在九泉之下,也感恩不尽。"

——第五回　墨斗剖明皮熊犯案　乌盆诉苦别古鸣冤

下面,就是张别古带着乌盆到包公处告状,包公审案、结案。

　　此时尸亲已到。包公将未用完的银子,俱叫他婆媳领取讫;并将赵大家私奉官折变,以为婆媳养赡。婆媳感念张老替他鸣冤之恩,愿带到苏州养老送终。张老也因受了冤魂嘱托,亦愿照看孀居孤儿。因此商量停当,一同起身往苏州去了。

——第五回　墨斗剖明皮熊犯案　乌盆诉苦别古鸣冤

与苏州、与包公有关的另一桩案子,就是假包三公子到苏州敲诈勒索的事儿。之所以"定点"在苏州,或许是认为苏州乃富庶之地,"油水"足吧。

由于《三侠五义》在人物形象塑造上出神入化,故断案如神的包公,劫富济贫、伸张正义而又身怀绝艺的北侠欧阳春、南侠展昭、双侠兰蕙、五鼠,以及智化、艾虎等深入人心;而我们更关注的是《三侠五义》与苏州的关系,因此,对小说塑造的各人物不再作细致分析。

上海世界书局版《二十年目睹之怪现状》(民国)

吴趼人《二十年目睹之怪现状》①与苏州

吴趼人像

  吴趼(jiǎn)人(1866—1910),原名宝震,又名沃尧,字小允,又字茧人,后改趼人,号沃尧,清末谴责小说家。广东南海(佛山)人,出生于北京,因居佛山镇,在佛山度过青少年时代,自称"我佛山人",并以此为笔名,写了大量的小说、寓言和杂文,名声大噪。代表作为《二十年目睹之怪现状》,为近代"四大谴责小说"之一。

  《二十年目睹之怪现状》共108回,自1903年始在梁启超主编的《新小说》上连载45回,全书于

---

① 吴趼人. 二十年目睹之怪现状. 郑州:中州古籍出版社,1994.

1909年完成。小说以"九死一生"为主角,描写他自中法战争以来所见所闻的各种怪异现状。第二回《守常经不使疏逾戚 睹怪状几疑贼是官》中,主人公"九死一生"云:"我出来应世的二十年中,回头想来,所遇见的只有三种东西:第一种是蛇虫鼠蚁;第二种是豺狼虎豹;第三种是魑魅魍魉。"由此可见,其宗旨与《官场现形记》大致相同。然而,在这部著作中,苏州竟然"躺枪"了。

一、苏州的市貌

首先是苏州的市貌,着实被吴趼人"黑"了两把。

将苏州人引为骄傲的名胜玄妙观称为徒有虚名,此乃其一。

> 雪渔便问:"几时到的？可曾到观前逛过？"原来苏州的玄妙观算是城里的名胜,凡到苏州之人都要去逛,苏州人见了外来的人,也必问去逛过没有。当下德泉便回说昨日才到,还没去过。雪渔道:"如此我们同去吃茶罢。"说罢,相约同行。我也久闻玄妙观是个名胜,乐得去逛一逛。谁知到得观前,大失所望,真是百闻不如一见。
> ——第三十六回 阻进身兄遭弟谮 破奸谋妇弃夫逃

> 我当日只当苏州玄妙观是个甚么名胜地方,今日亲身到了,原来只是一座庙;庙前一片空场,庙里摆了无数牛鬼蛇神的画摊;两廊开了些店铺,空场上也摆了几个摊。这种地方好叫名胜,那六街三市,没有一处不是名胜了。想来实在好笑。
> ——第三十七回 说大话谬引同宗 写佳画偏留笑柄

然后,贬低苏州的卫生情况,这是其二。

> 端甫道:"这里虹口一带没有好馆子,怎么好呢？"我道:"我们只要吃两碗饭罢了,何必讲究好馆子呢。"端甫道:"也要干净点的地方。那种苏州饭馆,脏的了不得,怎样坐得下！还是广东馆子干净点,不过这个要蔡先生才在行。"
> ——第三十四回 蓬荜中喜逢贤女子 市井上结识老书生

估计,这样的书稿如果投向苏州人曾朴所办的报刊,即与《二十年目睹之怪现状》并称为"四大谴责小说"的《孽海花》的作者所办的报刊,是无法通过的。

二、苏州人的假、大、空

我因为没有话好说,因请问他贵府那里?雪渔道:"原籍是湖南新宁县。"我道:"那么是江忠烈公一家了?"雪渔道:"忠烈公是五服内的先伯。"我道:"足下倒说的苏州口音。"雪渔道:"我们这一支从明朝万历年间,由湖南搬到无锡;康熙末年,再由无锡搬到苏州:到我已经八代了。"我听了,就同在上海花多福家听那种怪论一般,忍不住笑,连忙把嘴唇咬住。

....

德泉笑道:"几碗黄汤买着他了。"我道:"这个人酒量很好。"德泉道:"他生平就是欢喜吃酒,画两笔画也过得去。就是一个毛病,第一欢喜嫖,又是欢喜说大话。"我想起他在酒店里的话,不觉笑起来道:"果然是个说大话的人……他认了江忠源做五服内的伯父,却又说是明朝万历年间由湖南迁江苏的,岂不可笑!以此类推,他说的话,都不足信的了。"

德泉道:"本来这扯谎说大话,是苏州人的专长。有个老笑话,说是一个书呆子,要到苏州,先向人访问苏州风俗。有人告诉他,苏州人专会说谎,所说的话,只有一半可信。书呆子到了苏州,到外面买东西,买卖人要十文价,他还了五文,就买着了。于是信定了苏州人的说话,只能信一半的了。一天问一个苏州人贵姓,那苏州人说姓伍。书呆子心中暗暗称奇道,原来苏州人有姓'两个半'的。这个虽是形容书呆子,也可见苏州人之善于扯谎,久为别处人所知的了。"

——第三十七回　说大话谬引同宗　写佳画偏留笑柄

在江南地区,曾有"刁无锡、苏空头、杭铁头、扬虚子……"的传统说法。其实,所谓的"苏空头",是极其夸张地渲染出某些苏州人浮华的一面。记得幼时曾听到一个关于"苏空头"的故事。相传一个靠帮闲混口饭吃的苏州人,对一个阔佬极为奉承。经常对阔佬说:"就是替您去死,我也心甘情愿的。"一日,阔佬大病将死,医生说:"非活人脑子不能救矣。"阔佬托人找到这个苏州人,向他说明要求。苏人曰:"非是我不肯,我是'苏空头',是没有脑子的。"这则笑话所透露的信息是,当时苏州的帮闲很多,他们都喜欢说大话,并且他们的大话实际上并不能兑现——言过其实,名不副实,正是"苏空头"的特征。后来"苏空头"流传至上海乃至全中国。这个江雪渔"认"定的"五服内的先伯"江忠源(1812—1854),是湖南人,晚清名将,太平天国起义后,江忠源组建楚勇,到广西参战。咸丰三年(1853),江忠源在庐州陷入太平军的包围,庐州城破,江忠源投水自杀,年仅42岁,谥忠烈。这个江雪渔就是典型的"苏空头"了。

三、自相矛盾的苏州人

山门外面有两家茶馆,我们便到一家茶馆里去泡茶,围坐谈天。德泉便说起要找房子,请雪渔做向导的话。雪渔道:"本来可以奉陪,因为近来笔底下甚忙,加之夏天的扇子又多,夜以继日的都应酬不下,实在腾不出工夫来。"德泉便不言语。

雪渔又道:"近来苏州竟然没有能画的,所有求画的,都到我那里去。这里潘家、彭家两处,竟然没有一幅不是我的。今年端午那一天,潘伯寅家预备了节酒,前三天先来关照,说请我吃节酒。到了端午那天,一早就打发轿子来请,立等着上轿,抬到潘家,一直到仪门里面,方才下轿。座上除了主人之外,先有一位客,我同他通起姓名来,才知道是原任广东藩台姚彦士方伯,官名上头是个觐字,底下是个"元"字,是嘉庆己未状元姚文僖公的嫡孙。那天请的只有我们两个。因为伯寅系军机大臣,虽然丁忧在家,他自避嫌疑,绝不见客。因为伯寅令祖文恭公,是嘉庆己未会试房官,姚文僖公是这科的进士,两家有了年谊,所以请了来。你道他好意请我吃酒?原来他安排下纸笔颜料,要我代他画钟馗。人家端午日画的钟馗,不过是用朱笔写意,钩两笔罢了。他又偏是要设色的,又要画三张之多,都是五尺纸的。我既然入了他的牢笼,又碍着交情,只得提起精神,同他赶忙画起来。从早上八点钟赶到十一点钟,画好了三张,方才坐席吃酒。吃到了十二点钟正午,方才用泥金调了朱砂,点过眼睛。这三张东西,我自己画的也觉得意,真是神来之笔。我点过睛,姚方伯便题赞。我方才明白请他吃酒,原来是为的要他题赞。这一天直吃到下午三点钟才散。我是吃得酩酊大醉,伯寅才叫打轿子送我回去,足足害了三天酒病。"

德泉等他说完了道:"回来就到我栈房里吃中饭,我们添两样菜,也打点酒来吃,大家叙叙也好。"雪渔道:"何必要到栈里,就到酒店里不好么?"德泉道:"我从来没有到过苏州,不知酒店里可有好菜?"雪渔道:"我们讲吃酒,何必考究菜,我觉得清淡点的好。所以我最怕和富贵人家来往,他们总是一来燕窝,两来鱼翅的,吃得人也腻了。"

——第三十七回　说大话谬引同宗　写佳画偏留笑柄

这个苏州的"才子"雪渔,前脚在吹嘘与富贵人的应酬往来,觥筹交错,后脚却说"我们讲吃酒,何必考究菜,我觉得清淡点的好。所以我最怕和富贵人家来往,他们总是一来燕窝,两来鱼翅的,吃得人也腻了"——吹牛未打草稿吧!

我也到房里拾掇行李,同房的那个人,便和我招呼。彼此通了姓名,才知道他姓庄,号作人,是一个记名总兵,山东人氏;向来在江南当差,这回是到天津去见李中堂的。彼此谈谈说说,倒也破了许多寂寞。忽然一个年轻女人走到房门口,对作人道:"从上船到此刻,还没有茶呢,渴的要死,这便怎样?"作人起身道:"我给你泡去。"说罢,起身去了。我看那女子年纪,不过二十岁上下。说出话来,又是苏州口音;生得虽不十分体面,却还五官端正,而且一双眼睛,极其流动;那打扮又十分趋时。心中暗暗纳罕。过了一会,庄作人回到房里,说道:"这回带了两个小妾出来,路上又没有人招呼,十分受累。"我口中唯唯答应。心中暗想,他既是做官当差的人,何以男女仆人都不带一个?说是个穷候补,何以又有两房姬妾之多?心下十分疑惑,不便诘问,只拿些闲话,和他胡乱谈天。

到了半夜时,轮船启行,及至天明,已经出海多时了。我因为舱里闷得慌,便终日在舱面散步闲眺;同船的人也多有出来的,那庄作人也同了出来。一时船舷旁便站了许多人。我忽然一转眼,只见有两个女子,在那边和一伙搭客调笑;内中一个,正是叫庄作人泡茶的那个。其时庄作人正在我这一边和众人谈天,料想他也看见那女子的举动,却只不做理会。我心中又不免暗暗称奇。

——第六十七回　论鬼蜮挑灯谈宦海　冒风涛航海走天津

正如小说主角九死一生所想:"他既是做官当差的人,何以男女仆人都不带一个?说是个穷候补,何以又有两房姬妾之多?"实在是矛盾百出,但再看看后文,那个苏州口音的女子竟然当着他"老公"的面和别人调笑!

即使是正儿八经的"书香门第",也是矛盾重重,笑话百出。

姨妈道:"啊唷!不要说起!越是官宦人家,规矩越严,内里头的笑话越多。我还是小时候听说的:苏州一家甚么人家,上代也是甚么状元宰相,家里秀才举人,几几乎数不过来。有一天,报到他家的大少爷点了探花了,家中自然欢喜热闹,开发报子赏钱,忙个不了。谁知这个当刻,家人又来报三少奶奶跟马夫逃走了。你想这不是做官人家的故事?直到前几年,那位大少爷早就扶摇直上,做了军机大臣了。那位三少奶奶,年纪也大了,买了七八个女儿,在山塘灯船上当老鸨,口口声声还说我是某家的少奶奶,军机大臣某人,是我的大伯爷。有个人在外面这样胡闹,他家里做官的还是做官。如今晚儿的世界,是只能看外面,不能问底子的了。"

——第八十九回　舌剑唇枪难回节烈　忿深怨绝顿改坚贞

当大少爷中了探花,报喜人进门时,却得到了三少奶奶与马夫私奔的消息——这影射的是苏州潘家的潘祖同妻与西席私奔之事。后来这位三少奶奶在山塘灯船上当老鸨,口口声声还说我是某家的少奶奶,军机大臣某人,是我的大伯爷——这影射的又是潘祖荫……真是天下奇闻!

潘祖荫故居

实际上,在《二十年目睹之怪现状》中,苏州不仅仅是"躺枪"!上海离苏州仅仅80余公里,原来就是苏州所管辖的一个渔村。上海成了大都市后,上海人看不起苏州就是普遍现象了。吴趼人在上海的江南制造局工作,估计也受了较大的影响。且看第三十九回《老寒酸峻辞干馆　小书生妙改新词》的"婶婶"之言:"了不得,你走了一次苏州,就把苏州人的油嘴学来了……""苏州人油嘴滑舌",可能是当时一种较为普遍的认识吧。

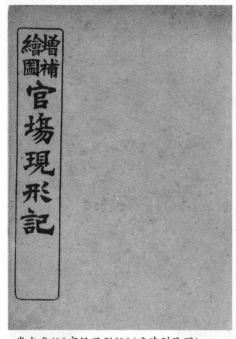

崇本堂版《官场现形记》(晚清到民国)

李宝嘉《官场现形记》[①]与苏州

《官场现形记》是清末李伯元创作的长篇小说。与《老残游记》《二十年目睹之怪现状》《孽海花》一起被称为晚清"四大谴责小说"。

李伯元(1867—1906),字宝嘉,别号南亭亭长。江苏武进(属常州)人。李伯元是个多产的作家,他构思之敏,写作之快,极为少见。《官场现形记》最早在《世界繁华报》上连载,共五编60回,是中国近代第一部在报刊上连载并取得社会轰动效应的长篇章回小说。它由30多个相对独立的官场故事连缀起来,涉及清政府中上自皇帝、下至佐杂小吏等人物,开创了近代小说批判现实的风气。如果在欧洲,就能进入批判现实主义的排行榜。1998年,香港《亚洲周刊》评选20世纪100部优秀文学作品,《官场现形记》排列前10名。1999

---

① 李宝嘉. 官场现形记. 北京:人民文学出版社,1957.

年,人民文学出版社评选 20 世纪 100 部优秀小说,《官场现形记》被列为排行榜第一名。由此可见此篇小说在文学史上的地位。

从中举捐官的下层士子赵温和佐杂小官钱典史写起,小说塑造了清政府的州府长吏、省级藩台、钦差大臣以至军机、中堂等形形色色的官僚形象,可以说为近代中国腐朽丑陋的官场勾勒出了一幅历史画卷。书中一些章节,如制台见洋人等,把人物心理刻画得活灵活现、入木三分,读来令人捧腹。书中与苏州的关系也是颇为密切的。

一、对苏州认可度高

清朝在乾隆以后,由于政治的原因,在江苏省设置了两个中心——南京(江宁)和苏州。这导致一种什么情况呢?苏南比较认同苏州为省会,而江北几个府州则更认同江宁。当然,无论从哪些方面来说,江南都强于江北,也就是说,苏州强于南京(江宁)。且看《官场现形记》中的描述:

> 一天余荩臣请他在六八子家吃酒。台面上唐六轩带了一个局,佘小观见面之后,不禁陡吃一惊。原来这唐六轩唐观察为人极其和蔼可亲,见了人总是笑嘻嘻的;说起话来,一张嘴比蜜糖还甜,真正叫人听了又喜又爱。因此南京官场中就送他一个表号,叫他"糖葫芦"。这糖葫芦到省之后,一直就相与了三和堂一个姑娘,名字叫王小四子的。这王小四子原籍扬州人氏;瘦括括的一张脸,两条弯溜溜的细眉毛,一个直鼻梁,一张小嘴;高高的人材,小小的一双脚;近来南京打扮已渐渐的仿照苏州款式,梳的是圆头,前面亦有一寸多长的前刘海。此时初秋天气,身上穿一件大袖子三尺八寸长的浅蓝竹布衫,拖拖拉拉,底下已遮过膝盖,紧与裤脚管上沿条相连,亦瞧不出穿的裤子是甚么颜色了。
> ——第二十九回 傻道台访艳秦淮河 阔统领宴宾番菜馆

"近来南京打扮已渐渐的仿照苏州款式",看来苏州确实比南京时髦。这点即使是出身于扬州,到南京逢场作戏的风尘女子王小四子也颇为认可。

另外,小说中也多次提到与苏州有关的人士,如第三十二回《写保折筵前亲起草 谋厘局枕畔代求差》中有"苏州来的洪大人",第三十三回《查帐目奉札谒银行 借名头敛钱开书局》中有"第二位姓申,号义琢,苏州人氏,乃是一爿善局里的总董",第三十四回《办义赈善人是富 盗虚声廉吏难为》

中有"洪如意是由苏州来的,一切气派到底两样"……这些苏州人士都来头不小,也可从侧面体现出苏州无论是经济发展、人才培养还是社会潮流方面都是各地翘楚。李伯元对苏州的竭力描绘,也可见苏州在李伯元心中的地位。

二、"苏白"极具特色

作为离苏州较近的常州(武进属于常州)人,李伯元小说中对苏州话的刻意模仿,也颇令人捧腹。

便有一位候补知县,姓过名翘,打听得制台所以止辕之故,原来为此。这人本是有家,到省虽不多年,却是善于钻营,为此中第一能手。他既得此消息,并不通知别人,亦不合人商量。从汉口到上海只有三天多路,一水可通。他便请了一个月的假,带了一万多银子,面子上说到上海消遣,其实是暗中物色人材。一耍耍了二十来天,并无所遇。看看限期将满,遂打电报叫湖北公馆替他又续了二十天的假。四处托人,才化了八百洋钱从苏州买到一个女人带回上海。过老爷意思说:"孝敬上司,至少一对起码。"然而上海堂子里看来看去都不中意。后首有人荐了一局,跟局的是个大姐,名字叫迷齐眼小脚阿毛,面孔虽然生得肥胖,却是眉眼传情,异常流动。过老爷一见大喜,着实在他家报效,同这迷齐眼小脚阿毛订了相知。有天阿毛到过老爷栈房里玩耍,看见了苏州买的女人,阿毛还当是过老爷的家眷。后首说来说去,才说明是替湖北制台讨的姨太太。这话传到阿毛娘的耳朵里,着实羡慕,说:"别人家勿晓得阿是前世修来格!"过老爷道:"只要你愿意,我就把你们毛官讨了去,也送给制台做姨太太,可好?"阿毛的娘还未开口,过老爷已被阿毛一把拉住辫子,狠狠的打了两下嘴巴,说道:"倪是要搭耐轧姘头格,倪勿做啥制台格小老妈①!"又过了两天,倒是阿毛的娘做媒,把他外甥女,也是做大姐,名字叫阿土的说给了过老爷。过老爷看过,甚是对眼。阿毛的娘说道:"倪外甥男鱼才好格,不过脚大点。"过老爷也打着强苏白说道:"不要紧格。制台是旗人,大脚是看惯格。"就问要多少钱。阿毛的娘说:"俚有男人格,现在搭俚男人了断,连一应使费才勒海,一共要耐一千二百块洋

---

① 吴语中"小老婆"称作"小老姆",不知书上为何称为"小老妈"。

钱。"过老爷一口应允。次日人钱两交。

——第三十六回　骗中骗又逢鬼魅　强中强巧遇机缘

在这一场贩卖女人的"戏"中,"阿毛"与"阿毛娘"的谈吐,就是典型的"苏白",操北方方言的人是听不懂学不来的。

>别人家勿晓得阿是前世修来格。
>勿晓得:不知道;阿是:是不是;格:语气词。

>倪是要搭耐轧姘头格,倪勿做啥制台格小老妈!
>倪:我;搭:和、同;耐:你;轧姘头:姘居,搞不正当男女关系;小老妈:小老婆、姨太太。

>倪外甥男鱼才好格,不过脚大点。
>男鱼:女儿;才好:都好。

>俚有男人格,现在搭俚男人了断,连一应使费才勒海,一共要耐一千二百块洋钱。
>俚:她;才勒海:都算进去。

相较与其比肩的其他三部小说,《官场现形记》对苏州话的着笔更多,但不同于《孽海花》中的"吴侬软语",这里的"苏白"方言显得更粗糙鄙俗,也符合人物谈吐,显得更为真实、"接地气"。

《官场现形记》虽然是一部专门暴露官场黑暗的著作,但字里行间流露出的作者对苏州的认同与向往之情,便值得我们将其收录进来,细细品味苏州在历史上的特殊地位与重要影响。

曾朴纪念馆

金松岑、曾朴《孽海花》[①]与苏州

《孽海花》是清末民初金松岑、曾朴创作的长篇小说,与《老残游记》《官场现形记》《二十年目睹之怪现状》一起被合称为晚清"四大谴责小说"。在中国小说史上,《孽海花》的出版,曾于20世纪初期的文坛引起轰动,在不长的时间里,先后再版10余次,行销10万部左右。古文大师、著名外国文学翻译家林琴南对之推崇备至,"叹为奇绝";鲁迅称之为"结构工巧,文采斐然"。同时,《孽海花》也在国际文坛引起轰动,有多种语言的译本。下文,我们准备谈谈《孽海花》与苏州的关系。

一、作者是苏州人

《孽海花》全书35回,前6回由金松岑执笔,初见于《江苏》杂志光绪二十

---

① 金松岑,曾朴. 孽海花. 上海:上海古籍出版社,1980.

九年(1903),后由曾朴续写而成书于1928年前后。

金松岑(1874—1947),原名懋基,又名天翮(hé)等,自署天放楼主人,苏州吴江同里镇人,清末民初国学大师。苏州干将路原濂溪坊西首曾有金松岑故居,笔者曾进过那条黝黑的陪弄。如今,随着干将路拓阔,金松岑故居已拆除,仅在干将路与凤凰街交界的东北角绿化丛中留有一块纪念碑。

曾朴(1872—1935)(参阅拙作《苏州文脉》),一生热衷于学术研究与文学创作,著述数十种,而尤以《孽海花》蜚声中外。

《孽海花》的续作有两种。一是陆士谔所作的《新孽海花》,陆士谔(1878—1944),男,江苏青浦(一度属苏州,今属上海市)人。二是燕谷老人张鸿所作的《续孽海花》,张鸿(1867—1941),初名澂,字隐南,号橘隐、蛮公,别号燕谷老人,苏州常熟人,既是曾朴的同乡,又是挚友,受曾朴之托而作续书。常熟虞山之北有他的墓,为市级文保单位。

二、主要人物原型与苏州的关系

洪钧故居

《孽海花》的篇幅并不长,总共20多万字,写了两百七八十个人物,涉及晚清社会各个阶层。

《孽海花》以金沟(jūn)和名妓傅彩云的经历为线索,而这个金沟和傅彩云,就是以苏州状元洪钧(参阅拙作《苏州文脉》)与他的小妾赛金花为原型。

小说中的金沟(字雯青)是同治五年(1866)的状元,历史上的洪钧是同治七年(1868)状元。小说作者把金沟的家"安排"在苏州"圆峤巷",实际上,洪钧的状元府邸旧在苏州西支家巷11—13号,悬桥巷27—29号为洪钧出使归国所建,苏州话中,"圆"与"悬"同音。小说把傅彩云的家"安排"在苏州大郎桥巷,苏州确实曾经有过一条大郎桥巷(如今并入建新巷,成为建新巷的西段)。至今,还有人认为建新巷曾经有过赛金花的故居。

小说中金沟和傅彩云初识的场面也颇值得玩味。

次芳忽望着窗外一手指着道:"哪,哪,那岸上轿子里,不是坐着个新科花榜状元大郎桥巷的傅彩云走过吗?"雯青不知怎的听了"状元"二字,那头慢慢回了过去。谁知这头不回,万事全休,一回头时,却见那轿子里坐着个十四五岁的不长不短、不肥不瘦的女郎,面如瓜子,脸若桃花,两条欲蹙不蹙的蛾眉,一双似开非开的凤眼,似曾相识,莫道无情,正是说不尽的体态风流,丰姿绰约。雯青一双眼睛,好像被那顶轿子抓住了,再也拉不回来,心头不觉小鹿儿撞。说也奇怪,那女郎一见雯青,半面着玻璃窗,目不转睛地盯在雯青身上。直至轿子走远看不见,方各罢休。

——第七回 宝玉明珠弹章成艳史 红牙檀板画舫识花魁

小说中的金沟属于新旧交际时的高级知识分子,他学的是"旧学",但想的是"新学";这与现实中的洪钧完全符合。小说中的金沟担任清政府驻欧洲使节,带着傅彩云上任;现实中的洪钧也是带着赛金花担任驻欧洲使节。

《孽海花》中还有一个威毅伯,这个威毅伯以李鸿章为原型。书中对他的评价颇为客观,既写他在甲午海战中负有"因循坐误"的历史责任;又不是把失败的全部责任统统归咎于他,西太后挪用"一国命脉所系"的海军经费,威毅伯又如之奈何呢?既写他害怕开战的胆怯心理;又写他的知己知彼、老成持重。既写他签订丧权辱国的《马关条约》,因而遭到国人唾骂;又从深层次写出签约的根源在于国家的贫弱。在作者笔下,威毅伯不是一个被简单化、脸谱化了的人物,而是一个具有历史真实感的艺术形象。

这个威毅伯的原型李鸿章(1823—1901)与苏州的关系十分密切。

李鸿章祠堂

1863年春,苏州城内太平天国守将慕王谭绍光手下的郜永宽等八人杀了谭绍光,开城投降李鸿章,李鸿章进入苏州后,却设"鸿门宴",在宴席中将郜永宽八人连带共同投降的部下数万人全部杀光,屠杀现场就在如今的苏州双塔之下(参阅拙作《苏州古石桥》)。李鸿章曾于1862—1867年担任江苏巡抚。江苏巡抚的衙门就在如今苏州的书院巷,但李鸿章甚为特别,他将巡抚衙门设在改造后的位于苏州东北街的太平天国的忠王府(参阅拙作《姑苏名宅》)。苏州山塘街近虎丘处有李鸿章祠堂,一度为苏州幼师所在地,如今整修后大门紧闭。

《孽海花》中还有一个冯桂芬:

> 一日,家丁投进帖子,说冯大人来答拜。雯青看着是"冯桂芬"三字,即忙立起身,说"有请"。家丁扬着帖子,走至门口,站在一旁,将门帘擎起。但见进来一个老者,约六十余岁光景,白须垂颔,两目奕奕有神,背脊微伛,见着雯青,即呵呵作笑声。雯青赶着抢上一步,叫声景亭老伯,作下揖去。见礼毕,就坐,茶房送上茶来。两人先说些京中风景。景亭道:"雯青,我恭喜你飞黄腾达。现在是五洲万国交通时代,从前多少词章考据的学问,是不尽可以用世的。昔孔子翻百二十国之宝书,我看现在读书,最好能通外国语言文字,晓得他所以富强的缘故,一切声、光、化、电的学问,轮船、枪炮的制造,一件件都要学会他,那才算得个经济!我却晓得去年三月,京里开了同文馆,考取聪俊子弟,学习推步及各国语言。论起'一物不知,儒者之耻'的道理,这是正当办法,而廷臣交章谏阻。倭良峰为一代理学名臣,而亦上一疏。有个京官抄寄我看,我实在不以为然。闻得近来同文馆学生,人人叫他洋翰林、洋举人呢。"雯青点头。景亭又道:"你现在清华高贵,算得中国第一流人物。若能周知四国,通达时务,岂不更上一层呢!我现在认得一位徐雪岑先生,是学贯天人、中西合撰的大儒。一个令郎,字忠华,年纪与你不相上下,并不考究应试学问,天天是讲着西学哩!"
>
> ——第二回 陆孝廉访艳宴金阊 金殿撰归装留沪渎

这个冯桂芬,是地地道道的苏州人。冯桂芬(1809—1874),字景亭,道光二十年(1840)榜眼。至今苏州吴中区木渎古镇还有冯桂芬故居。冯桂芬中年尤重经世致用之学,也确实在上海设广方言馆,培养西学人才,先后主讲金陵、上海、苏州诸书院。冯桂芬为改良主义之先驱人物,最早表达了洋务运动"中体西用"的指导思想(参阅拙作《苏州

冯桂芬塑像

文脉》)。这个语段中,冯桂芬与金沟的一席话,确实体现了他本身的思想。但不知为何,小说中用了实名。

三、书中处处体现的苏州特色

《孽海花》一书中,不知多少次提到"苏州"两字,苏州的街巷地名也经常出现,但给人印象最深的还是以下几点。

(一)吴侬软语处处可闻

到过苏州的人,都忘不了那一声声吴侬软语。在《孽海花》中,吴侬软语得到了尽情的发挥。

"哼,外国人!船主!外国人买几个铜钱介?船主生几个头、几只臂膊介?勉现世,唔朵问问俚,昨倪夜里做个啥事体嘎?侬拉舱面浪听子一夜朵!侬弄坏子俚大餐间一只玻璃杯,俚倒勿答应;个末俚弄坏子伲公使夫人,倒弗翻淘。"

——第十八回　游草地商量请客单　借花园开设谈瀛会

"买几个铜钱",值多少钱,有啥了不起;"介",语气词,接近"呢"。"勉现世",不要丢人现眼。"俚",他。"昨倪",昨天。"嘎",语气词,接近"呢"。"侬",我,女子自称;"子",了;"侬拉舱面浪听子一夜朵",我在船舱上听了一夜折腾。"个末",那么。"弗翻淘",没有关系。

这样的吴侬软语带着明显的市井味,不同于硬邦邦的"苏白",听着这样软糯的话语,即使不懂,却也很享受。

(二)姑苏风情尽显风流

苏州的民俗风情,在《孽海花》中得到了淋漓尽致的体现:

单说苏州城内玄妙观,是一城的中心点,有个雅聚园茶坊,一天,有三个人在那里同坐在一个桌子喝茶;一个有须的老者,姓潘,名曾奇,号胜芝,是苏州城内的老乡绅;一个中年长龙脸的姓钱,名端敏,号唐卿,是个墨裁高手;下首坐着的是小圆脸,姓陆,名叫仁祥,号辇如,殿卷白折极有工夫。这三个都是苏州有名的人物。唐卿已登馆选,辇如还是孝廉。

——第二回　陆孝廉访艳宴金阊　金殿撰归装留沪渎

苏州人有"上午皮包水,下午水包皮"的风俗。即上午聚集在茶馆喝茶聊天,下午到浴室泡澡。当然,位于市中心的玄妙观是文人雅士最佳的喝茶去处。

> 这日正是清明佳节,日丽风和,姑苏城外,年年例有三节胜会,倾城士女如痴如狂,一条七里山塘,停满了画船歌舫,真个靓妆藻野,炫服缛川,好不热闹!雯青那日独自在书房里,闷闷不乐,却来了谢山芝。雯青连忙接入。正谈间,效亭、胜芝陆续都来了。效亭道:"今天阊门外好热闹呀,雯青兄怎样不想去看看,消遣些儿?"雯青道:"从小玩惯了,如今想来也乏味得很。"胜芝道:"雯青,你十多年没有闹这个玩意儿了,如今莫说别的,就是上下塘的风景,也越发繁华,人也出色,几家有灯船的,装饰得格外新奇,烹炮亦好。"
> ——第七回　宝玉明珠弹章成艳史　红牙檀板画舫识花魁

苏州风光尽在山塘街体现,这一点,笔者在"曹雪芹《红楼梦》与苏州"一文中已经提到。《孽海花》中,又是一番渲染。

(三) 状元众多举世无双

我国古代的科举制度在明清时期形成了最为正规的程序。"童生"通过考试后称为"生员",俗称"秀才"。成为"秀才"才能参加乡试,通过乡试后称为"举人","举人"中的第一名称为"解元"。会试于乡试后的第二年春天在礼部举行,所以会试称为礼闱,又称为春闱。参加会试的是"举人",通过会试的称为"贡士",第一名称为"会元"。殿试是皇帝主试的考试。参加殿试的是通过会试的"贡士",一般没有淘汰率,主要起排名作用,通过后称为"进士"。殿试分三甲录取,一甲前三名依次为"状元""榜眼""探花"。苏州,在科举考试状元地域分布中独占鳌头,并遥遥领先。对这一点,《孽海花》表现得淋漓尽致。

> 潘胜芝开口道:"我们苏州人,真正难得!本朝开科以来,总共九十七个状元,江苏倒是五十五个。那五十五个里头,我苏州城内,就占了去十五个。如今那圆峤巷的金雯青,也中了状元了,好不显焕!"钱唐卿接口道:"老伯说的东吴文学之邦,状元自然是苏州出产,而且据小侄看来,苏州状元的盛衰,与国运很有关系。"胜芝愕然道:"倒要请教。"唐卿道:"本朝国运盛到乾隆年间,那时苏州状元,亦称极盛:张书勋同陈初哲,石琢堂同潘芝轩,都是两科蝉联;中间钱湘舲遂三

元及第。自嘉庆手里,只出了吴廷琛、吴信中两个。

……

那时候唐卿说到这一句,就伸着一只大拇指摇了摇头,接着说道:"那时候世叔潘八瀛先生,中了一个探花,从此以后,状元鼎甲,广陵散绝响于苏州。如今这位圣天子中兴有道,国运是要万万年,所以这一科的状元,我早决定是我苏州人。"

——第二回　陆孝廉访艳宴金阊　金殿撰归装留沪渎

苏州状元博物馆

事实正如这三位"苏州有名的人物"所言,苏州是状元的故乡。据有关方面统计,自第一个状元孙伏伽到最后一个状元刘春霖,中国历代文武状元共532人,其中苏州人51名;清朝状元全国114位,苏州人占了26位。这难道不是举世无双吗?苏州建状元博物馆,难道不是实至名归吗?

《孽海花》小说采用隐喻的手法,展现了从同治初年至甲午战争的30余年间中国社会政治文化生活的历史变迁,批判了封建制度的腐朽没落,表达了资产阶级民主革命的要求和思想,具有强烈的时代精神,具有一定的政治意义,不仅仅是"谴责"。鲁迅称之为"结构工巧,文采斐然"。这里我们要说的是,这是一本"最苏州"的小说。作者的苏州人身份使其对姑苏风情了解得十分透彻,因而在描绘上也更显亲近与真实。无论是小说中的人还是小说中处处可见的吴侬软语、雅致风俗,都蕴含着浓浓的"苏州味"。

具区之广泽

吴均散文中的苏州

吴均(469—520),字叔庠。吴兴郡故鄣(今浙江省湖州市安吉县)人。南朝文学家,梁武帝时历任郡主簿、记室等,累升至奉朝请①。有《续齐谐记》《吴朝请集》。吴均工于写景,诗文自成一家,常描写山水景物,称为"吴均体",中学语文课本选有他的游记散文《与朱元思书》。

历代多有《吴城赋》,或诗或文,下文《吴城赋》②被认为是吴均所作,我们可把它看成为一篇触景生情的散文。

---

① 奉朝请:汉晋时期给予闲散大官的优惠待遇。
② 吴均. 吴朝请集//丛书集成三编. 台湾:新文丰出版公司,1985.

吴　城　赋①

　　古树荒烟,几百千年,云是吴王所筑,越王所迁②。东有铸剑残水,西有舞鹤故廛③。萦具区之广泽,带姑苏之远山④。仆本蓄怨,千悲亿恨⑤。况复荆棘萧森,丛萝弥蔓。亭梧百尺⑥,皆历地而生枝;阶筠万丈⑦,或至杪而无叶。不见春荷夏蕫,唯闻秋蝉冬蝶。木魅晨走,山鬼夜惊,不知九州四海,乃复有此吴城!

【按】苏州的美丽,尤其是苏州的人文内涵,使不知多少的文人墨客名扬古今;同时,也正是因为不知多少的文人墨客的神来之笔,才使得苏州更显魅力,使得苏州的人文内涵驰名中外。从文字表述来看,此赋应是作者凭吊吴王都城姑苏荒芜萧索的遗迹时的作品,作者对吴城历史、地理位置和如今荒芜、阴冷、凄清甚至恐怖气氛作了描绘,将之与自己当时的伤痛心情联系起来,以抒发对历史兴衰变迁的深沉感喟。然而,就笔者掌握的资料来看,未发现六朝齐梁时苏州城曾遭受过巨大灾难,也就是说,作者所描写的那番凄凉景观来路不明,或许,这里的吴城指的是被废弃的吴王行宫姑苏台?另外,一般认为中国的游记散文直到唐代柳宗元时才达到情景交融的境界,从创作时间来看,此文有点"超前"了。

---

① 吴城:春秋时吴国都城的代称,即今江苏苏州。
② 吴王:特指吴王阖闾。越王:特指越王勾践。迁:变易,此指灭吴国。
③ 铸剑残水:应该指匠门(今相门)干将铸剑处。舞鹤故廛(chán):吴王阖闾之女自杀,下葬之日,王令舞白鹤于吴市中,令万民随而观之,还使男女百姓与白鹤俱入墓门,发机以掩之,杀生以送死。后即以"鹤市"别称苏州,如今皮市街与白塔路交接处尚有舞鹤桥。廛,平民住所,这里可能是指虎丘之西的吴王小女坟,称为女坟湖。
④ 具区:即今太湖。姑苏:山名,在苏州吴中区木东路西侧,山上有姑苏台,相传为吴王夫差所筑。
⑤ 此句写自己心中的伤痛。
⑥ 亭梧:亭边的梧桐。
⑦ 阶筠(yún):阶下的竹子。

虎丘塔

张种散文中的苏州

张种(504—573),苏州人。张种为人仁厚,宽恕寡欲,虽然历居显贵的官职,家中产业却屡次亏空;然而他终日安逸,不为此忧虑。当时人们都认为他是担任宰相的人才。

与沈炯书[①]

虎丘山者,吴岳之神秀者也。虽复峻极异于九天,隐鳞殊于太乙[②],

[①] 王稼句.苏州山水名胜历代文钞.上海:上海三联书店,2010.沈炯(503—561),字初明,一作礼明。南朝梁武康(今浙江德清县)人。沈瑀孙。少有俊才,为时所重。仕梁为尚书左户侍郎,曾任吴县县令。

[②] 虽复:纵然。峻极:陡峭。隐鳞,意为神龙隐匿其鳞,比喻贤者待时而动。太乙:北极星,靠近北天极,在天穹上几乎不动,众星(包括北斗七星)均绕其旋转。此句意为虎丘虽然不高峻,但不同于一般。

衿带城傍,独超众岭,控绕川泽,顾绝群岑。若其峰崖刻削,穷造化之瑰诡;绝涧杳冥,若鬼神之仿佛。珍木灵草,茂琼枝与碧叶;飞禽走兽,必负义而膺仁①。是以历代高贤,轻举栖托②;梵台③云起,宝刹星悬。自非玉牒④开祥,金精蕴耀,岂其⑤神怪,若此者乎。

【按】虎丘山位于苏州古城西北角,名为山,实际上只有30来米高,但却有2500多年的悠久人文历史。虎丘原名海涌山,据《史记》载,吴王阖闾葬于此,据《越绝书》记载,葬后三日有"白虎蹲其上",故名"虎丘"。有"吴中第一名胜""吴中第一山""江左丘壑之表"的美誉。主要景点有剑池、真娘墓、断梁殿、虎丘塔、拥翠山庄、憨憨泉、试剑石、二仙亭、千人石、致爽阁、御碑亭、生公讲台等等。最为著名的是云岩寺塔(虎丘塔)和剑池。高耸入云的云岩寺塔已有一千多年历史,是世界第二斜塔,古朴雄奇,早已成为古老苏州的象征。剑池幽奇神秘,深藏着吴王阖闾墓葬的千古之谜。尤其是苏东坡说过"过姑苏不游虎丘,不谒闾丘,乃二欠事"的千古名言后,虎丘更是蜚声海内外。千百年来,文人骚客,不知为虎丘写下了多少名篇。

在这封书信中,张种介绍了虎丘山的独特风景。虽然不高峻,但却如同隐于市的大隐。它的山峰沟壑、奇花异草、飞禽走兽,又是何等的独特。所以,引来了历代高贤,引来了各方高僧,故被称为"吴中第一名胜"。名为写景,实际上也是写人,张种自己就是这种虽然平凡却特立独行的人士。侯景叛乱的时候,张种侍奉自己的母亲往东逃奔,许久得以到达家乡。不久母亲去世,张种当时50岁,因哀伤过度而消瘦得很厉害,又受战乱荒年的逼迫,在当时没办法将母亲下葬,服丧的时间虽然满了,而他的起居饮食,一直像在服丧。到侯景之乱被平定后,司徒王僧辩把他的情况报告给皇上,皇上感动于此,决定起用张种为贞威将军、治中从事史,并为他母亲备办葬礼。安葬完了,张种才除去丧服。更令人惊叹的是,张种曾在无锡看见有一个判了重罪的犯人关在狱中,因为天气寒冷,竟然叫他出来晒太阳,岂料这个犯人趁机逃走。幸好上级知道他的宽厚,而没有深加责备。

---

① 负义:仗义。膺仁:胸中有仁义。
② 轻举:隐遁;避世。栖托:安身。
③ 梵台:大致与下文的"宝刹"同义,指寺庙。
④ 自非:倘若不是。玉牒:古代帝王封禅、郊祀的玉简文书。
⑤ 岂其:何必。

沧浪亭之亭

苏舜钦散文中的苏州

苏舜钦(1008—1048),北宋诗人,字子美,号沧浪翁。祖籍梓州铜山(今四川中江)。因支持范仲淹的庆历革新,为守旧派所恨,遭到弹劾,于庆历四年(1044)被罢黜。被罢黜后流寓苏州,建沧浪亭,发奋读书写作。诗与梅尧臣齐名,时称"苏梅"(参阅拙作《苏州文脉》)。

一、《沧浪亭记》①

沧浪亭记

予以罪废无所归,扁舟南游,旅于吴中。始僦舍②以处,时盛夏蒸燠③,土居皆褊狭,不能出气,思得高爽虚辟之地以舒所怀,不可得也。

一日过郡学④,东顾草树郁然,崇阜⑤广水,不类乎城中,并水⑥得微径于杂花修竹之间,东趋数百步,有弃地,纵广合五六十寻⑦,三向⑧皆水也,杠⑨之南,其地益阔,旁无民居,左右皆林木相亏蔽。访之旧老,云钱氏有国⑩,近戚孙承祐⑪之池馆也。坳隆胜势,遗意尚存。予爱而徘徊,遂以钱四万得之,构亭北碕⑫,号沧浪焉。前竹后水,水之阳又竹,无穷极,澄川翠干⑬,光影会合于轩户之间,尤与风月为相宜。

苏舜钦(500名贤之一)

---

① 王稼句.苏州园林历代文钞.上海:上海三联书店,2008:4.
② 僦(jiù)舍:租屋。
③ 蒸燠(yù):热。
④ 过:拜访。郡学:旧苏州府学宫,沧浪亭之西,与沧浪亭隔一条护龙街(如今人民路),范仲淹创建,至该时仅十年。
⑤ 崇阜(fù):高山,这里指高高的土冈。
⑥ 并(bàng)水:沿水而行。并,通"傍"。
⑦ 合:一作"涵";寻:长度单位。
⑧ 向:一作"面"。
⑨ 杠:独木桥。
⑩ 钱氏有国:指五代十国时钱镠建立的吴越国。
⑪ 孙承祐:吴越王钱俶的小舅子,任节度使,镇守苏州,在苏州大建园亭。
⑫ 北碕(qí):北边曲岸上。
⑬ 川:水流。干:涯岸,水边。

予时榜①小舟,幅巾②以往,至则洒然忘其归,觞③而浩歌,踞而仰啸,野老不至,鱼鸟共乐,形骸既适则神不烦,观听无邪则道以明,返思向之汩汩荣辱之场,日与锱铢利害相磨戛④,隔此真趣,不亦鄙哉!

噫!人固动物⑤耳。情横于内而性伏,必外寓于物而后遣⑥,寓久则溺,以为当然,非胜是而易之,则悲而不开⑦。惟仕宦溺人为至深,古之才哲君子,有一失而至于死者多矣,是未知所以自胜⑧之道。予既废而获斯境,安于冲旷⑨,不与众驱。因之复能乎内外失得之原,沃然有得,笑闵万古,⑩尚未能忘其所寓,自用是⑪以为胜焉!

【按】沧浪亭,位于苏州古城区城南,原为五代时吴越国广陵王钱元璙的花园,五代末此处为中吴军节度使孙承祐的别墅,北宋庆历年间(1041～1048)为苏舜钦购得,在园内建沧浪亭,后以亭名为园名。沧浪亭造园艺术与众不同,"借"景于园外一池碧波为其特色。沧浪亭园中主景沧浪亭柱楹联"清风明月本无价,近水远山皆有情"驰名海内外。沧浪亭与狮子林、拙政园、留园一齐列为苏州宋、元、明、清四大园林(参阅拙作《苏州文脉》)。

庆历四年(1044)秋天的赛神会,苏舜钦按旧例,以卖旧公文纸的钱宴请同僚宾客,但被当时朝中的保守派借题发挥,弹劾他监守自盗。结果,苏舜钦被罢去官职,在席的十余人被逐出朝。区区一件小事,竟获如此严惩,苏舜钦激愤不已,他带着心灵上的创痛,流寓苏州。不久,在城南营建沧浪亭,并写下了这篇文章。

该文名为记亭,实际上是作者借题发挥,抒发了一个横遭迫害的文人的心

---

① 榜:划船。
② 幅巾:古代男子以一幅绢束头发,称为幅巾,这里表示闲散者的装束。
③ 觞:敬酒,饮酒的意思。
④ 锱(zī)铢:比喻极其微小的数量。磨戛:摩擦撞击。
⑤ 动物:动于物,受外物所感而动。
⑥ "情横"两句:意即感情充塞在内心而天性抑伏,必定要寓寄于外物而后得到排遣。
⑦ "寓久"四句:意为感情寄寓于某事物一长久,就会认为理所当然,如果没有胜过它的事物去替换,就会悲哀而无法排解。
⑧ 胜:克制,战胜。
⑨ 冲旷:冲淡旷远,这里既指沧浪亭的空旷辽阔的环境,也兼指淡泊旷适的心境。
⑩ 内:指情性。外:指情所寓之物。失:指前文所言"寓久则溺"的情况。得:能"胜是而易之"。闵:同"悯",悲悯。
⑪ 用是:因此。

中郁闷,是一篇夹叙夹议的抒情散文。

　　文章首先说的是觅地,作者渲染到苏州后的"僦舍"之处之"褊狭,不能出气",实际上就是对自己熟悉却又厌恶的官场令人窒息的描述;寻求"高爽虚辟之地",实际上就是祈求脱离樊笼,对自由而自然生活的期盼。显然,作者笔墨的重点是抒写自己从这块佳地获得的情趣,无论是傍水前往,还是饮酒仰啸,何止是一般的赏心悦目,更是内心得到解脱的舒坦自在。这份实实在在的"自在",竟然"野老不至,鱼鸟共乐",这实际上是他心理上对黑暗现实所做出的逆向反应。

　　文章最后,作者作了精辟的议论,"情横于内而性伏,必外寓于物而后遣",说的就是情与景的内在统一。显然,作者受了柳宗元《始得西山宴游记》中情景交融的影响——当然,作者的《沧浪亭记》不是游记。

二、《苏州洞庭山水月禅院记》①

苏州洞庭山水月禅院记

　　予乙酉岁②夏四月来居吴门③。始维舟,即登灵岩④之颠,以望太湖,俯视洞庭山,崭然特起,云霞采翠,浮动于沧波之中。予时据阑竦首⑤,精爽下堕⑥,欲乘清风,跨落景,以翱翔乎其间,莫可得也。自尔平居⑦,**纼**然思于一到,惑于险说而未果行,则常若有物腷⑧塞于胸中。

　　是岁十月,遂招徐、陈二君,浮轻舟,出横金⑨口,观其洪川荡潏⑩,万顷一色,不知天地之大所能并容。水程溯回,七十里而远,初宿社⑪下,逾日乃至。入林屋洞,陟毛公坛,宿包山精舍,又泛明月湾,

---

① 王稼句.苏州山水名胜历代文钞.上海:上海三联书店,2008:15.
② 乙酉岁:苏舜钦所经历的乙酉年应该是公元1045年。
③ 吴门:苏州的别称。
④ 灵岩:山名,在苏州市西南二十五里。前临太湖,背依大焦山、天平山,为苏州名胜之一。
⑤ 阑:同"栏"。竦首:抬头。
⑥ 精爽下堕:即心情沉寂。
⑦ 尔:那时,指四月时。平居:安居无事。
⑧ 腷(bì):郁结。
⑨ 横金:今吴中区横泾。
⑩ 荡潏(yù):形容波浪摇动涌起的样子。
⑪ 社:古代把土神和祭土神的地方、日子和祭礼都叫社,此处指土地庙。

南望一山，上摩苍烟，舟人指云："此所谓缥缈峰也。"即岸，步自松间，出数里，至峰下。有佛庙号水月者，阁殿甚古，像设严焕①。旁有澄泉，洁清甘凉，极旱不枯，不类他水。梁大同四年始建佛寺，至隋大业六年遂废不存②。唐光化中，有浮屠③志勤者，历游四方，至此，爱而不能去，复于旧址结庐诵经。后因而屋之，至数十百楹④。天祐四年⑤，刺史曹珪以明月名其院，勤老且死，其徒嗣之，迄今七世不绝。国朝大中祥符⑥初有诏，又易今名。

予观震泽受三江，吞啮四郡之封⑦，其中山之名见图志者七十有二，惟洞庭称雄其间，地占三乡，户率三千，环四十里。民俗真朴，历岁未尝有诉讼至于县吏之庭下。皆以树桑栀甘柚为常产，每秋高霜馀，丹苞朱实，与长松茂树相参差，间于岩壑间，望之若图绘金翠之可爱。缥缈峰又居山之西北深远处，高耸出于众山，为洞庭胜绝之境。居山之民已少事，尚有岁时织紃⑧树艺捕采之劳。浮屠氏本以清旷远物事，已出中国礼法之外，复居湖山深远胜绝之地，壤断水接，人迹罕至。数僧宴坐，寂嘿⑨于泉石之间，引而与语，殊无纤介⑩世俗间气韵，其视舒舒，其行于于⑪，岂上世之遗民者邪？予生平病闷郁塞，至此喝然⑫破散无复馀矣。反复身世，惘然莫知，但如蜕解⑬俗骨，傅之羽翰⑭，飞出于八荒之外，吁！其快哉！

后三年，其徒惠源造予乞文，识其居之废兴。欣其见请，揽笔直

---

① 严焕：庄严显赫。
② 梁大同四年：公元538年。隋大业六年：公元610年。
③ 浮屠：此指和尚。
④ 楹：屋一间为一楹。
⑤ 天祐四年：公元907年。
⑥ 大中祥符：1008—1016年，宋真宗赵恒的第三个年号。
⑦ 震泽：太湖的古称。受：容纳。三江：指娄江、吴淞江、东江。四郡：吴郡、会稽、吴兴、毗陵。吞啮(niè)：这里指包含的意思。封：疆界，地界。
⑧ 紃(xùn)：圆形细带。
⑨ 嘿(mò)：同"默"，沉默不说话。
⑩ 纤介：细微。
⑪ 于于：自得貌。
⑫ 喝(hè)然：放声呼喊的样子。
⑬ 蜕解：解脱。
⑭ 羽翰：指长羽翼的鸟类。翰，长而坚硬的羽毛。

述,且叙昔游之胜焉耳。

水月禅寺

【按】苏舜钦的这篇《苏州洞庭山水月禅院记》颇有出尘脱俗的韵致。

文章从登苏州灵岩山入手,但却与灵岩山关系不大,仅仅是借之遥望太湖。远眺美景在缥缈虚无间,那时的作者,确实是心旷神怡,颇有"欲乘清风,跨落景,以翱翔乎其间"的神思。于是,就有了真正意义上的太湖之游,实际上的洞庭西山之游。作者以游踪为顺序,记下了沿路所见胜景,依次为林屋洞、毛公坛、包山精舍、明月湾,最终,笔触停在了水月禅院。首先,追根溯源,究其里外,将禅寺尘封的一段往事清晰地呈现在读者面前,当年的佛教徒"历游四方,爱而不能去",遂于此"结庐诵经"。作者回忆往事,关注禅院的建设,可见渴望脱离尘世、远离纷扰的心情。接着,精心描绘水月寺周围的环境:男耕女织,生活恬淡,其乐也融融。金秋之日,更是色彩缤纷,令人瞠目。当然,禅院离不开僧人,这些僧人却也特别,"数僧宴坐,寂嘿于泉石之间,引而与语,殊无纤介世俗间气韵",恬然闲适,似乎俗世的生活与他们没有关系。

作者许是羡慕这份脱尘的淡定,所以记录了下来,这与他在苏州城内建造沧浪亭,寻求"清风明月本无价,近水远山皆有情"的境界完全符合。

洞庭东山太湖边

文征明散文中的苏州

文征明(1470—1559),原名壁(或作璧),因先世衡山人,故号衡山居士,世称"文衡山"。因官至翰林待诏,私谥贞献先生,故称"文待诏""文贞献",苏州人。明代杰出画家、诗人,与沈周、唐寅、仇英合称"明四家"。在诗文上,与祝允明、唐寅、徐祯卿并称"吴中四才子"。(参阅拙作《苏州文脉》)

《游洞庭东山诗》序[①]

洞庭两山,为吴中胜绝处,有具区映带[②],而

文征明(500名贤之一)

---

① 王稼句.苏州山水名胜历代文钞.上海:上海三联书店,2010.110.
② 具区:见本书《吴均散文中的苏州》。映带:谓景物相互关联衬托。

无城闉之接①，足以遥瞩高寄②，而灵栖桀构③，又多古仙逸民奇迹，信人区别境也。

余友徐子昌国④，近登西山，示余《纪游》八诗，余读而和之。于是西山之胜，无俟手披足蹑，固已隐然目睫间⑤，而东麓方切倾企⑥。属⑦以事过湖，遂获升而游焉，留仅五日，历有名之迹四，虽不能周览群胜，而一山之胜，因在是矣。一时触目摅怀，往往托之吟讽，归而理咏，得诗七首。辄亦夸示徐子，俾之继响⑧。

昔皮袭美⑨游洞庭，作古诗二十篇，而陆鲁望⑩和之，其风流文雅至于今，千载犹使人读而兴艳。然考之鹿门所题，多西山之迹，而东山之胜，固未闻天随有倡也。得微陆公犹有负乎⑪？予于陆公不能为役，而庶几⑫东山之行，无负⑬于徐子。

【按】"吴郡之西南，有巨浸焉。广三万六千顷，中有山七十二，襟带三州，东南之水皆归焉"，这是苏州人王鏊笔下的苏州西南的太湖，太湖古来也称作洞庭湖。太湖有72峰，最有名的是洞庭东山与洞庭西山。这两座山原来都是岛，而东山如今成了半岛，东山与西山一起构成了洞庭湖的极致风景，历来就是帝王将相、文人雅士出游的首选。同时，由于文人雅士笔下生辉，这两座山更具风采。

此文选自《文征明集·补辑》卷十九。题下原注"弘治癸亥冬十月"，可见作于明弘治十六年(1503)。与其说这是诗集《游洞庭东山诗》的序，还不如说

---

① 城闉(yīn)：城内重门，一般泛指城郭。
② 高寄：寄托高远的胸怀。
③ 灵栖桀构：灵栖，佛寺。桀—杰，即杰出的构造。
④ 徐子昌国：即与文征明同为"吴中四才子"的苏州人徐祯卿，字昌国。
⑤ 目睫间：眼间。
⑥ 东麓：洞庭东山；倾企：向往企慕。
⑦ 属：恰好遇到。
⑧ 俾之继响：俾，使，使他(徐祯卿)倡和，即唱和。
⑨ 皮袭美：晚唐诗人皮日休，字袭美，自号鹿门子，曾任苏州军事判官。时与陆龟蒙倡和，时称"皮陆"。
⑩ 陆鲁望：陆龟蒙，字鲁望，号天随子，唐代苏州诗人。参阅拙作《苏州文脉》。
⑪ 得微：得无，表示反问或推测，意为"莫不是，该不会，怎能不"。负：亏欠。
⑫ 庶几：或许可以，表示希望或推测。
⑬ 负：亏。

这是一篇别具一格的抒情散文。

文章在简述太湖中洞庭东、西两山独特风光的前提下,写了与徐祯卿唱和的来龙去脉。文字清新雅淡,那种对山水的向往之情和对自己吟咏的自得之乐溢于言表。然而不仅仅如此,文中的两座山,两对好朋友都给后人留下了深刻的印象。山是东、西两山,也是徐祯卿所写"无俟手披足躡,固已隐然目睫间"的西山记游诗引发了作者游东山的念头,并就东山风光为徐祯卿的西山诗写下了唱和之作。在这种情况下,作者笔锋一转,回顾了晚唐皮日休(字袭美,号鹿门子)与陆龟蒙(字鲁望,号天随子)之间就记游洞庭山唱和的往事(参阅本书《皮陆诗咏苏州》)。作用有两个:其一,以皮陆之谊类比徐祯卿与自己之谊;其二,以皮陆的诗文基本未涉及东山而自己笔触涉及东山而自鸣得意,一句"予于陆公不能为役,而庶几东山之行无负于徐子"戛然而止。

人民路沧浪亭石牌坊

归有光散文中的苏州

归有光(500名贤之一)

归有光(1507—1571),字熙甫,又字开甫,别号震川,又号项脊生,世称"震川先生"。苏州昆山人,明朝中期散文家。(参阅拙作《苏州文脉》)提起"古文",总有人畏之如虎,因为"诘屈聱牙",艰涩难懂。归有光是明代"唐宋派"代表作家,崇尚唐宋古文,却以风格朴实,语言流畅,感情真挚著称,被明朝人称为"今之欧阳修",后人称赞其散文为"明文第一"。作为苏州人,归有光的散文笔触多伸向苏州。

一、《吴山图记》①

吴 山 图 记

吴、长洲②二县,在郡治所③,分境而治。而郡西诸山,皆在吴县。其最高者:穹窿、阳山、邓尉、西脊、铜井④;而灵岩,吴之故宫在焉,尚有西子之遗迹。若虎丘、剑池及天平、尚方、支硎⑤,皆胜地也。而太湖汪洋三万六千顷,七十二峰沉浸其间,则海内之奇观矣。

余同年友魏君用晦为吴县⑥,未及三年,以高第召入为给事中⑦。君之为县有惠爱⑧,百姓扳留之不能得,而君亦不忍于其民。由是好事者绘《吴山图》以为赠。

夫令之于民⑨诚重矣。令诚贤也,其地之山川草木,亦被其泽而有荣也⑩;令诚不贤也,其地之山川草木,亦被其殃而有辱也。君于吴之山川,盖增重矣。异时吾民将择胜于岩峦之间,尸祝于浮屠、老子之宫也⑪,固宜。而君则亦既去矣,何复惓惓⑫于此山哉?昔苏子瞻

---

① 吴楚材,吴调侯.古文观止.北京:长城出版社,2002.689.

② 吴:吴县,今已撤销,为苏州市的人民路以西部分,包括城西郊区。长洲:县名,唐代从吴县析出。明朝时两县均属苏州府管辖。

③ 郡治所:州府官署所在地,此处是指苏州府治。吴县和长洲县的衙门均设在苏州城内。

④ 穹窿:山名,在今苏州市西南。阳山:在今苏州市的西北。邓尉:山名,在今苏州市西南,山上多梅花。西脊:又称西碛山,在邓尉山西。铜井:在今苏州市西南,以产铜而得名。

⑤ 尚方:山名,又称上方山、楞伽(qié)山,在原吴县西南。支硎(xíng):山名,在原吴县西南,相传晋代名僧支遁曾隐于此山。

⑥ 同年:封建时代同一年中举或同一年登进士第的互相称同年。魏君用晦:魏用晦:作者好友,具体不详。为吴县:出任吴县县令。

⑦ 高第:在吏部举行的考核中列为上等者称高第。给事中:官名。秦汉为列侯、将军、谒者等的加官。

⑧ 惠爱:对老百姓施惠和爱护。

⑨ 令之于民:县令对于老百姓来说。

⑩ 被:通"披",受。泽:恩惠。荣:兴旺。

⑪ 尸祝:尸,代表鬼神受享祭的人;祝,传告鬼神言辞的人。尸祝在此处的意思是:将来把他当作祖先、神灵一样祭祀。浮图:梵语音译,此处指佛教寺院。老子之宫:即道观。

⑫ 惓惓(quán):恳切、难以舍弃的样子。

称韩魏公①去黄州四十馀年,而思之不忘,至以为思黄州诗,子瞻为黄人刻之于石。然后知贤者于其所至,不独使其人之不忍忘而已,亦不能自忘于其人也。

君今去县已三年矣。一日,与余同在内庭②,出示此图,展玩太息③,因命余记之。噫!君之于吾吴有情如此,如之何而使吾民能忘之也?

太湖风光

【按】《吴山图》是吴县百姓送给离任县令魏用晦的纪念品。名为"图记",却不先说该图,而先介绍吴地苏州的名山大湖。因为作者对吴地的山山水水实在太熟悉了;而这些自然景观本身又极富文化积淀,显示出深广的历史文化内涵。可以这么说,归有光对《吴山图》的意义当有切身的感受,故如数家珍,侃侃而谈。如果仅仅是介绍吴地的山水,那就太过平常了,归有光毕竟是散文大家,笔锋一转,顺理成章地将一地的山川形胜与为官一任、造福一方的贤能之士联系起来。归有光认为,如果县令贤能,那么,"其地之山川草木,亦被其泽而有荣也";如果县令不贤能,那么,"其地之山川草木,亦被其殃而有辱也"。魏用晦就是一个贤能的县令,一个使得吴地山水生辉的县令。全文结构巧妙,层次井然,抒情含蓄。将图、人、山水有机地联系起来,是这篇文章的主要特色。在这个基础上,作者又用韩琦之思念黄州之事来类比魏用晦思念吴县,再加上众所周知的大文豪苏轼的"出场",文章就更深了一个层次。

---

① 苏子瞻:即苏轼。韩魏公:即韩琦。
② 内庭:即内廷,宫廷之内。
③ 太息:出声长叹。

二、《先妣事略》[①]

先妣[②]事略

先妣周孺人[③],弘治元年[④]二月十一日生。年十六来归[⑤],逾年生女淑静。淑静者,大姊也。期[⑥]而生有光。又期而生女子。殇一人,期而不育者一人[⑦]。又逾年生有尚,妊十二月。逾年,生淑顺。一岁,又生有功。有功之生也,孺人比乳他子加健,然数颦蹙[⑧],顾诸婢曰:"吾为多子苦!"老妪以杯水盛二螺进,曰:"饮此后,妊不数[⑨]矣。"孺人举之尽,喑不能言。

正德八年[⑩]五月二十三日,孺人卒。诸儿见家人泣,则随之泣,然犹以为母寝也,伤哉!于是家人延画工画[⑪],出二子命之曰:"鼻以上画有光,鼻以下画大姊。"以二子肖[⑫]母也。

孺人讳[⑬]桂。外曾祖讳明。外祖讳行,太学生。母何氏。世居吴家桥,去县城东南三十里,由千墩浦而南,直桥[⑭]并小港以东,居人环聚,尽周氏也。外祖与其三兄,皆以资雄,敦尚简实,与人姁姁[⑮]说村中语,见子弟甥侄无不爱。孺人之吴家桥,则治木绵[⑯];入城,则缉

---

① 归有光.归震川全集.上海:世界书局,1936:312.
② 先妣(bǐ):已去世的母亲。
③ 孺(rú)人:明清时代七品官的母亲或妻子封孺人,后成为古人对母亲或妻子的尊称。归母以子贵,可称"孺人"。
④ 弘治:明孝宗朱祐樘的年号,弘治元年即1488年。
⑤ 来归:女子出嫁称归,嫁来。
⑥ 期(jī):满一年。
⑦ 生女、子:生一男一女龙凤胎,一个出生不久就死,一个过了周岁即死。
⑧ 颦(pín)蹙(cù):皱眉头。
⑨ 妊不数(shuò)矣:不会经常怀孕。
⑩ 正德:明武宗朱厚照的年号,正德八年即1513年。
⑪ 延画工画:请来画工(为死去的母亲)画像。
⑫ 肖(xiào):像。
⑬ 讳:封建时代称死去的尊长名字为讳。
⑭ 直桥:对着桥头。
⑮ 姁(xǔ)姁:言语温和亲切。
⑯ 木绵:棉花。

纑①。灯火荧荧，每至夜分。外祖不二日使人问遗②。孺人不忧米盐，乃劳苦若不谋夕③。冬月，炉火炭屑，使婢子为团，累累暴阶下。室靡弃物，家无闲人。儿女大者攀衣，小者乳抱，手中纫缀不辍。户内洒然。遇僮奴有恩，虽至箠楚④，皆不忍有后言⑤。吴家桥岁致鱼蟹饼饵，率人人得食，家中人闻吴家桥人至，皆喜。有光七岁，与从兄⑥有嘉入学。每阴风细雨，从兄辄留⑦，有光意恋恋，不得留也。孺人中夜觉寝⑧，促有光暗诵《孝经》，即熟读无一字龃龉⑨，乃喜。

孺人卒，母何孺人亦卒。周氏家有羊狗之疴⑩，舅母卒，四姨归顾氏，又卒。死三十人，惟外祖与二舅存。孺人死十一年，大姊归王三接，孺人所许聘⑪者也。十二年，有光补学官弟子⑫，十六年而有妇⑬，孺人所聘者也。期而抱女，抚爱之，益念孺人。中夜与其妇泣，追惟⑭一二，仿佛如昨，馀则茫然矣。世乃有无母之人，天乎？痛哉！

【按】这是归有光追忆亡母的一篇文章。第一部分叙述母亲生卒年月、致病原因及去世当时的情境。作者母亲七年间生六胎七儿，作者的记叙虽然近乎流水账，但却平实地说出了母亲生活的沉重和酸辛。母亲去世，孩子们不懂事，却认为睡着的细节，令人伤心欲绝。第二部分从母亲出身地苏州昆山县城东南三十里千灯(原作"千墩")浦南的吴家桥入手，回忆母亲生前的点点滴滴，为全文的中心。小康之家长成的母亲具有勤劳、俭朴、宽厚、聪慧、识理等种种品性，生前诸事既写了外祖家的慷慨，又写了母亲崇尚俭朴的处事品格。虽是

---

① 缉纑(lú)：把麻搓成线，准备织布。
② 问遗(wèi)：馈赠。
③ 不谋夕：这里是形容作者母亲的勤劳俭约，就像贫家吃了早饭没晚饭。
④ 箠(chuí)楚：杖打，一种用木杖鞭打的古代刑罚。
⑤ 不忍有后言：不肯在背后说埋怨的话。
⑥ 从(zòng)兄：堂兄。
⑦ 辄(zhé)留：总是请假不去上学。
⑧ 中夜觉：半夜睡醒。
⑨ 龃(jǔ)龉(yǔ)：原指牙齿上下不整齐，此处指不顺畅。
⑩ 羊狗之疴(ē)：疾病，羊癫风。
⑪ 许聘：定下的亲事。
⑫ 学官弟子：即秀才，经过本省各级考试取入府、州、县学的生员。
⑬ 有妇：娶妻结婚。
⑭ 追惟：追忆，回想。

家常小事,却将母亲的形象栩栩如生地表现了出来,而有关家族病史的部分更增添了全篇的悲剧色彩。一般写悼念文章,有了这两部分就差不多了,但归有光还写了第三部分——有光入学,且与大姊各完婚嫁等。作者这里特别强调的是大姊的归宿为"孺人所许聘者",有光所娶也是"孺人所聘者",所以,"……益念孺人。中夜与其妇泣"。

  用看似平淡的语言,写看似平淡的家常小事,却处处给人深刻的印象,叙述平和但用情至深,这就是"震川文章"。

洞庭西山大桥

陶望龄散文中的苏州

　　陶望龄(1562—1609),字周望,号石篑、歇庵,会稽(今浙江绍兴)人。万历十七年(1589)会试第一,廷试第三,授翰林编修,官至国子监祭酒。与袁宏道交游甚笃。陶望龄少有文名,5岁时有人出上联"中举中进士",他应声对道"希贤希圣人"。7岁时,父亲任职河南,全家行到半途,母亲因事拟返乡。母亲问陶望龄:"从父耶?从母耶?"他拱手答道:"男子固宜从父。"遂与父行。万历二十四年(1596),陶望龄请假回乡,袁宏道正任吴县县令,陶望龄特慕名前去拜访,两人长谈三日,引为知交。

游洞庭山记①

自胥口望太湖,颇惮②其广。扬帆行少顷,抵中流,而诸山四环之,似入破垒③中也。目得凭仗④,意更安稳,顾反诮之⑤曰:"此楪面⑥耳,'划却君山好,平铺湘水流'⑦,岂欺予哉?"登缥缈之日,日色甚薄,烟霭罩空。峰首既高绝,诸山伏匿其下,风花云叶,复覆护之。于是四望迷谬⑧,三州遁藏,浩弥⑨之势,得所附益。渺然彷徨,莫知天地之在湖海,湖海之在天地。予于是叹曰:"夫造化者,将以是未足以雄予之观⑩,而为此耶?"仰而视白云如冰裂。日光从罅处下漏,湖光映之,影若数亩大圆镜,百十棋置水面。⑪

僧澄源曰:"登山之径不一,从西小湖寺⑫上者夷⑬。"故是日炊于寺而登。罡风⑭横掣,人每置足自固,乃敢移武⑮,攀石据地,仅而得留。至顶,蹲岩间,引脰⑯窃望,便缩避。以其游之艰,不可辄⑰去也,更相勉少住,然以不可,竟相引而下。

---

① 王稼句.苏州山水名胜历代文钞.上海:上海三联书店,2010:173.
② 惮:怕,畏惧。
③ 破垒:破败的堡垒。
④ 目得凭仗:看到了依靠。
⑤ 顾反诮之:回过头来自我调侃。
⑥ 楪面:城墙上矮墙的墙面。楪(yè):窗牖也。
⑦ 划(chǎn)却君山好,平铺湘水流:李白《陪侍郎叔游洞庭醉后三首》中句,原意是把君山削去该有多好,可让湘江水平铺开去望而无边;在这里,为四周的山挡住了自己眺望太湖的视线而感到遗憾。
⑧ 迷谬:迷惑谬误,迷茫而产生错觉。
⑨ 浩弥:广大弥漫。
⑩ 以是未足以雄予之观:拿这种不圆满来使我对事物的认识宏大。
⑪ 湖光映之,影若数亩大圆镜,百十棋置水面:意为湖水倒映出那一缕缕的阳光,那光与影的组合像面积数亩的大圆镜,与百十颗棋子布在水面上。
⑫ 西小湖寺:在西山涵村之西湾,山顶有小湖,故名。
⑬ 夷:山路平缓。
⑭ 罡风:强劲的风,所到之处,扫荡一切。
⑮ 武:步。
⑯ 引脰(dòu):伸长脖子。
⑰ 辄:就。

【按】陶望龄的《游洞庭山记》共8篇,这是第4篇,记苏州洞庭西山之游。这篇游记在结构上很有章法,运用貌似矛盾的手法表现了客观事物的复杂性,给读者以启迪。

开篇的一个"惮"字,表现心中的忧虑,然而却凭着它反衬出湖水的浩渺深广,湖山相映的雄伟。"扬帆行"过程中,通过"破垒"一词让读者感受四面山、当中水的周围环境,尤其是运用李白的诗句表现对四周群山遮蔽的无奈;然而,登上最高峰缥缈峰时,却又有"峰首既高绝,诸山伏匿其下,风花云叶,复覆护之"的得意——没有山,能看啥?一时的感觉,究竟是天地在湖海之中,还是湖海在天地之间,这又是一组矛盾。再有从"西小湖寺"登山,和尚说的是路途平稳;但实际上却是"罡风横掣,人每置足自固,乃敢移武,攀石据地,仅而得留",崎岖不平,寸步难行。

虎丘全貌

袁宏道散文中的苏州

袁宏道(1568—1610),明代文学家,字中郎,又字无学,号石公,又号六休。荆州公安(今湖北公安)人,曾任吴县知县。袁宏道在文学上反对"文必秦汉,诗必盛唐"的风气,提出"独抒性灵,不拘格套"的性灵说。与其兄袁宗道、弟袁中道并有才名,合称"公安三袁"。

虎 丘 记①

虎丘去城可②七八里,其山无高岩邃壑,独以近城故,箫鼓楼船,无日无之。凡月之夜,花之晨,雪之夕,游人往来,纷错如织,而中秋

---

① 贝远辰,叶幼明.历代游记选.长沙:湖南人民出版社,1980:179

② 可:大约。

为尤胜。

每至是日,倾城阖户,连臂而至,衣冠士女,下迨蔀屋①,莫不靓妆丽服,重茵累席,置酒交衢间②。从千人石上至山门,栉比如鳞。檀板丘积,樽罍③云泻,远而望之,如雁落平沙,霞铺江上,雷辊④电霍,无得而状。

布席⑤之初,唱者千百,声若聚蚊,不可辨识。分曹部署⑥,竞以歌喉相斗,雅俗既陈,妍媸⑦自别。未几而摇头顿足者,得数十人而已。已而明月浮空,石光如练,一切瓦釜⑧,寂然停声。属而和者,才三四辈⑨。一箫,一寸管,一人缓板而歌,竹肉相发⑩,清声亮彻,听者魂销。比至夜深,月影横斜,荇藻⑪凌乱,则箫板亦不复用。一夫登场,四座屏息,音若细发,响彻云际,每度一字,几尽一刻,飞鸟为之徘徊,壮士听而下泪矣。

剑泉深不可测,飞岩如削。千顷云得天池诸山作案⑫,峦峦竞秀,最可觞客。但过午则日光射人,不堪久坐耳。文昌阁亦佳,晚树尤可观。面北为平远堂旧址,空旷无际,仅虞山一点在望。堂废已久,余与江进之⑬谋所以复之,欲祠韦苏州、白乐天诸公于其中⑭,而病寻作。余既乞归,恐进之之兴亦阑矣。山川兴废,信有时哉!

---

① 迨(dài):及,至。蔀(bù)屋:穷苦人家昏暗的屋子。下迨蔀屋:下至小户人家。
② 交衢(qú)间:指路边。
③ 樽罍(zūn léi):樽与罍皆盛酒器。罍似坛。
④ 雷辊(gǔn):雷的轰鸣声,这里指车轮滚滚声。
⑤ 布席:安设筵席。
⑥ 分曹部署:分批安排。曹,成对。
⑦ 妍媸(chī):美和丑。
⑧ 瓦釜:屈原《卜居》:"黄钟毁弃,瓦釜雷鸣。"瓦釜即瓦缶,一种小口大腹的瓦器,也是原始的乐器。这里比喻低级的音乐。
⑨ 属(zhǔ)而和(hè)者,才三四辈:随着唱和的就只有三四群人。
⑩ 竹肉:竹指管乐器,肉指人的歌喉。
⑪ 荇(xìng)藻:两种水草名。这里用以形容月光下树的枝叶影子。
⑫ 千顷云得天池诸山作案:千顷云:虎丘山顶一座阁,今重建。天池:山名,又名华山,在苏州阊门外30里。此句说千顷云得天池等山以成为几案。
⑬ 江进之:江盈科,字进之,桃源(今属湖南)人,时任长洲(与吴县同治于苏州)知县。与作者友善。
⑭ 祠:祭祀。韦苏州:唐诗人韦应物,曾任苏州刺史。白乐天:唐诗人白居易,曾任苏州刺史。

吏吴两载,登虎丘者六。最后与江进之、方子公同登,迟月生公石①上,歌者闻令②来,皆避匿去,余因谓进之曰:"甚矣,乌纱之横,皂隶之俗哉!他日去官,有不听曲此石上者,如月③!"今余幸得解官称吴客矣。虎丘之月,不知尚识④余言否耶?

【按】万历二十三年(1595),袁宏道曾出任苏州吴县县令,短短两年任期期间,热爱游赏山水的他六次游览苏州名胜虎丘,足以看出他对秀丽风光的无限热爱和对官场俗务的厌倦,万历二十四年(1596)解职离开苏州后,他因为留恋虎丘胜景,于是,回忆虎丘赏月赛歌的盛大场面以及虎丘各处的秀丽风景,写下了这篇游记散文。

袁宏道作为"性灵说"的代表人物,他称赞弟弟袁中道的诗曰:"大都独抒性灵,不拘格套。非从自己胸臆流出,不肯下笔。有时情与境会,顷刻千言,如水东注,令人夺魂。"实际上,袁宏道自己的散文也是如此,他写文章讲究物与我的完美结合,讲求写出自己内心的独特的见解,实乃独树一帜。别人写中秋,一般都是月亮如何如何的圆,月光如何如何的美,但是,袁宏道却把笔触放到了月下之人的活动上。以"倾城阖户,连臂而至"总起,而"靓妆丽服,重茵累席,置酒交衢"更带有浓郁的苏州民俗气息。"唱",是最富市井情调和民俗意味画面,从开始"唱者千百"到"壮士听而下泪",层层深入,情景交融,把读者引入到一个若有所失,但更有所得的境界里。当然,作者最欣赏的是"一切瓦釜,寂然停声"后的"缓板"慢唱,这是经过自然淘汰筛选后的精品。最后,"一夫登场,四座屏息",演唱达到了高潮。文末作者又写出自己与虎丘的关系,官绅与百姓的隔膜让他为之感叹,坚定了弃官决心,希望可以"解官称吴客"。

明代文学家陆云龙在《翠娱阁评选皇明小品十六家》提及:"虎丘之胜,已尽于笔墨端矣,观绘事不如读此之灵活。"

---

① 方子公:方文譔,字子公,新安(今安徽黄山市歙县)人。穷困落拓,由袁中道荐给袁宏道,为袁宏道料理笔札。迟月:等月出。生公石:虎丘石名。传说晋末高僧竺道生,世称生公,尝于虎丘山聚石为徒,顽石为之点头。
② 令:作者时任吴县县令。
③ 如月:对月发誓。
④ 识:通"志",记忆。

虎丘塔

李流芳散文中的苏州

李流芳(500名贤之一)

李流芳(1575—1629),字长蘅,一字茂宰,号香海、泡庵、慎娱居士,嘉定(今上海嘉定)人。明万历举人。值阉党乱政,遂绝意仕进,读书养母,毕其余年。诗文多写景酬赠之作,风格较清新自然。

游虎丘小记①

虎丘,中秋游者尤盛。士女②倾城而往,笙歌笑语,填山沸林,终夜不绝,遂使丘壑化为酒场③,

---

① 王稼句.苏州山水名胜历代文钞.上海:上海三联书店,2010:191.
② 士女:士绅学子、妇孺歌姬。
③ 遂使丘壑化为酒场:于是(或因此)令丘壑变成了酒场(一般)。

秽杂可恨。

予初十日到郡,连夜游虎丘,月色甚美,游人尚稀,风亭月榭,间以红粉笙歌①一两队点缀,亦复不恶,然终不若山空人静,独往会心。尝秋夜与弱生坐钓月矶,昏黑无往来,时闻风铎②,及佛灯隐现林杪③而已。

又今年春中,与无际舍侄偕访仲和④于此,夜半,月出无人,相与趺坐⑤石台,不复饮酒,亦不复谈,以静意对之,觉悠然欲与清景俱往也。

生平过⑥虎丘,才两度见虎丘本色耳。友人徐声远诗云:"独有岁寒好,偏宜夜半游。"真知言哉⑦。

【按】作者记了两次虎丘之游,两度的感受各不相同。秋夜,月色美、游人少,作者对以红粉笙歌点缀的虎丘感到"亦复不恶"——仅仅是不讨厌而已。究其原因,他喜欢的是"时闻风铎及佛灯隐现林杪"——静夜的独处。到了春夜,"夜半月出无人,相与趺坐石台,不复饮酒,亦不复谈,以静意对之",这时应该很静了,所以作者感到"悠然欲与清景俱往",既如此,应该是非常满意了?然而,并非如此!作者说:"生平过虎丘才两度,见虎丘本色耳",这个"本色"并非指虎丘的春夜优于秋夜。虎丘的春夜是否"最好"呢?他用好友徐声远的诗句"独有岁寒好,偏宜夜半游"提出了最理想的处境:要静到根上,得属"岁寒的夜半"。因为那个时候就没有杂音了,唯静方能显示虎丘本色。

李流芳32岁中举,后又两度赴京参加会试皆不第。当时的朝廷为阉竖魏忠贤及其党羽把持,李流芳不拜魏忠贤生祠,与人说:"拜,一时事;不拜,千古事。"当时,各种陷害忠良的声音不绝于耳,正直的官员凶吉难料。他感到气馁,绝意仕途,回到家乡,自建"檀园",以求得清净。或许可以这么说,苏州虎丘仅仅是他抒发那种欲"静"的"道具"。

---

① 红粉笙歌:指歌女奏乐唱歌。
② 风铎:悬于檐下的风铃。
③ 林杪:树梢。
④ 无际:作者之侄。仲和:作者之友。
⑤ 趺坐:两脚盘腿打坐。
⑥ 过:造访。
⑦ 真知言哉:说的真对啊!

包山禅寺

姚希孟、文震孟散文中的苏州

姚希孟(500名贤之一)

姚希孟(1579—1636),字孟长,号现闻,苏州人。出生十月后父亲去世,由寡母文氏一手抚养成人。母亲对他寄寓了很大的希望。万历四十七年(1619)进士。姚希孟的文风与竟陵派、公安派颇为相似,率性自然,抒写性灵。文震孟(1574—1636),初名从鼎,字文起,苏州人,文征明曾孙。明代官员。生而奇伟,与世所传文天祥像无异。年五十始成进士,殿试第一为状元郎。文震孟为姚希孟舅父,他俩一起念书,协同写事缀文,也曾一起就职,在当时都负有盛名。

一、姚希孟《宿包山寺记》①

宿包山寺②记

渡湖首问林屋洞,洞口沮洳③,望之黝黑,无炬,无乡导,结束④未备,不可以游。循其阳,观曲岩、伏象而下,过岳庙,遂得包山寺。径隧深窈⑤,松栝⑥、樱桃、杨梅之属相错矗峙⑦,四山环合,寺若倚屏张幄而坐,目⑧以包山,良称也。

过石门半里许,入寺,从殿右穷僧寮⑨,得空翠阁。阁正在翠微杳霭中,窗外修篁直上,约之可五六丈,玉笋瑶篸⑩,摩云翳日,目中见美箭多矣,亡逾此者。因寻毛公坛⑪,行山坳,诸坞多植梅,间以他树,稠樾美荫相续也。又有童山,颓然髡⑫其巅,匪地有枯泽,直斧柯相寻耳⑬。毛公者,或云刘根得仙,绿毛被体。而杨廉夫⑭言,有长毛仙客从张公洞行二百馀里,穴山⑮而出。即根耶?今筑石为坛,觚⑯其四隅,丹灶⑰烟销,寒泉洞洌,试问仙踪,杳然在断霞残照之间矣。

---

① 王稼句.苏州山水名胜历代文钞.上海:上海三联书店,2010:194.
② 宿包山寺:也叫显庆禅寺,又称包山精舍,在苏州洞庭西山梅益村包山坞。
③ 沮(jù)洳(rù):低湿。
④ 结束:装束打扮。
⑤ 径隧:甬道。深窈:幽深。
⑥ 栝(guā):即桧,圆柏。
⑦ 矗峙:即耸峙,意思是高耸矗立。
⑧ 目:称之为。
⑨ 僧寮:僧舍。
⑩ 玉笋:洁白的笋芽。瑶篸(zān):犹玉簪,篸,通"簪"。
⑪ 毛公坛:苏州西山岛著名景点之一,地址在西山毛公坞,山坞因为毛公坛而得名。据说毛公为西汉成帝时人,后来入嵩山学道,有弟子72人。冬夏不穿衣,身生绿毛,故号毛公。
⑫ 髡(kūn),古代剃去男子头发的一种刑罚。此处指山顶没有草木,故称之为童山。
⑬ 匪:非。相寻:相继,接连不断。这句的意思是说山顶没有草木,并不是因为没有水源,而是接连不断用斧头砍掉的结果。
⑭ 杨廉夫:杨维桢(1296—1370),字廉夫,元末明初诗人、文学家、书画家。
⑮ 穴山:钻山洞。
⑯ 觚:棱角。四隅:四角。意为做出四个角。
⑰ 丹灶:炼丹炉。

  是夜既望①,天汉澄鲜。出殿门,望绝壁,树影交加,葱茏无际,月光穿窦,流晖射人。右登崇冈,树愈荟,月亦渐隐。返步溪边,松针筛月,半明半灭,倏来倏往。移数武②,至树豁处,四望作玻璃城,跬步咫尺③,千容百态。乃知有月色不可无林薄④,然非疏密相间,未献其狡狯也。山僧又言,积雪时,琪⑤林玉树,非复人世所有。余安得长年坐卧其下,历四序之变耶？夜将半,方阖户寝。纸窗皎然,素魂⑥半床,盘中新摘香橼,清芬送枕畔,不知今夕何夕矣！

  山中诸寺,故当以包山为最,寺中又空翠阁为最,惜见山不见湖；东房有小阁,颇兼湖山之胜,而位置未惬⑦。余假榻寺中,后先凡四夕。

【按】姚希孟是不幸的,因为当主考时未发现有人冒名顶替,竟被弹劾贬官；姚希孟是仗义的,当反抗魏忠贤的五人被杀害后,他与文震孟用"五十金"买下五人的头颅藏起来,因此后来五人墓中埋为五个完整的烈士尸身。

  包山即苏州西南太湖中的洞庭西山,位于烟波浩渺的太湖之中,风景奇丽。而包山寺又在洞庭西山的林荫之中,实在是世外桃源。文章前部分写作者在包山寺探幽。寺中美竹修篁,清雅寂静；山坳浓荫茂密,摩云翳日。而一座山的树木却因惨遭斧柯而成童山,这似乎预示着什么。或许,作者是想到此处寻找仙人的踪迹,但是,"丹灶烟销,寒泉涧涸。试问仙踪,奋然在断霞残照之间矣"。寻仙不见是遗憾,我们由此也可读出作者因仕途不顺,产生消极避世,寄情于神仙禅林的思想。后部分写月亮照耀下的包山景色,作者在明月当空时出寺眺望,只见月光从树的空隙中洒落下来,银光斑驳。登上高冈,宛如在银色的玻璃城中,玲珑空明,冰清玉洁,恍如仙境。寺僧更说在冬天积雪的月夜,琼林玉树,景象绝非人间所有。作者沉浸在柔和的银色世界中,虽只有"四夕",却胜过俗世几年！这种场景不正是与作者的人生追求完全吻合吗？

---

 ① 既望：阴历十六。
 ② 武：步。
 ③ 跬步：本指半步,跨一脚,引申至举步、迈步,也被用于形容极近的距离、数量极少等。
 ④ 林薄：交错丛生的草木。
 ⑤ 琪：美玉的一种。
 ⑥ 素魂：月的别称,也指月光。
 ⑦ 未惬：不满意。

这篇文章已达到了物我同一的最高境界。

二、姚希孟《山中嘉树记》①

山中嘉树记

山以树为衣,山无树,犹丽姝不得罗襦绣带,而骄语綦缟②,能发其惊鸿游龙之态③否耶?洞庭固嘉树薮④也。

花有二时⑤,为梅,为梨,梅之盛,未知较光福邓尉⑥间何如?但见老干苞香,纠错诸坞⑦中,后堡、涵村⑧为最。往往团而续,不若光福亘而联,疑光福差雄⑨也。所传甪头⑩梨花,则天下无双矣。

又闻黄家堡⑪,有一老桂。云甪庵⑫四季山茶,传为甪里先生⑬手植。吾何所取质哉?

果熟为橙橘,果娱口,非用悦目,乃谈闽南鲜荔枝者,不独涎流,双睫亦湮湮⑭不自持矣。橙橘凛高秋之气,肃然严冷,然深黄浅绛,遥映绿丛,如礼法大家,未尝不浓妆靓饰,而举止矜重,隐身自蔽。清霜既醉,色韵成酣,间以银杏之苍姿、枫林之袨色⑮,遂使明沙净渚,别开图画,远岫孤峰,转增褥绣。此秋山一时之美,独擅于洞庭,余所为选时而践⑯也。

---

① 王稼句. 苏州山水名胜历代文钞. 上海:上海三联书店,2010:200.
② 綦缟(qí gǎo):綦巾缟衣,指朴素的衣着。
③ 惊鸿游龙之态:形容美人轻盈的体态。曹植《洛神赋》:"翩若惊鸿,婉若游龙。"
④ 洞庭:洞庭西山。薮(sǒu):聚集之处。
⑤ 二时:犹两季。
⑥ 光福、邓尉:苏州城西光福镇有邓尉山,为赏梅之处。
⑦ 纠错:纠结、交错,写梅树的姿态。坞:地势四周高而中间凹的地方。
⑧ 后堡:西山岛地名,位于古樟园南。涵村:西山岛西北部涵村坞,北濒太湖,南倚缥缈峰,三面环山。
⑨ 差雄:略胜一筹。
⑩ 甪(lù)头:即苏州西南洞庭西山甪里。南宋范成大《吴郡志》卷8作"甪头"。
⑪ 黄家堡:苏州洞庭西山的一个乡村。
⑫ 甪庵:苏州洞庭西山三庵四宫十八寺之一。
⑬ 甪里先生:汉初隐士,姓周,名术,字元道,太伯之后,为"商山四皓"之一。
⑭ 湮湮:增进的样子。
⑮ 袨(xuàn)色:袨,本指黑色礼服。袨色,这里形容枫林呈深红色。
⑯ 选时而践:找准时机前往一游。

长松落落,远者一二百年,近亦不下数十年,寅①朝曦,攀夕照,邀清晖于明月,漱爽籁之清风,即水远不闻潺潺,僧懒不习鼓钟,而树杪生涛,山空响梵②,划然而豺虎啸,哩然而蛟螭吟③,此皆松之馀韵也。松莫盛于天王,莫古于华山④,若包山、水月⑤,则晋楚齐秦之匹。惜未见罗汉、法喜⑥诸松耳。松之为龙攫⑦者二,一在徐文敏⑧祖墓,由趾贯其巅,伤痕如刳,树夭矫自若;一在上方坞⑨,欹卧桥上,若推仆不得起,作臃肿支离态,而鬐戟怒张。夫松固木中龙类也,故松脂入地为琥珀,龙血亦为琥珀,何同偶相轧,岂亦恶其似龙者耶。为雷劈者一,则松台孤松也。雷火削去一枝,当是助乖龙为虐,而老干未戕,马远笔意故在⑩。

　　柏则华山寺前侧柏两株,高仅三尺,枝匽⑪叶胃,有璎珞⑫庄严之相。天王寺古本一株,百馀年物矣。枝枝向佛,若合十皈依者。"玄奘⑬归而松枝转",孰谓无情不说法也,爰告主林神,当为摩顶授记。

　　而余谱佳树,多取喻美人,故当以禅衲⑭终。

【按】作为苏州人的姚希孟,以苏州太湖中的洞庭西山为具体环境,向我们展示了各种各样的花木。有花香怡人、花形艳丽的梅、梨;有隐士"手植"的桂

---

① 寅:敬,礼拜。
② 响梵:这里指佛教寺庙里传出的诵经声、钟鼓声。
③ 划然、哩(è)然:象声词。
④ 天王:天王寺,苏州洞庭西山三庵四宫十八寺之一。华山:在苏州城西。此山一山两名,西坡为天池山,东坡为花山(又称华山)。
⑤ 包山、水月:即苏州洞庭西山的包山禅寺与水月禅院。
⑥ 罗汉、法喜:西山两座佛寺名。
⑦ 龙攫:就如龙探爪取物。
⑧ 徐文敏:徐缙(1482—1548),字子容,号崦西。苏州洞庭西山人。著有《徐文敏公文集》五卷。
⑨ 上方坞:苏州洞庭西山的一个地方。
⑩ 马远:南宋名画家,善画人物、花鸟,亦工山水。构图多取边角之景,人称"马一角"。
⑪ 匽(yǎn),同偃,放倒的意思。
⑫ 璎珞(yīng luò):古代用珠玉穿成串、戴在脖子上的装饰品。
⑬ 玄奘:佛教学者,通称三藏法师,俗称唐僧。唐贞观三年(629)赴天竺取经,历十七年,回到长安,从事译经,撰有《大唐西域记》。为小说《西游记》中唐僧的原型。
⑭ 禅衲:僧衣。

与山茶;有既能满足人口腹之欲,又能观赏的橙橘;有千姿百态的长松、孤松;有"璎珞庄严"的柏树。读最后一句"余谱佳树,多取喻美人,故当以禅衲终",可知作者是以树喻人,而且按着由纤弱到刚强,最终参悟的顺序进行展示。如果细读全文,就能发现作者的写作以松树为中心,松树"寅朝曦,攀夕照,邀清晖于明月,潄爽籁之清风",实是皎皎君子的写照。魏忠贤倒台后,其死党倪文焕害怕受到株连,派人送厚礼以求得解脱,被姚希孟报官。正是因为这种近于迂的正直,姚希孟一直郁郁不得志,受人排挤。从这点也可见作者以松树为写作重点,托物言志的用意。

几乎处处不离自己的家乡苏州,是这篇文章的一大特色。如写到同在洞庭西山的后堡、涵村、甪头、黄家堡、上方坞、天王寺、水月禅院等,以显示苏州西山花木的特别,西山风光的美丽。

善用比较,是这篇文章的又一特色,如将西山之梅与光福邓尉山之梅作比较,将西山之松与华山之松作比较,将西山之橘与岭南荔枝作比较。

三、文震孟《〈洞庭游记〉序》[①]

《洞庭游记》序

文震孟

  孟长[②]兹游有四快[③],而天时之宜,风月之美,眺览之奇不与[④]焉。游当茹素之期,不以酒肉丝竹尘点[⑤]山灵,一快也。又当沦弃之日[⑥],山中好事之家,无相物色者[⑦],草衣衲侣,游乃益清,二快也。穷林屋之胜[⑧],至于烟迷径绝,田夫野老,惊相告语,奔走救援,此犹足以征人心焉[⑨],三快也。以余耳目所及之名公,若冯元成[⑩]先生,游记遍天

---

① 王稼句.苏州山水名胜历代文钞.上海三联书店.2010:185.
② 孟长:姚希孟,字孟长,苏州人,作者外甥。
③ 快:痛快境界。
④ 眺览之奇不与:此句意为观赏奇特的景物不属于"四快"。
⑤ 尘点:污染。
⑥ 沦弃之日:沦落被弃的日子,就如非节假日。
⑦ 无相物色者:大意为自由自在,无所追求者。
⑧ 林屋之胜:洞庭西山林屋洞。
⑨ 征:证验,证明。
⑩ 冯元成:冯时可,号元成,华亭松江人,隆庆进士。

文震孟(500名贤之一)

下,独遗几席之洞庭。至张伯起、周公瑕、王百谷①,皆未尝泛石公、龙渚之棹②。惟赵隐君凡夫③仅一至耳;其他游者不能记,记者不能尽,即弇州之文④,亦似寥寥未称;而孟长雄词伟藻,直与缥缈、莫厘⑤争高竞爽,吞今掩古,光怪陆离,将使后来游者遂可无言绝响,不必先结一记游之想,以挠其登高临深之天趣,四快也。

昔人有言,山水之神情,恒与幽人畸士⑥相亲昵,然非言语文章之妙,不足以发潜而流远。余间询之楚人,武昌赤壁仅一部娄⑦,而柳州遗迹,按图索之,殊不相当⑧。独以两公文在,几与五岳四渎⑨并垂声于宇宙。文人不遇,岂非山水之甚幸哉⑩。况洞庭灵奇,夙标震旦⑪。惟护之以风涛,怖之以险阻,即具逸情远性者,亦未

---

① 张伯起:张凤翼,字伯起,苏州人。周公瑕:周天球,字公瑕,苏州人。王百谷:王稚登,字百谷,武进人,移居苏州。

② 皆未尝泛石公、龙渚之棹:石公:山名,在洞庭西山太湖边。龙渚:可能是无锡太湖边的鼋头渚。棹:船桨。此句意为:都未曾驾船游过太湖边的石公山等。

③ 赵隐君凡夫:赵宧光,字凡夫,吴县人,隐居于寒山。隐君,对隐士的尊称。

④ 弇(yǎn)州之文:指王世贞的文章及诗作。王世贞,明代文学家,号弇州山人。

⑤ 缥缈:洞庭西山主峰。莫厘:洞庭东山主峰。

⑥ 幽人畸(jī)士:与世俗不同之人。

⑦ "余间"三句:偶尔问起楚地一带的人来,那苏轼描写的赤壁,看上去也不过是一个小山丘。部娄:小山丘。

⑧ "柳州"三句:柳宗元山水游记中描写的胜景,按照线索去看看,也和他描写的形象不相符。柳州:唐柳宗元,曾任柳州刺史,世称柳柳州。

⑨ 五岳四渎:泛指中国的大山名川。

⑩ 不遇:不得志,不被赏识。此句意为,文人不得志,才能使山水得到显露的荣幸。弦外之意:文人如果飞黄腾达了,就不会写出优秀的山水游记了。

⑪ 震旦:本佛经译音,古代印度人称中国为震旦。

能时时酬对,一朝为耦①,相得益彰,山灵恺豫②,又复何如?不啻③吾所称四快而已。

余自摈废④以来,屏栖深谷,云封烟绕。门前寸武,便如黔蜀万山。洞庭之游,日与孟长期⑤,而今竟先我矣。览兹游记,固深快之,而亦几妒之,终乃深幸之。幸我虽未游,而兹已游,他日虽游而已,不必记游也。

丁卯立春日,石经堂雪窗题,竺坞山樵文震孟。

【按】这是文震孟为外甥姚希孟所写的有关洞庭湖山水游记而作的序言。名为序言,实际上是借此表明自己的旅游观念。在作者眼里,山水旅游,不在乎天气好坏,不在乎观赏优美风光,不在乎饮酒作乐。只要找个清静的日子,与一二与世无争的人士同游,就是一件痛快的事。能在困难的时候遇到热心人士的帮助,更是幸运之极。当然,也不能还未游就想着游记怎样写,就是所谓的"幸我虽未游,而兹已游;他日虽游而已,不必记游也"。作者还认为,正因为文人不得志,山山水水才有了被文字记载的幸运,才有了高档次的山水游记。如果将作者与姚希孟两人过于正直,甚至有些"迂",致使仕途不顺联系在一起,这一切也就顺理成章了。也就是说,文中有"我"在。

然而,既然是序,也得对被序的文字做一番评价。作者认为,姚希孟的游与记,胜过了冯元成、张伯起、周公瑕、王百谷、王世贞等人之文,甚至可与东山最高峰莫厘峰与西山最高峰缥缈峰媲美,这是免不了的溢美之词。

---

① 耦:同"偶"。
② 恺豫:和乐。
③ 不啻:无异于。
④ 摈(bìn)废:斥逐罢废。
⑤ 期:相约。

虎丘剑池入口

张岱散文中的苏州

张岱画像

张岱(1597—1689?),字宗子,号陶庵,又号蝶庵居士,山阴(今浙江绍兴)人。张岱出生于官宦之家,家境富裕,年轻时四处游历,生活可谓安逸清闲、丰富多彩。明朝灭亡之后,张岱因拒绝为清廷任职,从衣食无忧的富家子弟变成了下层贫民,生活穷困潦倒,后来更是以入山著书终。张岱擅长散文,一生著作颇丰,散文集《陶庵梦忆》为其代表作。

虎丘中秋夜①

虎丘八月半,土著流寓②、士夫眷属、女乐声伎、曲中名妓戏婆、民间少妇好女、崽子娈童及游冶恶少③、清客帮闲、傒僮走空④之辈,无不鳞集。自生公台、千人石、鹤涧、剑池、申文定祠⑤,下至试剑石、一二山门,皆铺毡席地坐。登高望之,如雁落平沙,霞铺江上。

天暝月上,鼓吹百十处,大吹大擂,十番铙钹⑥,渔阳掺挝⑦,动地翻天,雷轰鼎沸,呼叫不闻。更定⑧,鼓铙渐歇,丝管繁兴,杂以歌唱,皆"锦帆开""澄湖万顷"同场大曲⑨,蹲踏和锣,丝竹肉声⑩,不辨拍煞⑪。更深,人渐散去,士夫眷属皆下船水嬉。席席征歌,人人献技,南北杂之,管弦迭奏,听者方辨字句,藻鉴随之⑫。

二鼓人静,悉屏管弦,洞箫一缕,哀涩清绵⑬,与肉相引,尚存三四,迭更为之。

三鼓,月孤气肃,人皆寂阒⑭,不杂蚊虻。一夫登场,高坐石上,不箫不拍,声出如丝,裂石穿云,串度抑扬,一字一刻,听者寻入针芥⑮,

---

① 王稼句.苏州山水名胜历代文钞.上海:上海三联书店,2010:227.
② 土著流寓:指本地居民和寓居于此地的人。
③ 崽子:男孩。娈(luán)童:以色相获宠的美貌男子。游冶恶少:不务正业的浪荡子弟。
④ 走空:骗子。
⑤ 申文定:即申时行(1535—1614),字汝默,号瑶泉,谥文定,苏州人,明代状元,官至内阁首辅。其祠在"第三泉"南,今存。
⑥ 十番铙钹(náobó):通常称为十番锣鼓,民间的组合乐器,以吹打乐器为主。
⑦ 渔阳掺挝(zhuā):鼓曲名。
⑧ 更定:头更,晚上八点。
⑨ "锦帆开""澄湖万顷":出自苏州昆山人梁辰鱼《浣纱记》中的曲子。同场大曲:指多人同时演唱的大曲子。
⑩ 蹲踏:形容各种声音集聚在一起,嘈杂纷纭。丝竹肉声:指管弦乐器和人歌唱的声音。
⑪ 拍煞:节拍煞尾,泛指声音旋律的节奏。
⑫ 藻鉴:品评赏鉴。
⑬ 哀涩清绵:哀怨青涩又清丽缠绵。
⑭ 寂阒(qù):寂静无声。
⑮ 寻入针芥:指从细微处辨析。

心血为枯,不敢击节,惟有点头。然此时雁比①而坐者,犹存百十人焉。使②非苏州,焉讨识者③!

【按】明代嘉靖、隆庆以后,苏州的民间戏曲艺术活动分外繁盛。每年中秋,在虎丘山举行的昆曲大会是以演剧与唱曲竞赛为娱乐的民俗活动。这种曲会从明代中后期至清代中期持续了一两百年。其间数辈文人,多有咏唱这个节日的诗文,明万历间诗人袁宏道就曾有《虎丘记》一文。张岱也有感于大会之盛况,于是创作了此文。

李流芳写虎丘,追求的是一个"静"字,而张岱却写出了中秋虎丘夜的不"静"。戏未开场,早就不"静"了,"天暝月上"时,愈发不"静",四方游人初集,唯有锣鼓吹打,才足以表达兴奋之情。等到头更,各种各样形式错杂,雅俗不分的演唱就开始了,"丝竹肉声,不辨拍煞"——仅仅是热闹而已!二更时,唱者中只留下经过竞争淘汰后的三四人,由一缕洞箫伴托着演唱,也就是说,逐步"静"了下来。三更,水平最高者登台献艺,故而特别引人注目。演艺终于到了令人"不敢击节,惟有点头"的情境,八个字写出了表演者与观众的神情契合无间,就是极"静"了——显然,"动"是为了"静",由渐"动"到猛"动",由猛"动"到略"静",由略"静"到宁"静",这就是张岱笔下虎丘的中秋曲会。

我们在赏析李流芳《游虎丘小记》时,称李流芳仅仅是把虎丘当做宣泄自己心情的"道具",而张岱在此文中却把虎丘一地当成了主角,当作了展示苏州民俗的剧场。

---

① 雁比:形容排列有序。
② 使:假使,如果。
③ 焉讨识者:哪儿求得到知音。

五人墓记碑

张溥散文中的苏州

张溥(1602—1641),字天如,苏州太仓人,明朝晚期文学家。与同乡张采齐名,合称"娄东二张"。张溥曾与郡中名士结为复社,评议时政,是东林党与阉党斗争的继续。一生著作宏丰,编述三千余卷,涉及文、史、经学各个学科,精通诗词,尤擅散文、时论。代表作有《五人墓碑记》①。

五人墓碑记②

张溥(500名贤之一)

五人者,盖当蓼洲周公③之被逮,激于义而死焉者也。至于今,郡之贤士大夫请于当道④,即除魏阉废祠之址以葬之⑤;且立石于其墓之门,以旌⑥其所为。呜呼,亦盛矣哉!

夫五人之死,去⑦今之墓而葬焉,其为时止十有一月耳。夫十有一月之中,凡富贵之子,慷慨得志之徒,其疾病而死,死而湮没不足道者,亦已众矣。况草野之无闻者欤?独五人之皦皦⑧,何也?

予犹记周公之被逮,在丁卯三月之望⑨。吾社之行为士先者⑩,为之声义,敛赀财⑪以送其行,哭声震动天地。缇骑⑫按剑而前,问"谁为哀者?"众

---

① 吴楚材,吴调侯.古文观止.北京:长城出版社,2002:705.
② 明天启年间,宦官魏忠贤专权,以残暴手段镇压东林党人。天启六年(1626),魏忠贤派人到苏州逮捕东林党人周顺昌,苏州市民爆发了反抗宦官统治的斗争。本文是为这次斗争中被阉党杀害的五位义士而写的碑文。五人墓在苏州虎丘之东约1公里处,该碑文仍在。
③ 蓼(liǎo)洲周公:周顺昌,字景文,号蓼洲,苏州人。
④ 当道:执掌政权的人。
⑤ 除:修治,修整。魏阉废祠:魏忠贤专权时,其党羽在各地为他建立生祠,事败后,这些祠堂均被废弃。
⑥ 旌(jīng):表扬,表彰。
⑦ 去:距离。
⑧ 皦(jiǎo)皦:光洁,明亮。这里指显赫。
⑨ 丁卯三月之望:天启七年(1627)农历三月十五日。实际上,周顺昌被逮是丙寅三月之望,一般认为是张溥记错,但该碑如今还在,上面明明白白写着"丙寅三月之望"。
⑩ 吾社:指张溥成立的复社。行为士先者:行为能够成为士人表率的人。
⑪ 赀财:资财。
⑫ 缇骑(tíjì):穿橘红色衣服的朝廷护卫马队即锦衣卫。明清逮治犯人也用缇骑,故后世用以称呼捕役。

不能堪，抶而仆之①。是时以大中丞抚吴者，为魏之私人②，周公之逮所由使也。吴之民方痛心焉，于是乘其厉声以呵，则噪而相逐。中丞匿于溷藩③以免。既而以吴民之乱请于朝，按诛④五人，曰颜佩韦、杨念如、马杰、沈扬、周文元，即今之傫然⑤在墓者也。

然五人之当刑也，意气扬扬，呼中丞之名而詈⑥之，谈笑以死。断头置城上，颜色不少变。有贤士大夫发五十金，买五人之脰而函之⑦，卒与尸合。故今之墓中全乎为五人也。

嗟夫！大阉⑧之乱，缙绅⑨而能不易其志者，四海之大，有几人欤？而五人生于编伍⑩之间，素不闻诗书之训，激昂大义，蹈死不顾，亦曷⑪故哉？且矫诏⑫纷出，钩党之捕⑬遍于天下，卒以吾郡之发愤一击，不敢复有株治⑭。大阉亦逡⑮巡畏义，非常之谋，难于猝发，待圣人之出，而投缳道路⑯，不可谓非五人之力也。

由是观之，则今之高爵显位，一旦抵罪⑰，或脱身以逃，不能容于远近，而又有剪发杜门⑱，佯狂不知所之者，其辱人贱行，视五人之死，轻重固何如哉？是以蓼洲周公，忠义暴于朝廷，赠谥美显⑲，荣于身

---

① 抶(chì)而仆之：谓将其打倒在地。
② 是时：这时。大中丞：官职名。抚吴：做吴地的巡抚。魏之私人：魏忠贤的死党，即毛一鹭。
③ 溷(hùn)藩：厕所。
④ 按诛：追究案情判定死罪。按，审查。
⑤ 傫(lěi)然：聚集的样子。
⑥ 詈(lì)：骂。
⑦ 脰(dòu)：颈项，头颅。函：匣子，意为把头颅装在木匣里。
⑧ 大阉：指魏忠贤。
⑨ 缙绅：古代称做官的人为缙绅。
⑩ 编伍：民间。明代户口编制以五户为一"伍"。
⑪ 曷：同"何"。
⑫ 矫诏：伪托皇帝的命令。
⑬ 钩党之捕：这里指搜捕东林党人。钩党：相互牵引钩连为同党。
⑭ 株治：株连治罪。
⑮ 逡(qūn)巡：有所顾忌而徘徊。
⑯ 圣人：指崇祯皇帝朱由检。投缳(huán)：天启七年，崇祯即位，将魏忠贤放逐到凤阳去守陵，不久又派人去逮捕他。他得知消息后，畏罪吊死在路上。投缳：上吊。
⑰ 抵罪：犯罪应受惩治。
⑱ 剪发杜门：剃发为僧，闭门索居。
⑲ 赠谥(shì)美显：指崇祯追赠周顺昌"忠介"的谥号。美显：美好而光荣。

后。而五人亦得以加其土封①，列其姓名于大堤之上。凡四方之士，无有不过而拜且泣者，斯固百世之遇也。不然，令五人者保其首领，以老于户牖②之下，则尽其天年，人皆得以隶使之③，安能屈豪杰之流，扼腕④墓道，发其志士之悲哉？故予与同社诸君子，哀斯墓之徒有其石也，而为之记，亦以明死生之大，匹夫之有重于社稷也⑤。

贤士大夫者，冏卿因之吴公，太史文起文公，孟长姚公也。⑥

【按】苏州的美丽，有人说是由自然形成，有人说是由达官贵人堆砌，有人说是由才子佳人美化，但是，我们认为更由无数的苏州平头百姓所创造。

碑记是刻在墓碑上，用于叙述死者生前的事迹，评价、歌颂死者功德的文字，所以也被称为是"谀墓之词"。当然，受各方面原因的限制，碑记的受者一般为达官贵人或其亲属。而张溥的这一篇，写作对象却是处于社会下层的五位义士，这"五人"没有显赫的家族、功名、官爵，但却有轰轰烈烈的反阉党斗争的壮举，他们不需要"谀词"。这篇文章实质上是一篇战斗的檄文。

为了突出五位义士，作者多处用了对比法，起到了奇效。其一，就五人各自的"生"与"死"作对比，作者假设五人老死于"户牖之下，则尽其天年，人皆得以隶使之"，来和如今"屈豪杰之流，扼腕墓道，发其志士之悲"作对比。其二，将五人之义举与其他人作对比，在全文第二自然段中，将"富贵之子、慷慨得志之徒"的"死而湮没不足道"与"五人之皦皦"作对比；第五自然段中，将大阉之乱时"缙绅而能不易其志者"没有几人，与五人的挺身而出作对比；第六自然段中，将"今之高爵显位，一旦抵罪，或脱身以逃，不能容于远近，而又有剪发杜门，佯狂不知所之者"与五人之慷慨赴义作对比。其三，将五人慷慨赴义的前后作对比，之前是阉党"钩党之捕遍于天下"，其后是"不敢复有株治"。最后，以一句"匹夫之有重于社稷也"，在对比中作总结。

五人作为苏州市民的代表，张溥歌颂五人，实际上就是歌颂苏州市民。

---

① 加其土封：扩大坟墓，这里指重修坟墓。
② 户牖(yǒu)：指家里。户：门；牖：窗子。
③ 隶使之：当作仆役一样使他们。
④ 扼腕：感情激动时用力握持自己的手腕。
⑤ 匹夫：老百姓。社稷：国家。
⑥ 三人依次为吴默、文震孟、姚希孟。

赏石

叶小鸾散文中的苏州

叶小鸾(1616—1632),女,字琼章,又字瑶期,苏州吴江人。叶绍袁与沈宜修之三女,著名诗论名家叶燮之三姐。出生四个月,即由舅父母抚养,十岁时舅母病故,始归家。喜吟咏,善琴棋书画。聘于昆山张维鲁之子张立平,嫁前

叶小鸾画像

五日而殁,年不足十七。她作的《汾湖石记》①寄寓了世间的风雨、历史的沧桑和人间的忧戚欢乐。

汾湖②石记

叶小鸾

汾湖石者,盖得之于汾湖也。其时水落而岸高,流涸而厓出③,有人曰:"湖之湄,有石焉,累累然而多④。"遂命舟致⑤之。其大小圆缺,袤尺⑥不一;其色则苍然,其状则嵚然⑦,皆可爱也。询之居旁之人,亦不知谁之所遗矣。

岂其昔为繁华之所,以年代邈远,故湮没而无闻耶?抑开辟以来,石固生于兹水者耶?若其生于兹水,今不过遇而出之也。若其昔为繁华之所,湮没而无闻者,则可悲甚矣。想其人之植此石也,必有花木隐映,池台依倚;歌童与舞女流涟⑧,游客偕骚人啸咏。林壑交美,烟霞有主,不亦游观之乐乎!今皆不知化为何物矣。

且并颓垣废井、荒途旧址之迹,一无可存而考之。独兹石之颓乎卧于湖侧,不知其几百年也,而今出之,不亦悲哉!虽然,当夫流波之冲激而奔排,鱼虾之游泳而窟穴,秋风吹芦花之瑟瑟,寒宵唤征雁之嘹嘹⑨。苍烟白露,蒹葭无际。钓艇渔帆,吹横笛而出没;萍钿荇带⑩,杂黛螺而萦覆⑪。则此石之存于天地之间也,其殆与湖之水冷

---

① 叶绍袁.午梦堂集.北京:中华书局,1998:354.
② 汾湖:在苏州吴江东南。
③ 厓:同"涯",湖岸。
④ 湄(méi):岸边水草交接的地方。累累然:繁多、重积的样子。
⑤ 舟致:用船装。
⑥ 袤(mào)尺:指长短尺寸。袤:指纵长或南北距离的长度,与"广"相对。
⑦ 嵚(yín)然:高耸的样子。
⑧ 流涟:即流连,依恋而舍不得离去。
⑨ 嘹(liáo)嘹:形容雁叫的声音响亮而悠长。
⑩ 萍钿荇带:浮萍如钿,荇草如带。
⑪ 萦覆:萦绕覆盖。

落于无穷已邪?

  今乃一旦罗之于庭,复使垒之而为山,荫之以茂树,披之以苍苔,杂红英之璀璨,纷素蕊之芬芳。细草春碧,明月秋朗,翠微①缭绕于其颠,飞花点缀乎其岩。乃至楹槛之间,登高台而送归云;窗轩之际,照退景而生清风。回思昔之啸咏涟游观之乐者,不又复见之于今乎?则是石之沉于水者可悲,今之遇而出之者又可喜也。若使水不落,湖不涸,则至今犹埋于层波之间耳。石固亦有时也哉!

【按】烟雨江南,自古就是一个出才子的地方,也是一个出才女的地方。苏州吴江的叶小鸾 17 岁不到时因在汾湖水落时发现了一块石头(应该也属于太湖石),写作一篇《汾湖石记》。叶小鸾写石,以"虚"写为主,主要是想象这块汾湖石的过去与将来。将理性与浪漫相结合,是这篇文章的显著特点。

  她跨越千古时空,追溯石头的来历与命运,从中写出历史的沧桑和人类的命运,若没有理性的思考和哲理的分析焉能达到! 实际上,这里面也有着一个弱女子对自己命运的思考。不仅如此,叶小鸾更是一位充满幻想的青春少女,文章的后两段,她为汾湖石设想了"荫之以茂树,披之以苍苔,杂红英之璀璨,纷素蕊之芬芳。细草春碧,明月秋朗。翠微缭绕于其颠,飞花点缀乎其岩"的美好将来,这难道不是对自己未来的想象吗? 她相信"石固亦有时也哉",她相信生活是美好的。可是,她怎么也没想到自己不足 17 岁就香消玉殒。文章写成 3 个月后,一代才女身亡。《汾湖石记》从此成为文坛绝响。

  叶小鸾去世后,她母亲沈宜修作《季女琼章传》,称:她的五儿世儋梦见叶小鸾在一座深松茂柏中的茅庵里读书,神色欢畅。她不许五儿进门,隔着窗户和他说话。隔了几天,大儿世佺,亦梦见叶小鸾送给自己几盒松实。她的父母请金圣叹扶乩,金圣叹称,叶小鸾本是月宫女侍书。或许,这就是对叶小鸾在文中想象的汾湖石美好将来的注解吧。斯人已去,留下文字美在人间。

  据说,叶小鸾就是曹雪芹《红楼梦》中林黛玉这一角色的原型。

---

 ① 翠微:青翠的山色,形容山光水色青翠缥缈。也泛指青翠的山。

宋荦重修沧浪亭记碑

宋荦散文中的苏州

宋荦(1634—1714),字牧仲,晚号西陂老人、西陂放鸭翁。河南商丘人。诗人、画家、政治家。与王士祯、施润章等人同称"康熙年间十大才子"。康熙三年(1664),被授予湖广黄州通判,累擢江苏巡抚(相当于江苏省省长)。康熙皇帝三次南巡,皆由宋荦负责接待。宋荦被康熙帝誉为"清廉为天下巡抚第一"。当时的江苏巡抚府邸在苏州,所以,宋荦长期在苏州,与苏州的感情颇深。

重修沧浪亭记①（节选）

余来抚吴且四年，蕲与吏民相恬以无事②，而吏民亦安余之简拙，事以寖③少，故虽处剧而不烦。暇日披图乘④，得宋苏子美⑤沧浪亭遗址于郡学东偏，距使院⑥仅一里而近。间过之，则野水潆洄，巨石颓仆，小山蘩翳⑦于荒烟蔓草间，人迹罕至。

予于是亟谋修复，构亭于山之巅，得文衡山隶书"沧浪亭"三字揭诸楣⑧，复旧观也。亭虚敞而临高，城外西南诸峰，苍翠吐欱⑨檐际，亭旁老树数株，离立拏攫⑩，似是百年以前物。循北麓稍折而东，构小轩曰自胜，取子美《记》中语也。迤西十馀步，得平地，为屋三楹，前亘土冈，后环清溪，颜⑪曰观鱼处，因子美诗而名也。跨溪横略彴⑫，以通遊屐⑬。溪外菜畦民居相错如绣。亭之

宋荦（500名贤之一）

---

① 王稼句.苏州园林历代文钞.上海：上海三联书店，2008：5.
② 蕲(qí)：同"祈"，祈求。恬：安。
③ 寖(qīn)：渐渐。
④ 图乘：地图与地方志。
⑤ 苏子美：即苏舜钦。
⑥ 使院：江苏巡抚衙门。
⑦ 蘩翳(cóngyì)：草木繁盛貌。
⑧ 文衡山：文征明。揭诸楣：置放在门楣上。
⑨ 欱(hē)：吸收；容纳。
⑩ 拏攫(nájué)：搏斗。
⑪ 颜：门框上题匾额。
⑫ 略彴(zhuó)：小木桥。
⑬ 遊屐(jī)：出游时穿的木屐。亦代指游踪。

南,石磴陂陀①,栏楯②曲折,翼以修廊,颜曰步碕③。从廊门出,有堂翼然,祀子美木主④其中,而榜其门曰苏公祠,则仍旧屋而新之。

【按】沧浪亭自苏舜钦初建后,屡废屡兴,因沧浪亭的兴废而撰文者数不胜数。但这篇文章颇有特色,为"省长大人"宋荦所写。文章的后半段重在议论为官与游山玩水之间的关系,故我们在此仅节选其前半部分。苏舜钦的《沧浪亭记》重在抒发自己厌倦官场,寄情山水之情,而我们节选的宋荦这部分重在介绍沧浪亭的景物。对沧浪亭景物的描写,前者也有介绍,但为粗线条,而这段文字却是作了较为细致的介绍。

文章首先写了作者在苏州任职时沧浪亭的现状,虽然是"野水潆洄,巨石颓仆,小山蒙翳",但却湮没在"荒烟蔓草间",惨不忍睹。作为一个文化素养颇高的"省长",他想到了苏舜钦的造园初衷,想到了数百年来的兴衰,于是,决定重建沧浪亭。重建的过程即是这段文字的重点。宋荦毕竟是文人,他特别重视沧浪亭的文化内涵。"复旧观"是主要原则,也就是我们现在所谓的"修旧如旧"。门楣"沧浪亭"三字,用的是100多年前苏州才子文征明的隶书。而园内各处,尽量与600年前的苏舜钦联系起来,构造小轩称为"自胜",源自苏舜钦原记中的"是未知所以自胜之道";"为屋三楹……颜曰观鱼处",因为苏舜钦《沧浪观鱼》一诗中有"我嗟不及群鱼乐"之句;将翻新的旧屋,置放苏舜钦的"木主",并"榜其门曰苏公祠",如此等等。

宋"省长"这篇文章的碑刻仍在沧浪亭园中,不过,如今用玻璃框罩了起来。

---

① 陂陀(pōtuó):倾斜不平貌。
② 楯(shǔn):栏干的横木。
③ 步碕(qí):曲折的堤岸。
④ 木主:木制的神位。上书死者姓名以供祭祀。又称神主,俗称牌位。

言子墓

张裕钊散文中的苏州

张裕钊(1823—1894),字廉卿,湖北武昌人,桐城派后期重要作家之一。道光二十六年(1846)举人,官至内阁中书,在南京、武昌、保定等地主持过书院。曾师事曾国藩,与黎庶昌、薛福成、吴汝纶并称"曾门四弟子"。

游虞山记①

十八日②,与黎莼斋游狼山③,坐萃景楼望虞山,乐之。二十一日,买舟渡江,明晨及常熟。时赵易州惠甫适解官归,居于常熟,遂偕往游焉。

---

① 王稼句.苏州山水名胜历代文钞.上海:上海三联书店,2010:386.
② 十八日:光绪二年(1876)八月十八日。
③ 狼山:在江苏南通市南,长江边,与常熟虞山隔江相望。

虞山尻尾①东入熟城,出城迤西,绵二十里,四面皆广野,山亘其中。其最胜为拂水岩,巨石高数十尺,层积骈叠,若累芝菌②,若重钜盘为台③,色苍碧丹赭斑驳,晃耀溢目。有二石中分,曰剑门,騞擘屹立④,诡异殆不可状。踞岩俯视,平畴广衍数万顷⑤,澄湖⑥奔溪,纵横荡潏⑦其间,绣画天施。南望毗陵、震泽⑧,连山青翠相属,厥高镵云⑨,雨气日光参错出诸峰上。水阴上薄⑩,荡摩阖开⑪,变灭无瞬息定。其外苍烟渺霭围缭,光色纯天,决眦穷睇⑫,神与极驰。岩之麓,为拂水山庄旧址,钱牧斋⑬之所尝居也。嗟夫!以兹丘之胜,钱氏惘⑭不能藏于此终焉?余与易州乃乐而不能去云。岩阿⑮为维摩寺,经乱半毁矣。

　　出寺西行,少折,逾岭而北,云海豁开,杳若天外,而狼山忽焉在前。余指谓易州,亦昔游其上也。又西下为三峰寺,所在室宇,每每可憩息。临望多古树,有罗汉松一株,剥脱拳秃⑯,类数百年物。寺僧俱酒果笋面饷余两人,已日昃⑰矣。循山北过兴福寺,唐人常建诗所谓破山寺者也。幽邃称建诗语。寺多木樨花⑱,由寺以往,芳馥

---

① 尻(kāo):尾部。
② 芝菌:灵芝。
③ 若重钜盘为台:就像重重叠叠的大石盘修筑的平台。
④ 騞(huō)擘(bò)屹立:意为如同被刀騞然劈开似的直立。騞:以刀劈物声。擘:剖分。
⑤ 畴(chóu):农田。衍:延展。
⑥ 澄湖:当指阳澄湖,阳澄湖在常熟城东南。
⑦ 荡潏(yù):水流波涌。
⑧ 毗陵:古郡名,指镇江、常州、无锡地区。震泽:即太湖。
⑨ 厥高镵(chán)云:厥,其;镵,刺。山高刺入云端。
⑩ 水阴:水的南面。上薄:指自虞山南望湖水,水面向南伸展,上近天际。
⑪ 荡摩:亦作"盪磨",谓相切摩而变化。阖开:开合。
⑫ 决眦(zì)穷睇(dì):眦,眼眶;睇,看。意为穷尽目力,张目远望。
⑬ 钱牧斋:钱谦益,字受之,号牧斋,常熟人,明清之际著名文学家。清兵南下,率先迎敌,官至礼部侍郎。因丧失民族气节,为士人所不齿。(参阅拙作《苏州文脉》)
⑭ 惘:迷惘,失去方向。
⑮ 阿:边。
⑯ 剥脱拳秃:树皮脱落,树干光秃而曲结回绕。
⑰ 昃(zè):日西斜。
⑱ 木樨(xī)花:桂花。"樨"也作"犀"。

载涂①。

　　返自常熟北门,至言子、仲雍墓②。其上为辛峰亭,日已夕,山径危仄不可上,期以翼日③往。风雨,复不果。二十四日,遂放舟趣吴门④,行数十里,虞山犹蜿蜒在篷户⑤,望之了然,令人欲反棹复至焉。

【按】光绪二年(1876)八月十八日,作者与友人游苏州属县常熟的虞山,这篇游记即此行记游之作。

这篇游记散文颇讲究立足点与景物之间的关系。总体上是移步换景,"打一枪换一个地方",将登山越岭所见的风光景物逐一展现于笔下。其次是定景换点,如写虞山,先是在南通狼山远眺,为其美景而"乐之";然后在常熟城西近观,见山之连绵横亘、山石之"层积骈叠";最后又是行数十里回望虞山,"犹蜿蜒在篷户,望之了然,令人欲反棹复至焉"。至于"踞岩俯视"部分,则是定点换景,作者的立足点不变,眼前的平畴、澄湖、毗陵、震泽、连山,一一变化莫测,令人目不暇接。

虞山仲雍墓

此外,这篇文章还特地写了拂水山庄旧址、破山寺以及言子、仲雍墓等人文景观,以衬虞山之胜。行文间对没有气节的钱谦益是鄙视的,此为反衬;而言子、仲雍等显然是正面衬托。

这篇文章写虞山之景,无论是描摹近石远山,还是写苍烟渺霭,都具有诗情画意,字里行间处处表现了作者的爱憎情感。

---

　　① 涂:途。
　　② 言子:孔子弟子言偃,字子游。仲雍:吴太伯弟,后立为王,其后人建立吴国。言偃与仲雍墓均在虞山。
　　③ 翼日:明日,次日。
　　④ 趣:趋向。
　　⑤ 篷户:船篷的窗。

今日吴趋坊

陆机诗咏苏州

陆机(261—303),华亭人,字士衡,世称"陆平原"。出身名门望族,东吴大将陆逊之孙。少有奇才,文章冠世,与弟云合称"二陆",又与顾荣、陆云并称"洛阳三俊"。历任平原内史、祭酒、著作郎等,后死于"八王之乱",被夷三族。著有《陆士衡集》。陆机还是一位伟大的书法家,其《平复帖》是我国现存的最早的名人书法真迹。(参阅拙作《苏州文脉》)

吴 趋 行[①]

楚妃[②]且勿叹,齐娥[③]且莫讴。

---

① 逯钦立.先秦汉魏晋南北朝诗.中华书局,1983:664.
② 楚妃:泛指楚国的王妃。
③ 齐娥:齐地所出美女,齐女善歌,故诗文中多以借指歌女。

四坐并①清听,听我歌吴趋②。
吴趋自有始,请自阊门③起。
阊门何峨峨,飞阁跨通波。
重栾承游极④,回轩启曲阿⑤。
蔼蔼庆云被⑥,泠泠鲜风过⑦。
山泽多藏育⑧,土风清且嘉⑨。
泰伯导仁风,仲雍扬其波⑩。
穆穆延陵子,灼灼光诸夏。⑪
王迹隤阳九⑫,帝功兴四遐⑬。
大皇⑭自富春,矫手顿世罗⑮。

---

① 并:一并,一齐。

② 行是古诗的一种体裁。"吴趋行"就是"吴郡行"。据说正因为有了《吴趋行》,苏州的一条古老街巷就叫做吴趋坊。

③ 阊门:阊门,苏州古城之西门,面对楚国和外部世界的主城门,也是苏州历史上最繁华的地段。

④ 重栾:层层曲枅。栾,曲枅,即柱上承斗拱的曲木。枅(jī),柱子上的支承大梁的方木,即枓。承:承接。游极:房屋的梁。

⑤ 回轩:回廊。回曲的长窗,后因以为长窗之别名。轩,有窗槛的小室或长廊。启:开启。曲阿:弯曲的椽子。

⑥ 蔼蔼:形容众多或是月光幽暗貌,云雾弥漫貌。庆云:吉庆的云彩,五色云。古人以为祥瑞之气。被:披,覆盖。

⑦ 泠泠:本指流水声,借指清幽的声音。鲜风:清新的风。

⑧ 山泽:山林与川泽。泛指山水。藏育:蕴藏和养育。

⑨ 土风:当地的风俗、本土的习俗。清:清纯,清雅高尚。且:并且,还。嘉:嘉好,嘉善美好。

⑩ 泰伯又称吴太伯,姬姓,周部落首领古公亶父长子。仲雍名雍,古公亶父次子,又称虞仲、吴仲。古公亶父欲传位季历及其子姬昌(即周文王),泰伯与仲雍让位于三弟季历,出逃至苏州一带,建立国家号句吴。

⑪ 穆穆:端庄恭敬,肃穆宁静。延陵子:指季札,春秋时吴王寿梦第四子,即公子札,为避王位而逃至封地延陵,世称"延陵季子"。灼灼:光亮如灼人的日光。光:光耀。诸夏:指中原,中国。

⑫ 王迹:帝王的踪迹。隤(tuí):崩颓,坠下。阳九:困厄的时运,指灾荒年景和厄运。

⑬ 帝功:帝王的功业。兴:兴盛于,使兴旺。四遐:指四方极远之处。

⑭ 大皇:三国吴主孙权谥号大皇帝,省称大皇。

⑮ 矫手:举手。矫,直,把弯曲的物体弄直。顿:整顿,处理。世罗:世网,帝王治理天下的纪纲。

> 邦彦①应运兴，粲若春林葩。
> 属城咸有士，吴邑②最为多。
> 八族未足侈，四姓实名家。③
> 文德熙淳懿，武功侔山河④。
> 礼让何济济，流化自滂沱。
> 淑美难穷纪，商榷⑤为此歌。

【按】这是一首文人写的乐府旧题诗，意在歌颂吴文化。楚妃之叹、齐娥之讴、吴人之趋都是一种具有强烈地方色彩的音乐，崔豹《古今注》："吴趋曲，吴人以歌其地也。"开头四句中罗列了几种著名的曲子，诗人的目的是夸赞吴地之美，作为吴人，自然要选用"吴趋"；于是，示意另两种可以停歇了。诗人首先提到了"阊门"。阊门享有繁盛之名，汇聚山塘河、外城河、内城河等，是苏州的代表。接下来诗人继续赞扬山泽秀丽的吴地养育出了很多有才能的人，有为避王位，与仲雍南奔，建立句吴国的泰伯；有为避王位退室而耕，品德高尚的"延陵季子"；有来自富春的吴大帝孙权。吴地还有人才济济、文韬武略、才华横溢的"八族""四姓"。诗的结尾说"商榷为此歌"，与谁商榷？或许是当时的社会有人作诗贬低吴地，纵然有潘岳在《为贾谧赠陆机诗曰》称"伪孙衔璧，奉土归疆"，诗人也要不拘一格，夸赞吴地乃人杰地灵之处。

诗人以赋起兴，从城楼阁轩、山泽土风、八族四姓等方面一一铺陈。全诗对偶，但读起来并不觉得呆板，古朴之气穿插其间，另外诗中多用叠词，以增强音韵感。整篇诗一气呵成，自然流畅，确实为佳作。

---

① 邦彦：指国家的优秀人才。邦，邦国。彦，俊彦。
② 吴邑：吴地的城邑，指苏州。
③ 八族：八个士族，一般认为是陈、桓、吕、窦、公孙、司马、徐、傅。四姓：四个有名的姓氏，指顾、张、朱、陆。
④ 文德：文治德行，以礼乐教化治理国家。熙：振兴。淳懿(yì)：淳朴美好。侔(móu)：等同。
⑤ 榷(què)：榷通"榷"。商榷：斟酌。

姑苏山

李白诗咏苏州

李白(701—762),字太白,号青莲居士,祖籍陇西成纪。生于碎叶城(当时属安西都护府),后迁居四川。天宝初,入长安,贺知章一见,称为"谪仙人",荐于唐玄宗,待诏翰林。后漫游江湖间,永王李璘聘为幕僚。璘起兵,事败,李白被流放到夜郎(在今贵州省)。中途遇赦,至当涂依叔父李阳冰,未几卒,享年61岁。李白被后人誉为"诗仙"。诗歌风格清新俊逸,既反映了时代的繁荣景象,也揭露了统治阶级的荒淫和腐败,表现出蔑视权贵,追求自由和理想的积极精神。

李白(500名贤之一)

一、《叙旧赠江阳宰陆调》①

叙旧赠江阳②宰陆调

李 白

泰伯让天下,仲雍扬波涛③。
清风荡万古,迹与星辰高。
开吴食东溟④,陆氏世英髦⑤。
多君⑥秉古节,岳立⑦冠人曹。
风流少年时,京洛事游遨。
腰间延陵剑,玉带明珠袍。
我昔斗鸡徒,连延五陵豪。
邀遮相组织,呵吓来煎熬⑧。
君开万丛人,鞍马皆辟易⑨,
告急清宪台⑩,脱余北门厄。
间宰江阳邑,翦棘树兰芳⑪。
城门何肃穆,五月飞秋霜⑫。

---

① 彭定求.全唐诗.郑州:中州古籍出版社,1996:951.
② 江阳:江阳,唐县名,治所在今江苏省扬州市。宰,县令。陆调,只能从零星资料中知道,陆调是吴人,开元年间曾在长安北门为李白解斗鸡徒之围。约天宝七载(748),任江阳县县令。
③ 泰伯、仲雍:见本书《陆机诗咏苏州》章。
④ 东溟:东海,这里是说"吴"在东海边。
⑤ 英髦:俊秀杰出的人,这里将陆调与苏州六朝时的大族陆氏一门联系起来。
⑥ 多君:感君。如高适"多君有知己,一和郢中吟"。
⑦ 岳立:如山岳屹立。
⑧ 五陵豪:西汉元帝以前,每筑一个皇帝陵墓,就要在陵周围置一个县,令县民供奉园陵。其中高帝长陵、惠帝安陵、景帝阳陵、武帝茂陵、昭帝平陵五县,都在渭水北岸今咸阳市附近,合称五陵。其地多徙居四方豪族,五陵遂为豪族居地代称,而五陵豪为贵族纨绔子弟的代称。此四句意为我当年曾经与斗鸡徒闹别扭,他们伙同五陵豪士,组织邀遮成一伙玩命之徒,对我一人威胁。
⑨ 辟易:退避;避开。
⑩ 清宪台:即御史台,管理弹劾官员的中央监察机构。
⑪ 翦棘树兰芳:镇压恶霸,培植新秀。
⑫ 城门何肃穆,五月飞秋霜:形容江阳城的肃穆干净。

好鸟集珍木,高才列华堂。
时从府中归,丝管俨成行①。
但苦隔远道,无由共衔觞②。
江北荷花开,江南杨梅熟。
正好饮酒时,怀贤在心目。
挂席拾海月③,乘风下长川。
多沽新丰醁④,满载剡溪船⑤。
中途不遇人,直到尔门前。
大笑同一醉,取乐平生年。

【按】《叙旧赠江阳宰陆调》是李白的一首五言古风。李白的这篇古风是写给好朋友陆调的长诗。诗仙李白,在诗歌领域的造诣是举世公认的;经过一些人的渲染,李白竟然成了剑术高手。李白爱剑,然而,他的剑术远不如诗歌那样独步天下。李白困居长安时曾经被一群有背景的地痞流氓欺负,失去财物,还被群殴,幸得陆调搭救,诗歌中对这一节有详细叙述。所以李白与陆调绝非泛泛之交,是一起打过架的过命的朋友。

李白这首诗把友情写得真切,真性情中人! 这首长诗从赞美陆调的家乡吴地入手,顺势赞美作为吴地大族陆氏(详见本书《刘义庆〈世说新语〉与苏州》)的后人的豪客风度。接着,写自己在长安遇难,陆调见义勇为解救自己,并想象陆调做江阳宰的政绩,也表达了是因路途遥远,两人无法相聚的遗憾。所以,如今最想的是和老朋友共饮一杯。于是,就想象自己跨海航行,"大笑同一醉,取乐平生年",欢饮达旦,及时行乐,李白的浪漫主义风格可见一斑。

有人从"江北荷花开,江南杨梅熟"句,认为当时李白在苏南地区,此诗当为天宝六载(747)夏所作,因为他当时正好"赴越"——应该经过苏州吧。

---

① 丝管俨成行:丝管之乐队俨然成行。
② 衔觞:谓饮酒。
③ 挂席拾海月:扬起风帆到海上去揽月,李白引用南北朝谢灵运的《游赤石进帆海》句。挂席:扬帆。
④ 醁(lù):美酒。
⑤ 剡溪船:这里用了王子猷居山阴的典故。后因以"剡溪船"指隐居逸游,造访故友。

二、《苏台览古》①

苏台②览古

李 白

旧苑③荒台杨柳新,菱歌④清唱不胜春。
只今惟有西江月⑤,曾照吴王宫里人⑥。

【按】李白曾三度游吴越,这首诗应该写于游吴越之时。在青青杨柳的映衬下,曾经的宫廷禁苑、歌台舞榭早已成断壁残垣,实在是物非人也非。那湖中的采菱女在清唱着青春永恒的歌谣;但是,此人非彼人,青春已不再。李白一开始就抒发了古今变异、昔非今比的感慨。然而,还有谁记得当年吴王宫里的繁华与宫中的美女呢?也许是永远明亮的城西河中的月亮吧,诗人这里借西江明月由今溯古,写今日之荒凉,以暗示昔日之繁华,以今古常新的自然景物来衬托变幻无常的人事,构思巧妙,旨意遥深。

对比鲜明是这首诗的显著特征,"苑"之旧与"柳"之新是明处的对比,而旧苑的歌舞与菱歌的清唱是暗中的对比,明暗之间内含诗人无尽的感慨:人间没有不散的筵席,无论是历史的巨大伤痛,还是大自然无私的赐予,召唤着人们去追求、去享受,及时行乐。或许,这就是李白的"人生得意须尽欢,莫使金樽空对月"的态度吧。

---

① 彭定求. 全唐诗. 郑州:中州古籍出版社,1996:1011.
② 苏台:即姑苏台,故址在今苏州西南姑苏山上。
③ 旧苑:指苏台。
④ 菱歌:苏州一带水乡老百姓采菱时唱的民歌。
⑤ 西江月:从下文的"照"来看,此处实指月亮。
⑥ 吴王宫里人:指吴王夫差宫廷里以西施为首的嫔妃。

三、《乌栖曲》①

乌 栖 曲②

李 白

姑苏台上乌栖时③，吴王④宫里醉西施。
吴歌楚舞欢未毕，青山欲衔半边日⑤。
银箭金壶⑥漏水多，起看秋月坠江波。
东方渐高⑦奈乐何！

【按】这是一首乐府旧题诗，指向吴王夫差建于苏州的姑苏台。文人喜欢用乐府的旧题目写诗，但一般仅仅是"借用"而已，其内容基本无关。如《乌栖曲》的内容大都比较艳靡，而到了李白手里，却成了讽刺宫廷淫靡生活的工具，诗人借此写出吴宫淫逸生活中自旦至暮，又自暮达旦的过程，来揭示吴王的醉生梦死。从不同的维度表现时间，是这首诗的显著特点。第一句中的"乌栖"，既照应题目，又点明吴宫中歌舞的时间——临近黄昏之际。"青山欲衔半边日"，轻歌曼舞还在高潮，却忽然意外地发现，西边的山峰已经吞没了半轮红日，暮色就要降临了。然后，计时的器具"银箭金壶"登场了，夜已深，"秋月坠江波"了，就在不知不觉中，东方天色白了。这个时间，一方面显示了吴宫彻夜歌舞的糜烂生活，另一方面，是否也暗示着吴国已经日薄西山，一夜下来就要变天了呢？

西山欲衔半边日

有人认为，这首诗是借吴宫荒淫来暗讽唐玄宗的沉湎声色，迷恋杨妃，有可能。但相比于李白其他写得雄奇奔放、恣肆淋漓的七言古诗和歌行，这首《乌栖曲》却偏于收敛含蓄，深婉隐微，成为他七古中的别调。

---

① 彭定求.全唐诗.郑州：中州古籍出版社，1996：914.
② 乌栖曲：六朝乐府调名。
③ 乌栖时：乌鸦停宿的时候，指黄昏。
④ 吴王：即吴王夫差。
⑤ 青山欲衔半边日：太阳下山的情景。
⑥ 银箭金壶：为古代计时工具。用铜壶盛水下漏，用箭指刻度计时。
⑦ 高(hào)：同"皓"，白。

寒山寺

张继诗咏苏州

张继,字懿孙,湖北襄阳人。唐代诗人,约公元753年前后在世,与刘长卿为同时代人。他的诗爽朗激越,不事雕琢,比兴幽深,事理双切,对后世颇有影响。但可惜流传下来的不多。(参阅拙作《苏州文脉》)

一、《枫桥夜泊》①

枫桥②夜泊

月落乌啼霜满天,江枫渔父对愁眠③。
姑苏城外寒山寺,夜半钟声到客船。

---

① 彭定求.全唐诗.中州古籍出版社,1996:1484.
② 枫桥:苏州西郊的一座古桥,跨运河支流。
③ 江枫:江村桥与枫桥。两座桥都在枫桥古镇,江村桥面对寒山寺,枫桥在江村桥之北100余米处。渔父:所见其他版本都做"渔火"。

【按】这是张继最著名的诗,也是唐诗中最著名的诗之一。也正因为这首诗,张继得以名留千古,而寒山寺也成为远近驰名的游览胜地。

这首诗最值得关注的是几个意象。首句中,"月落"诉诸视觉,"乌啼"诉诸听觉,而"霜满天"诉诸感觉,这三个意象一下子就给了读者一份"愁"。第二句中,"江枫"与"渔父"两个意象似乎不带感情色彩,但是,"对愁眠"却是愁上加愁。究竟为啥而愁,众说纷纭,一般都认为是因"高考"落第而愁,此说不现实。(参阅拙作《苏州文脉》)正因为此句,苏州寒山寺附近有了"乌啼桥"与"愁眠山"。实际上,是所见所闻使得作者心中产生愁意,这种愁意,或许就是孤独感吧。第三句呼应诗题。第四句中,既然是"夜半",必然是人迹杳然,而"钟声"是以动衬静,更显其静,那么,这种孤独感的产生就有了源头。

所以说,这首诗是情景交融的诗,是生动的画面和富有韵味的乐曲,具有独特而永久的艺术魅力。

二、《阊门即事》①

阊 门 即 事②

耕夫召募逐楼船③,春草青青万顷田。
试上吴门窥郡郭,清明几处有新烟。

【按】如果说《枫桥夜泊》中抒发的是作者的个人情感,那么,这首《阊门即事》抒发的就是实实在在的忧国忧民之情。

作者选择阊门为背景,因为阊门是苏州最为繁华之处,是苏州的缩影,"阊门即事",就是"苏州即事"。这首诗最关键的一句是"清明几处有新烟",也就是说,写这首诗是在清明时节。清明之前是寒食,民间不用火,清明之后本应"处处有新烟",而现在无烟,就是无人,人去了哪儿? 我们可从第一句上寻找。"楼船",为战船,"耕夫"们上了楼船,就是被招募去了战场,于是,"万顷田"中"春草青青"一片凄凉了。清明本应是农忙时节,可诗人登上城楼眺望,却是如此境况,其心情不言而喻。

---

① 彭定求. 全唐诗. 中州古籍出版社,1996:1484.
② 即事:就眼前的事物、情景(作诗文或绘画)。
③ 楼船:中国古代战船,因船高首宽,外观似楼,而得名。

阊门

韦应物诗咏苏州

韦应物（500名贤之一）

韦应物(737—792)，长安(今陕西西安)人。诗风恬淡高远，以善于写景和描写隐逸生活著称，是中国唐代著名的山水田园派诗人，"野渡无人舟自横"就出自他手。因出任过苏州刺史，故世称"韦苏州"。在苏期间，曾以一首《登重元寺阁》描写了苏州的概貌和自己的指向。(参阅拙作《苏州文脉》)

一、《阊门怀古》①

阊 门 怀 古

独鸟下②高树，遥知吴苑③园。
凄凉千古事，日暮倚阊门。

【按】此诗里提到的阊门是苏州的西城门，出阊门走过七里山塘，就能到达吴中第一名胜虎丘。从清代乾隆年间的《姑苏繁华图》中可以看出，阊门内城门临阊门大街(今西中市)，上有城楼，类似盘门城楼。登上城楼，可以望见苏州的全貌，尤其是可以联想苏州的过去和想象苏州的未来。这是一首五绝，根据格律，第一句第三字处应用平声，如今"下"字"拗"了，故在第二句应用仄声字的第三字处用了平声字"吴"，此为"救"。区区20字，却包含了许许多多的内涵。"独鸟下高树"，鸟落到了树上，是想休息了，与最后句的"日暮"相呼应，也点出了创作此诗的时间。"独"，又与最后句的"倚"呼应。正因为诗人是一个人独处，所以能通过对"吴苑园"的眺望，静心地思考"凄凉千古事"。全诗整体基调有点悲，但正是因为对过去"凄凉事"冷静深入的思考，诗人才有了执政时的清廉与勤勉。

二、《寓居永定精舍·苏州》④

寓居永定精舍·苏州

政拙忻罢守⑤，闲居初理生⑥。
家贫何由往，梦想在京城。
野寺霜露月，农兴羁旅情⑦。

---

① 彭定求. 全唐诗. 中州古籍出版社,1996:1078.
② 下：落到。
③ 吴苑：即长洲苑，吴王之苑，借指吴地或苏州。
④ 彭定求. 全唐诗. 中州古籍出版社,1996:1088.
⑤ 政拙：谓拙于政事。忻：同"欣"，心喜。
⑥ 理生：料理生计。
⑦ 农兴羁旅情：农事繁忙之际感叹自己羁留异乡。

> 聊租二顷田,方课①子弟耕。
> 眼暗文字废,身闲道心②精。
> 即与人群远,岂谓是非婴③。

【按】任苏州刺史届满之后,韦应物没有得到新的任命,他一贫如洗,甚至没有路费回京,只能寄居于苏州。据笔者所知,韦应物晚年借住在永定寺,贫困潦倒而死。永定寺原址就是在干将路与庆元坊交接处,当年的卫前初中、市二中、市一中分部现在的那块空地。诗题中那个"永定精舍"就是当年的永定寺吧——唐代佛寺也称"精舍"。当然,无论如何"精"不到什么程度,仅仅是"舍"而已,足可推测诗人当时的清贫。

诗中,表现了一种闲适,又带有一些无奈。闲适的是,能够静下心来考虑自己的生计,能够教子弟耕种,能够使得"道心精",能够回避是非的纠缠羁绊。无奈的是,自己前途渺茫,一贫如洗,甚至连文字功夫也废了——当然,这也是一种谦虚。寥寥几笔,写出了一个逐渐习惯农家平淡生活又带着些许自嘲口吻的诗人形象,个中滋味想必也只有身处其间才懂得。

---

① 课:教。
② 道心:指人天生的仁、义、礼、智、信之心,即儒家"五常",其与"人心"的对称,成正比,道心越胜,人心越善,道业越深;反之亦然。
③ 婴:纠缠,羁绊。

唐少傅白公祠

白居易诗咏苏州

白居易(772—846),字乐天,号香山居士,又号醉吟先生,祖籍山西太原,到其曾祖父时迁居下邽,生于河南新郑。是唐代伟大的现实主义诗人,唐代三大诗人之一。白居易与元稹共同倡导"新乐府运动",世称"元白",白居易与刘禹锡并称"刘白"。白居易一度担任苏州刺史(相当于市长),与苏州感情深厚(参阅拙作《苏州文脉》《姑苏老街巷》)。

曾担任过苏州"市长"的白居易的诗歌题材广泛,形式多样,语言平易通俗,有"诗魔"和"诗王"之称。白居易与刘禹锡同生于772年,而白居易比刘禹锡晚去世6年。但就担任苏州"市长"而言,白居易在刘禹锡之前。

一、《除苏州刺史别洛城东花》①

白居易（500 名贤之一）

除②苏州刺史别洛城东花

乱雪千花落，新丝③两鬓生。
老除吴郡守，春别洛阳城。
江上今重去，城东更一行。
别花何用伴，劝酒有残莺④。

【按】文人毕竟是文人，白居易到苏州当刺史之前竟然要和洛阳东门的花"道别"，确实有点书呆子气。然而，此花，应该是洛阳的代表牡丹花吧，看见它似乎就看到了洛阳的春色如许，想必当时的白居易认为从此将与中原的一切分道扬镳了，总该道一声再见吧。"春别洛阳城"，既然是与花"道别"，当时天降"乱雪"说不通。所以说，这个"雪"应该是花瓣落地似雪花。"老除吴郡守"，当时的白居易 50 多岁，就古人而言，确实是老了。"江上今重去"，"江上"，指江南，父亲去世后，白居易投奔在溧水做县令的叔父白季康，同时，他不久前有过在杭州担任刺史的经历，所以自称"重去"。"去"，古时也有"前往"的含义，如《孔雀东南飞》中有"汝可去应之"。看来白居易与花"道别"是独自一人，并且带着酒，这时的心情是难以名状的，因为他感到前程未卜。此时的他虽然能再次前往苏州任官，但似乎难以再看到洛阳熟悉的春色了，想必内心一定悲喜交加，感慨依恋，都在字里行间流露出来。

---

① 彭定求．全唐诗．中州古籍出版社，1996：2749．
② 除：授、拜(官职)。
③ 新丝：当年的蚕丝，比喻初生的白发。
④ 残莺：指晚春的黄莺鸣声。

二、《赴苏州至常州,答贾舍人》①

赴苏州至常州,答贾舍人②

杭城隔岁转苏台③,还拥前时五马④回。
厌见簿书先眼合,喜逢杯酒暂眉开。
未酬恩宠年空去⑤,欲立功名命不来。
一别承明三领郡⑥,甘从人道是粗才⑦。

【按】从洛阳出发东南行,到了常州,就离苏州不远了。结合上面一首《除苏州刺史别洛城东花》,可知这时候苏州的情景,在白居易的心中已经逐步明朗。从首联可知,估计他一路看了不少书,知道了苏州是个好地方,他希望到苏州后也像在杭州一样干一番事业,求得好名声;那个"拥"和"五马回",确实有点新官上任的得意洋洋。颔联的"厌见簿书先眼合,喜逢杯酒暂眉开",显然是先放下公事,畅饮几杯——这就是蓄势吧。颈联将自己那种建功立业的迫切感表现得淋漓尽致,过往壮志难酬的遗憾抛在脑后,现在"命"来了,可以"酬恩宠"了,那就兴高采烈地前往赴任吧。当然,尾联也没忘了谦虚几句。

三、《登阊门闲望》⑧

登阊门⑨闲望

阊门四望郁苍苍,始觉州雄土俗强。
十万夫家供课税,五千子弟守封疆。

---

① 彭定求.全唐诗.中州古籍出版社,1996:2749.
② 舍人:古代官职名称,即中书舍人。
③ 苏台:见本书《李白诗咏苏州》。
④ 五马:太守的代称,汉时郡守出行有五马前导。此处意为担任刺史。
⑤ 年空去:岁月白白地流失了。
⑥ 承明:古代天子左右路寝称承明,此处代指朝廷。三领郡:白居易曾连续担任湖州、杭州、苏州三处的郡守(刺史)。
⑦ 人道:指一定社会中要求人们遵循的道德规范。粗才:粗俗之才。
⑧ 彭定求.全唐诗.中州古籍出版社,1996:2751.
⑨ 阊门:见本书《韦应物诗咏苏州》。

阖闾城①碧铺秋草,乌鹊桥②红带夕阳。
处处楼前飘管吹③,家家门外泊舟航。
云埋虎寺④山藏色,月耀娃宫水放光。
曾赏钱唐嫌茂苑⑤,今来未敢苦夸张。

【按】这是一首七言排律。这次的"阊门闲望",使白居易真正认识了苏州。古代人认为的繁华,主要就是人口众多,诗人首先从供税、守边疆之人多入手,"十万""五千"就当时来说,确实是一个惊人的数字,也可见古代的姑苏城就人口密集,繁华富庶。接着,作者通过视觉,用色彩表现"阖闾城""乌鹊桥"的奇特;又通过听觉,用家家飘出的音乐声来表现平民百姓生活的富足充实。"家家门外泊舟航",或许残唐时期杜荀鹤的"人家尽枕河"就是由此句化出。接着,作者指向了"点",虎丘是现存的吴中第一名胜,而馆娃宫又是苏州历史上最有名的名胜,前者写白昼云雾缭绕的境况,后者写月下的迷人之景,都有各自美妙的特色。最后,作者写了自己的感受:来苏州前,总以为苏州比不上杭州,这点我们从他的《除苏州刺史别洛城东花》一诗可知端倪,而如今呢?因"闲望"而有"不闲"的所得,值!"闲望"两字也写出了作者安居于此的闲适心境。

四、《正月三日闲行》⑥

正月三日闲行

黄鹂⑦巷口莺欲语,乌鹊⑧河头冰欲销。
绿浪东西南北水,红栏三百九十桥⑨。

---

① 阖闾城:此处指苏州城。
② 乌鹊桥:苏州的一座著名桥梁,位于城区南部,乌鹊桥路北端。参阅拙作《苏州古石桥》。
③ 管吹:音乐声。
④ 虎寺:指虎丘寺。
⑤ 钱唐:即钱塘,代指杭州。茂苑:茂苑原为吴王阖闾、夫差的园囿,白居易在诗中常用"茂苑"来代称苏州。
⑥ 彭定求. 全唐诗. 中州古籍出版社,1996:2753.
⑦ 黄鹂:黄鹂坊,苏州古坊名。
⑧ 乌鹊:苏州有乌鹊桥,参阅拙作《苏州古石桥》。
⑨ 三百九十桥:约数,苏州何止390桥。

鸳鸯荡漾双双翅，杨柳交加万万条。
借问春风来早晚，只从前日①到今朝。

【按】最能表现苏州特色的就是水和桥，在江南水与桥的描写中白居易这首诗最为典型，其"绿浪东西南北水，红栏三百九十桥"是被写苏州者引用频率最高的语句之一。此诗也应写在白居易苏州刺史任职时，写出了一种闲适的美，美在多处。首先是色彩美，"黄鹂""乌鹊""绿浪""红栏"，使人目不暇接，实际上是"思不急转"。其中的"黄"与"乌"是虚指，而"绿"与"红"是实指，另外，还有未曾说出的"绿"——杨柳。其次是数词的使用，从"双双"到"万万"，甚是形象，至于"从前日到今朝"，则是纵向表示多了。这首诗是"七律"，表面上看首联平仄不协，实际上作者用了出句拗对句救的方式。至于两个"欲"字的连用，应是特例，不是我等该学的。整体上来看，这首诗字词清秀、风格淡雅，作者用白描手法将姑苏的特色美景展现在世人面前。

五、《武丘寺路》②

武丘③寺路

去年重开寺路，桃李莲荷约种数千株。
自开山寺路，水陆往来频。
银勒④牵骄马，花船载丽人。
芰荷生欲遍，桃李种仍新。
好住湖堤上，长留一道春。

【按】武丘即虎丘，为避讳而改。七里山塘东起阊门，西接虎丘，它的繁华取决于白居易。白居易为官恪尽职守、清廉坦直，此番赴任，到虎丘巡视，他看到附近河道淤塞、水涝频发，于是亲自设计规划，统领民夫疏通山塘河，拓展河堤成为著名的武丘寺路——山塘街，才有了当时这一地段的繁华和如今水陆并行的美丽景观，所以苏州山塘街又称"白堤"。这首五律就写于新路开通时

---

① 前日：原来的日子。
② 彭定求.全唐诗.中州古籍出版社,1996:2757.
③ 武丘：即虎丘，因避唐高祖李渊祖父李虎讳，改"虎"字为"武"。
④ 银勒：银饰的带嚼口的马络头。

山塘街

诗人的得意之际。首联中,以一句"水陆往来频"先声夺人,接着颔联的"银勒"与"花船"把我们带到了川流不息的水路交通要道,勾勒出市井的繁华。小序为"去年重开寺路,桃李莲荷约种数千株",颈联的"芰荷""桃李"与之呼应。面对这样的景观,作为这条道路设计师的白居易,自然就想"好住湖堤上,长留一道春"了。

六、《长洲苑》①

长 洲 苑②

春入长洲草又生,鹧鸪飞起少人行。
年深不辨娃宫处,夜夜苏台空月明。

【按】据说长洲苑以江水洲为苑,有朝夕池及潮汐奇观,为春秋时吴王圈养禽兽、种植林木、游猎的场所。历来就有"修治上林,杂以离宫,积聚玩好,圈守禽兽,不如长洲之苑,游曲台,临上路,不如朝夕之池"之说,故长洲苑可谓是当时的一大胜景。实际上,长洲苑早就毁于晋代的战火,虽历代文人墨客多有题词和怀古诗篇,但大都只能"务虚",空吟诗句以寄情。白居易未能

今日长洲苑湿地公园

---

① 彭定求. 全唐诗. 中州古籍出版社,1996:2699.
② 长洲苑:古苑名,春秋时为吴王阖闾游猎之处,关于其址,颇有争论。如今,苏州市在相城区望亭镇沿太湖处建长洲苑湿地公园。

免俗,面对着无法再现的长洲苑,面对着同样被战火烧毁的馆娃宫,只能用明月空照姑苏台来表示内心的惆怅,作为一个文人,一个小小的"市长",又能怎样呢?在客观的历史面前,每个人都是普通而平凡的一分子。

如今,苏州相城区望亭镇在太湖边圈地建成"长洲苑湿地公园",在此可以过一把怀旧之瘾。

七、《真娘墓》①

真 娘 墓

真娘墓,虎丘道。
不识真娘镜中面,唯见真娘墓头草。
霜摧桃李风折莲,真娘死时犹少年。
脂肤荑手②不牢固,世间尤物③难留连。
难留连,易销歇。塞北花,江南雪。

【按】真娘是吴地有名的歌妓,自幼孤苦伶仃,被骗入青楼,但守身如玉,人品高洁,为反抗压迫而投缳自尽,葬身虎丘。白居易用60个字,表达了内心对真娘的无比痛惜。首先指出一抔黄土隔断阴阳,无限的怜惜之情溢于言表。与诗人的《琵琶行》一般,诗的主体部分中,作者多方位运用的比喻

真娘墓

手法颇有特色。虽然未曾直接写"颜如玉",但从后几句的描写中足可以想象出真娘的容颜姣好,那肤如脂手如荑的真娘,岂能经受得起霜刀风剑的摧残呢?"霜摧桃李风折莲",一代尤物就此香消玉殒!最动人处是对真娘生命短

---

① 彭定求.全唐诗.中州古籍出版社,1996:2632.
② 荑手:意思为女子白嫩柔润的手。也就是"柔荑一般的手"的意思。"手如柔荑"语出《诗经·卫风·硕人》,形容女子的手像柔嫩的白茅。
③ 尤物:特别的人或物。

暂的比喻,可谓神来之笔,"塞北花,江南雪"都是世间美丽的罕见之物,但来去匆匆,瞬间即逝,难以久留,与真娘的命运何其相似!作者被真娘的悲惨命运和高洁坚贞的情操所打动,同时,为了这组比喻,作者特地选用了三字句,且换用入声韵,短促急收藏,戛然而止,言有尽而意无穷,留给读者无尽的想象空间。

八、《白云泉》①

白　云　泉②

天平山上白云泉,云自无心水自闲。
何必奔冲山下去,更添波浪向人间③。

白云庵

【按】《白云泉》是白居易担任苏州刺史(市长)时创作的一首七言绝句诗。从表面上看,此诗纯属写景,此诗描绘了一幅线条明快简洁,且充满生机活力的淡墨山水图。山与泉交相辉映,泉水无心自在奔流,作者不希望悠闲的白云泉"更添波浪向人间",实际上,是借此表达渴望早日摆脱世俗的一种坦荡淡泊的情怀。

全诗言近旨远,寄托深厚。诗人担任苏州"市长"是在被贬为江州司马之后,那时白居易济世的抱负和斗争的锐气渐渐减少,希望能尽早摆脱官场上的俗务纷争。他着在苏州任职总共一年略多,即以"眼疾"离任——或许与此有关。

---

① 彭定求. 全唐诗. 中州古籍出版社,1996:2884.
② 白云泉:苏州天平山山腰的清泉。
③ 波浪:水中浪花,这里喻指令人困扰的事情。

九、《送刘郎中赴任苏州》①

送刘郎中②赴任苏州

仁风膏雨去随轮③,胜境欢游到逐身。
水驿路穿儿店月,花船棹入女湖春。④
宣城⑤独咏窗中岫⑥,柳恽⑦单题汀上蘋。
何似姑苏诗太守,吟诗相继有三人⑧。

【按】在曾经的好友韦应物担任苏州刺史之后,好友刘禹锡又要前往自己作过贡献的苏州当刺史了,作者作为从前的刺史当然是非常高兴的。

诗中,颇有沾沾自喜的味道。首联与颔联,叙述了三人的共同境况:给苏州作出诸多的贡献,我们轮流着去;到好地方欢快畅游,我们互相追随。我哪忘得了我们去过的那些名胜之地啊! 以上是对同一工作、共同志向的得意。颈联突然一转,想当年,谢朓只能一个人对着窗外的山峰写诗,即使是柳恽,也只能独自吟诵水边的蘋草。似乎是离题了,但是这是律诗中典型的"转",为了反衬之后对三人才华的赞美,恰如其分地引出尾联:他们哪如我们三个苏州刺史,我们仨可都是鼎鼎大名的诗中"三杰",我们先后主政姑苏,姑苏的文化传统将不断加深——这可是对自我才华的充分肯定。

---

① 彭定求.全唐诗.中州古籍出版社,1996:2882.
② 刘郎中:即刘禹锡,参阅拙作《苏州文脉》与本书《刘禹锡诗咏苏州》。
③ 仁风:旧时多用以颂扬帝王或地方长官的德政。膏雨:作物的霖雨。随轮:按序一个接一个(做事)。
④ 白居易自注:儿店、女坟湖,皆胜地也。
⑤ 宣城:谢朓(tiǎo),南朝齐诗人,曾任宣城太守,其诗歌大多是作于宣城,所以被后人称为"谢宣城"。
⑥ 岫:山。
⑦ 柳恽:南朝梁大臣、学者,精通音韵。
⑧ 吟诗相继有三人:详见本书《刘禹锡诗咏苏州》。

虎丘二门

刘禹锡诗咏苏州

刘禹锡(500名贤之一)

刘禹锡(772~842),字梦得,河南洛阳人。唐朝时期大臣、文学家、哲学家,有"诗豪"之称。诗文俱佳,涉猎题材广泛,与柳宗元并称"刘柳",与韦应物、白居易合称"三杰",并与白居易合称"刘白"。白居易之后,曾任苏州刺史。(参阅拙作《苏州文脉》)

一、《白太守行》①

白 太 守 行②

闻有白太守，抛官归旧溪③。
苏州十万户，尽作婴儿啼。
太守驻行舟，阊门草萋萋。
挥袂④谢啼者，依然两眉低⑤。
朱户非不崇⑥，我心如重狴⑦。
华池⑧非不清，意在寥廓⑨栖。
夸者窃所怪⑩，贤者默思齐⑪。
我为太守行⑫，师在隐起珪⑬。

【按】"行"是这首诗的体裁，实际上，诗中说的也是"行"，白居易离任苏州之行。就白居易之"行"，作者极尽渲染其场面。首先，以"苏州十万户，尽作婴儿啼"，从侧面烘托白居易在苏州的德政，这一句话也成了后人评价白居易在苏州得到人民爱戴的必用语；"萋萋"，可做"凄凄"解，青草之"凄凄"与十万户的"婴儿啼"交互的场面，此情此景确实感人。接着，是主角的动作神态和语言。"挥袂""眉低"，太守还是那个爱民的太守，然而太守的那一席话，却引人深思：别人喜欢赏赐的朱红大门，我却认为那是幽深的牢狱；不是我认为昆仑山上的华池水不清，而是我喜欢在空旷的地方休息。"夸者窃所怪，贤者默思

---

① 彭定求.全唐诗.中州古籍出版社,1996:2163.
② 太守：即刺史，相当于如今的地级市市长。行：古诗的一种体裁。
③ 旧溪：旧山谷，故乡的意思。
④ 袂：衣袖。
⑤ 眉低：眼睛向下看。
⑥ 朱户：古代帝王赏赐诸侯或有功大臣的朱红色的大门。
⑦ 重狴(bì)：幽深的牢狱。
⑧ 华池：神话传说中的池名。在昆仑山上。
⑨ 寥廓：空旷深远的意思。
⑩ 夸者窃所怪：夸奖白居易的人却私下认为这几句话很奇怪。
⑪ 贤者默思齐：见贤思齐之意，见到德才兼备的人就要向他看齐。
⑫ 行：写下"行"，写下这首诗。
⑬ 师：学习。隐起：凸起，高起。珪：古玉器名。

齐"是说真正理解白居易辞官原因的人不多,我们见到这样的贤者应该向他看齐。所以,作者最后说自己要学习白居易那种如高高挂起的宝玉似的品格,纯洁脱俗,不慕名利,就为他写下了这首"白太守行"。

二、《赴苏州酬别乐天》①

赴苏州酬别②乐天

吴郡鱼书下紫宸③,长安厩吏送朱轮④。
二南风化承遗爱,八咏声名蹑后尘。
梁氏夫妻为寄客,陆家兄弟是州民。
江城春日追游处,共忆东归旧主人。

【按】好友白居易是自己所赴任的苏州的前任刺史,诗人赴苏州之前当然得和他通报一声。于是,这首诗就登场了。用了大量的特殊的语言形式与典故,是这首诗的特点。首联就给阅读增添了一些障碍,意为宫廷下达了安排我到苏州担任刺史的文书,长安的公车"司机"送我这个人物去苏州。颔联中,"二南"指《诗经》中的《召南》与《周南》,而"八咏"却说的是沈约的组诗。颈联中,"梁氏夫妻"引用了东汉梁鸿、孟光夫妇曾隐居苏州皋桥的故事(参阅拙作《苏州古石桥》);而"陆氏兄弟"指的是苏州人,晋大才子陆机、陆云兄弟(详见本书《刘义庆〈世说新语〉与苏州》)。

这首诗中用了多重典故,似乎有卖弄才学的意味,当然,对白居易来说是没有障碍的,却苦了我们这些后学,须细细品读方知其奥妙。

三、《发苏州后登武丘寺望海楼》⑤

发苏州后登武丘寺望海楼⑥

独宿望海楼,夜深珍木冷。

---

① 彭定求.全唐诗.中州古籍出版社,1996:2206.
② 酬别:用诗文赠答的形式分别。
③ 鱼书:古时对书信的称谓。紫宸:泛指宫廷。
④ 厩吏:马棚小吏。朱轮:借指禄至二千石之官。
⑤ 彭定求.全唐诗.中州古籍出版社,1996:2192.
⑥ 发:派遣。武丘:虎丘。望海楼:一作望梅楼。

僧房已闭户，山月方出岭。

碧池涵剑彩，宝刹摇星影。

却忆郡斋①中，虚眠此时景。

【按】这是一首五言律诗。从诗题中的"发"与"后"可知写于作者到苏州担任刺史不久之时。作者运用时空的转换，表现复杂的内心世界。独自一人住在武丘寺的望海楼，半夜因冷而失眠了。这时候，山月方出，而僧房早已闭户。首联和颔联用近乎白描的语言写出了当时所处境地和内在心绪。至于颈联中的情景，估计不是在眼前。首先，剑池中的"剑彩"，即使白天也看不见，何况是半夜；其次，有了月亮，星星的光芒肯定被掩盖了，哪能见到"宝刹"在星光中摇晃呢？所以说，这是往近处的想象。尾联指向远处，联想到了自己官署中的起居处，联想到自己在工作日的半夜经常失眠。至于这时候作者希望摆脱俗物寻求清净呢，还是放心不下手头的公事，就不得而知了。但这首诗营造出的冷夜无眠、失落孤寂之意境还是值得拜读揣摩的。

四、《和乐天题真娘墓》②

和乐天题真娘墓

蒼卜③林中黄土堆，罗襦绣黛已成灰④。

芳魂虽死人不怕，蔓草逢春花自开。

幡盖⑤向风疑舞袖，镜灯临晓似妆台。

吴王娇女⑥坟相近，一片行云应往来。

【按】真娘人品高洁，守身如玉，立志不受侮辱，为反抗鸨母的压迫而投缳自尽，墓靠进虎丘的主干道右侧。白居易在苏州担任刺史时曾写有《真娘墓》一诗(详见本书《白居易诗咏苏州》)，刘禹锡这首和诗最大的特点是想象丰富。首联中，就想象到真娘的衣物都成了灰烬。颈联的想象颇为奇特，首先是把真

---

① 郡斋：见上文《乐天寄忆旧游，因作报白君以答》。
② 彭定求. 全唐诗. 中州古籍出版社，1996：2207.
③ 蒼(zhān)卜(bó)：一种花，梵语音译，义译为郁金花，也有人说是栀子花。
④ 罗襦：绸制短衣。黛：青黑色的颜料，古代女子用来画眉。
⑤ 幡盖：幡幢华盖之类。
⑥ 吴王娇女：详见本书《〈搜神记〉与苏州》。

娘的"幡盖"想象成"舞袖",然后将真娘的"镜灯"想象成"妆台"。最为奇特的是尾联中把真娘与传说中的"吴王娇女"(详见本书《干宝〈搜神记〉与苏州》)连在一起,想象着她们能踩着云朵相互往来。相比于白居易的《真娘墓》,此诗在表达怜惜悲凉之情的基础上更多地用想象为读者建构了一个更美好动人的意境。

五、《苏州刺史例能诗》①

苏州刺史例能诗

白舍人曹长②寄新诗,有游宴之盛,因以戏酬。
苏州刺史例能诗,西掖③今来替左司④。
二八⑤城门开道路,五千兵马引旌旗。
水通山寺笙歌去,骑过虹桥剑戟随。
若共吴王斗百草⑥,不如应是欠西施。

【按】这首诗的诗题与第一句"苏州刺史例能诗",历来被苏州的诗歌爱好者挂在嘴边,弦外之音是,在苏州这个文化内涵丰富的城市当"市长",没有文化哪行!刘禹锡笔下的"苏州刺史"主要有三人,按任职顺序,首先是韦应物(详见本书《韦应物诗咏苏州》),其次是白居易(详见本书《白居易诗咏苏州》),第三个就是自己了。苏州人民爱戴他们,把他们合称为"三贤",建立了思贤堂。苏州"唐三贤祠"旧址在市中永定寺,今无存。

这首诗中,刘禹锡还是喜欢"掉书袋",明明是自己到苏州担任刺史,却搞出个"西掖今来替左司"。颔联与颈联,说的是自己到苏州的所见所闻,但一个"二八",又给读者增添了麻烦。尾联颇为神来之笔:如果我们苏州刺史们陪当年在苏州的吴王玩玩,吴王肯定会入迷,那时候,西施就会认为我们在和她

---

① 彭定求.全唐诗.中州古籍出版社,1996:2203.
② 舍人:唐中叶后,带有舍人二字的官职较多,如起居舍人,掌修记言之史。曹长:尚书丞郎、郎中相呼。
③ 西掖:指中书或中书省的别称。
④ 左司:官名。隋炀帝大业三年(607),尚书都省置左、右司郎,掌都省事务,唐、宋皆置左、右司郎中、员外郎,分掌副尚书左、右丞处理都省各司事务。
⑤ 二八:苏州八处城门各有水陆两门,唐朝八门全开,"二八城门"应指此。
⑥ 斗百草:又称斗草,是中国民间流行的一种游戏,属于端午民俗。

争宠。表面看来没啥,实际上,这里颇有讽刺吴王没有文化的意思。诗人用戏谑的语气侧面表现了自己和友人们的才华,有趣灵动。

六、《别苏州二首》(选一)①

别苏州二首(选一)

流水阊门外,秋风吹柳条。
从来送客处,今日自魂销。

【按】任职三年,作者从苏州离任了,当然有点依依不舍。一开始就"请出"了阊门。阊门在苏州城西,苏州人有"五龙汇阊"之说,说的是阊门外有五条河流汇聚,是交通要道。在出行主要靠船的古代,阊门为苏州人进中原的必经之地。当然,我们没必要研究刘禹锡回中原的交通工具。"柳"者,"留"也,古人有折柳相别的传统,古诗中的依依柳条似乎自带离愁别意,所以,秋风吹动柳条,自然引起作者无尽的感慨。他或许想到了离开长安时亲友在灞桥折柳送别的情景吧,他或许想到了与苏州今日一别,不知何时再见吧。"从来送客处,今日自魂销",之前送客人朋友离开的地方,如今我自己也要从这出发,个中滋味,自然断肠,因"魂消"而涕泪涟涟,这是必然的。短短四句,诗人将对苏州的不舍和留恋缓缓道来。

---

① 彭定求.全唐诗.中州古籍出版社,1996:2231.

馆娃宫遗址上的灵岩山寺

皮陆诗咏苏州

陆龟蒙(500名贤之一)

皮、陆是两个人,残唐诗人皮日休和陆龟蒙的合称。皮日休(834至839—902以后),唐代文学家。字袭美,襄阳(今属湖北)人。咸通八年(867)中进士。次年东游,至苏州。咸通十年为苏州刺史从事,与陆龟蒙相识,并与之唱和。至今,苏州尚有用他的姓氏命名的街道——皮市街。陆龟蒙(?—约881),苏州人,字鲁望,自号甫里先生,又号天随子。举进士不第,曾任湖、苏两州刺史的幕僚,后隐居甫里(现苏州甪直古镇),有诗作,与皮日休齐名。(参阅拙作《苏州文脉》)皮日休与陆龟蒙时相唱和,诗作数量很多,合编为《松陵集》,这是"皮陆"并称的一个由来。

一、皮日休《馆娃宫五绝》①

馆娃宫怀古五绝

绮阁②飘香下太湖,乱兵侵晓上姑苏。
越王大有堪羞③处,只把西施赚得吴。

郑妲④无言下玉墀,夜来飞箭满罘罳⑤。
越王定指高台笑,却见当时金镂楣⑥。

半夜娃宫作战场,血腥犹杂宴时香。
西施不及烧残蜡⑦,犹为君王泣数行。

素袜⑧虽遮未掩羞,越兵犹怕伍员⑨头。
吴王恨魄今如在,只合西施濑上游⑩。

响屧廊⑪中金玉步,采蘋⑫山上绮罗身。

---

① 彭定求. 全唐诗. 郑州:中州古籍出版社,1996:3842.
② 阁:类似楼房的建筑物,供远眺、游憩、藏书和供佛之用。
③ 堪羞:足以羞耻,意为不要脸。
④ 郑妲:一作"郑旦",与西施同被越王勾践选中献给吴王夫差,据说到吴国后不久就去世。
⑤ 罘罳(fúsī):也作"罦罳"。古代一种设在门外的屏风;设在屋檐下防鸟雀来筑巢的金属网。
⑥ 楣:门楣;也指房屋的横梁,即二梁;屋檐口,椽端的横板。
⑦ 烧残蜡:烧过的蜡烛。
⑧ 素袜:代指白布。吴王夫差自刎死时用白布遮脸,意为死后没脸去地下见伍子胥。
⑨ 伍员(yún):即伍子胥,春秋末期楚国人,后为吴国大夫。伍子胥被夫差逼迫自杀前要求将自己的人头(一说双眼)挂在苏州西门(今胥门),越兵攻城时感到特别害怕,后从东门入城。
⑩ 濑:急速的水流。
⑪ 屧(xiè)廊:亦作"屟廊",即响屧廊。春秋时吴宫廊名。屧是木板拖鞋。吴王夫差命人将廊下的土地凿成瓮形大坑,上面用厚木板覆盖铺平,让西施和宫女穿上木鞋在上面行走,铮铮有声,所以取名响屧。今苏州灵岩寺圆照塔前有一个小斜廊,就是其遗址。
⑫ 采蘋:采集浮萍。

不知水葬今何处,溪月弯弯欲效颦①。

【按】这是五首七言绝句,而不是一般意义上的"五绝"。为怀古之作,是皮日休在苏州任职时,因寻找馆娃宫旧迹而作。这组诗以史实为据,借古讽今,叙述和议论相结合,通过馆娃宫昔盛今颓的具体情形的对比,反映吴国的盛衰兴亡,借此表达对世事沧桑、国事兴衰的慨叹。

第一首开头两句,就吴而言是"绮阁飘香",通宵享乐;就越而言是摸黑行军,"侵晓上姑苏";接着,把送西施这样一件很不要脸的小事和吴国灭亡的大事放在一起,在鲜明的对比中,蕴藏着对吴王夫差荒淫误国的不满。再如第三首中,说烧残的蜡烛还为吴王夫差的悲惨下场滴下几滴泪珠,然而西施却没有一点悲戚的表现,人不如物。第四首中,将吴王夫差用白布遮脸无颜到地下见伍子胥的事与伍子胥的人头吓坏越兵的事放在一起,君臣差别何等之大!

这组诗的另一个特点是用语出神入化。如第一首首句的"下"字的含义就很丰富,灵岩山下木渎古镇的山塘河又名香水溪,相传西施和宫女们在宫中每日用香料沐浴,这些水流入山下河中,日久满河生香,故得名。而次句的"上"字,既是说越兵上山,又有越国"犯上作乱"之意。第三句的"堪羞",更是有趣,只送去一个美女,便赚来一个吴国,大有"堪羞"之处。第五首末句中的"欲效颦",含义实在丰富,询问西施的葬身之处,究竟是"效"什么? 是效吴王的荒淫无耻? 还是效越王的美人计? 委婉含蓄的弦外之音,发人深思。

二、陆龟蒙《和袭美馆娃宫怀古五绝》②

和袭美馆娃宫怀古五绝

三千虽衣水犀③珠,半夜夫差国暗屠。
犹有八人皆二八④,独教西子占亡吴。

---

① 效颦:比喻不考虑条件而盲目模仿,效果恰恰相反。后来也用作模仿的意思。"东施效颦",就是关于西施的典故。
② 彭定求.全唐诗.郑州:中州古籍出版社,1996:3908.
③ 衣:穿着。水犀珠:水犀牛的皮上有珠状凸起物,可以制铠甲,传说吴王夫差有三千士兵披水犀皮铠甲。
④ 二八:年方十六岁的少女。

一宫花渚漾涟漪,倭堕鸦鬟出茧眉①。
可料座中歌舞袖,便将残节②拂降旗。

几多云榭倚青冥,越焰烧来一片平。
此地最应沾恨血,至今春草不匀生。

江色分明练③绕台,战帆遥隔绮疏开。
波神④自厌荒淫主,勾践楼船稳帖来。

宝袜香綦⑤碎晓尘,乱兵谁惜似花人。
伯劳⑥应是精灵使,犹向残阳泣暮春。

【按】和(hè)诗一般由两首(组)以上的诗组成,第一首(组)是原唱,接下去的是附和。附和的诗讲究步韵、依韵、用韵。步韵又称为"次韵",即用原诗的原韵原字,且先后次序都相同;依韵亦称"同韵",和诗与被和诗之诗属同一韵,但不必用其原字;从韵即用原诗韵的字而不必顺其次序。有的和诗仅从形式和内容的相关性出发,不怎么讲究用韵。陆龟蒙的这组和诗,第一、第二首为"依韵",而第三、四、五首就只从表达方式和内容考虑了。

与皮日休的原诗一样,这五首诗同样反映吴国的盛衰兴亡,借此表达对世事沧桑、国事兴衰的慨叹。其中不无对吴王夫差荒淫无耻的讽刺,但在西施问题上进了一层,认为将西施作为亡吴的罪魁是不合理的,与原唱立足角度不同,让后人更多了些辩证性思考。

这五首诗的对比很明显。三千"水犀珠"甲士在越军的夜袭下不堪一击,"八人"与西施一人的对比等等,无不表现作者对国事兴亡的忧虑心绪。

第五首的第三句,作者搬出了"伯劳",通过鸟儿的鸣叫来表现自己内心的惆怅,余音袅袅,与皮日休的原诗有异曲同工之妙。

---

① 倭堕:发髻的名称。鸦鬟:也是发髻名称。茧眉:即娥眉。此句指美女的打扮。
② 节:打击乐乐器。
③ 练:白色的熟绢。
④ 波神:水神。此处指伍子胥,有伍子胥死后成为潮神的传说。今浙江盐官老城城隍庙尚有潮神伍子胥像。
⑤ 綦(qí):青白色的女服,古代未嫁女子所服。
⑥ 伯劳:鸣禽。

三、皮日休《皋桥》①

皋 桥

皋桥依旧绿杨中,闾里犹生隐士风。
唯我到来居上馆②,不知何道③胜梁鸿。

皋桥

【按】读这首诗,必须了解发生在苏州皋桥的一个故事。东汉初年的才子梁鸿过京师洛阳登北邙山,见宫殿之华丽,感人民之疾苦,遂作《五噫歌》以表讽刺,但却因此成了"钦犯"。后来他逃到苏州,在皋伯通家避祸,终于躲过危机。(参阅拙作《苏州古石桥》)到皮日休所处唐末之时,这个故事已经过去几百年了,所以,皮日休称之为"皋桥依旧绿杨中",时过境迁,唯有此景依旧未变。但紧接着的"闾里犹生隐士风",是说苏州如今还有颇多的有才华的隐士。后两句是全诗主题的体现:那么多的隐士,能通过什么途径胜过梁鸿呢?流露出作者对梁鸿"哀民生之多艰"的认同和钦佩,流露出对自身怀才不遇的感叹。

四、陆龟蒙《和袭美咏皋桥》④

和袭美咏皋桥

横截春流架断虹,凭栏犹思五噫风。
今来未必非梁孟,却是无人断⑤伯通。

【按】这首和诗是"依韵",陆龟蒙继续用"一东"韵。读这首诗,还得"认识"

---

① 彭定求. 全唐诗. 郑州:中州古籍出版社,1996:3843.
② 上馆:指阊门古驿馆。
③ 何道:什么方法。
④ 彭定求. 全唐诗. 郑州:中州古籍出版社,1996:3910.
⑤ 断:紧随其后直到追上并拦住为止。

一位女子孟光。孟光容貌欠佳,到了30岁仍未出嫁,是典型的"剩女"加"丑女"。原来孟光早就看中了梁鸿,梁鸿谢绝了多少女子,娶了孟光为妻。后来,孟光跟随梁鸿逃到苏州皋伯通家打工。每次孟光给梁鸿送饭时,总是恭敬地把托盘举得跟眉毛一样高,这就是成语故事"举案齐眉"的来源。皋伯通发现了孟光的这一举动,知道了他们夫妻不是平常人,于是分外照顾,直至梁鸿渡过难关。(参阅拙作《苏州文脉》)在这首和诗中,陆龟蒙也是对才子梁鸿写《五噫歌》的豪举表示赞赏。但是,在关键的后两句,却提出当今苏州的隐士中不缺梁鸿孟光类的人才,缺的是跟得上皋伯通步伐的人才,这就是韩愈所谓的"千里马常有,而伯乐不常有"。当时,高洁之隐士可能仍然存在,但发掘他们不凡之处,护他们周全之伯乐不一定常有了。

灵岩山寺牌楼

范仲淹诗咏苏州

范仲淹(500名贤之一)

范仲淹(989—1052),字希文,苏州人。北宋杰出的思想家、政治家、文学家。范仲淹幼年丧父,母亲改嫁长山朱氏,遂更名朱说。大中祥符八年(1015),范仲淹苦读及第,历任兴化县令、秘阁校理、陈州通判等,尤其在苏州知州任上干了大量为苏州百姓着想的好事。他提出的"先天下之忧而忧,后天下之乐而乐"思想和仁人志士节操,对后世影响深远。(参阅拙作《苏州文脉》)

一、《送常熟钱尉》①

送常熟钱尉

姑苏台②下水如蓝,天赐仙乡奉旨甘③。
梅淡柳黄春不浅,王孙归思满江南④。

【按】这是一首七言绝句。这个姓钱的常熟县尉是何许人无关我们对这首诗的品读。估计当时作者在外地,而这个"常熟钱尉"准备回故乡,于是,作者就借送别的机会说说故乡的景物。首先进入读者眼帘的是"姑苏台",这个"姑苏台"就是苏州的代称,作者想到的是故乡"绿如蓝"的春水,他认为这是上天将这么美好的苏州送给我们,我们怎么能不喜欢它呢?第三句再度通过视觉写苏州春天的色彩,面对如此美好的春天,我当然理解你对江南的思念。范仲淹"先天下之忧而忧,后天下之乐而乐",但并不妨碍他对家乡的思念。

二、《苏州十咏》⑤(选五)

其一 泰伯庙⑥

至德⑦本无名,宣尼一此评。
能将天下让,知有圣人生。
南国奔方远,西山道始亨⑧。
英灵岂不在,千古碧江横。

---

① 范仲淹.范仲淹全集.南京:凤凰出版社,2004:76.
② 姑苏台又名姑胥台,在苏州城外西南隅的姑苏山上,究竟何处目前没有定论。此台始建于吴王阖闾,后经夫差续建,历时五年乃成。建筑极华丽,规模极宏大,耗资庞大。以供吴王夫差奢靡、娱乐。在后代文人的笔下,姑苏台成了苏州的代名词。
③ 甘:通"酣",爱好。
④ 王孙:有贵族子弟等意思,此处应该指这个"常熟钱尉"。
⑤ 范仲淹.范仲淹全集.南京:凤凰出版社,2004:89—91.
⑥ 泰伯庙:见本书《陆机诗咏苏州》。
⑦ 至德:最高的德行。孔子曰:"泰伯,其可谓至德也已矣!三以天下让,民无得而称焉。"
⑧ 西山:周的发源地西岐。亨:通。

【按】这是一首正面歌咏泰伯功德的五言律诗。首联指出,泰伯本来并不出名,但是自从有了孔子这个至高无上的评价,天下皆知。也许正因为孔子的评价,《史记》把泰伯开创的吴国的"世家"列为"世家第一"。也有了历代君王对泰伯的一再褒奖尊崇。颔联故意颠倒因果,说泰伯知道弟弟季历是一个能光大周室的圣人,所以让出了君位。颈联对仗工整,还是因果句,进一步描述了泰伯的事迹。是说正因为有了泰伯奔吴,才有了西岐的兴盛。尾联正面赞叹,说泰伯的英灵就像千古流淌的长江一样长存。

其四　虎丘山

昔见虎耽耽①,今为佛子②岩。
云寒不出寺,剑静未离潭。
幽步萝垂径,高禅雪闭庵。
吴都③十万户,烟瓦亘西南④。

【按】这也是一首五言律诗。首联写了对虎丘的感觉,虎丘原来是吴王阖闾的墓地,再加上民间有出现过老虎的传说,给人以难以接近的感觉;而今,成了佛教圣地,佛教主张普度众生,所以虎丘给了人亲切的感觉。因为亲切,所以能仔细观察。颔联写静,"云寒",即寒云,寒天的云,不用出寺院就可以看,寺院之大、之静可见一斑;当然,剑池中的宝剑还是静静地躺在那儿。颈联,继续写虎丘寺院中境与人的情景,这是一种绝对的安静,实际上是恰当的"转",转向貌似突兀的尾联。看来,作者写虎丘之静是为了反衬苏州城的繁华。

其五　阊门

吴门耸阊阖⑤,迎送每跻攀⑥。
一水帝乡⑦路,片云师子⑧山。

---

① 耽耽:威严注视貌。亦形容贪婪地注视。
② 佛子:受佛戒者,佛门弟子。
③ 吴都:指春秋吴国的都城,即苏州。
④ 烟瓦:指绵延的屋宇。亘:延续不断。
⑤ 阊阖(hé):指传说中的西边的天门,这也是阊门得名的典故。
⑥ 跻攀:攀登。
⑦ 帝乡:神话中天帝住的地方。
⑧ 师子:指佛家,用以喻佛,指其无畏,法力无边。

落鸿渔钓外,斜柳别离间。
白傅归休处①,盘桓几厚颜②。

【按】这是一首五言律诗。首联先声夺人,在苏州各城门中,显然阊门最为重要,因为苏州在中原之东,而赴中原各地,必经城西高高耸立的阊门。阊门是送往迎来的攀登之处,登高,就能遥望去客之背影与来客之面容。颔联甚为奇特,用神话传说和佛家之语比喻阊门,给人以神秘之感。颈联点出了这首诗的题旨——离别苏州,告别阊门。苏州的阊门是当年白居易离开苏州的地方,我又有什么资格在此多作盘桓呢?作者再一次借机会表达对白居易的崇敬。

其六　灵岩寺

古来兴废一愁人,白发僧归掩寺门。
越相③烟波④空去雁,吴王宫阙半啼猿。
春风似旧花犹笑,往事多遗石不言。
唯有延陵⑤逃遁去,清名高节老乾坤。

【按】这是一首七言律诗。首联中的"一愁人",并不是"一个愁人",而是"古来兴废"一概令人发愁;而如今,这些一概令人发愁的"兴废"都被关进了灵岩寺的门里。然而,颔联中,作者将这些被关进寺门的有关吴越"兴废"的往事"晒"了出来:既有作为越国功臣的范蠡的出走,也有作为吴国国君的夫差的悲剧。然而,"尔曹身与名俱灭,不废江河万古流",世上的"春风""旧花"依旧,即使是当年遗留下来的石头,也在不言不语中将这些"兴废"的往事记载于心中。当然,面对这种"兴废",也有一个办法,这就是如延陵季子般逃走。作为一个锐意进取的范仲淹,有时产生一些遁世的想法,并非不可理解。

---

① 白傅:即白居易的代称,白晚年曾官太子少傅,故称。归休:回家休息。
② 厚颜:自谦的说法。
③ 越相:指范蠡。
④ 烟波:指烟雾苍茫的水面。
⑤ 延陵:指季札,吴王寿梦的幼子,封邑延陵。因不愿哥哥们将王位让给他而远遁。

其八　伍相庙

胥也应无憾,至哉忠孝①门。
生能酬②楚怨,死可报吴恩。
直气海涛在,片心江月存。
悠悠③当日者④,千载只惭魂。

伍相庙

【按】这首五言律诗所咏的对象是伍子胥,如今的伍相庙,在苏州盘门景区之内。(参阅拙作《苏州文脉》)伍子胥是个悲剧人物,然而作者却从"无憾"入手,甚是出人意料,于是,作者立即提出"忠"与"孝",就是告诉读者,应该从"忠""孝"两个维度看待这个"无憾"。"生能酬楚怨",就是孝;"死可报吴恩",就是忠。既然达到了"忠"与"孝",当然就"无憾"了。然而还不够,颈联中,作者从精神气质的维度进一步提出了"无憾"的理由,也就是说伍子胥的精神气质已经感动了山河日月!在这种情况下,点明那种过一天是一天的混日子者必须感到惭愧,就是理所当然的了。

---

① 忠孝:忠于君国,孝于父母。
② 酬:报复。
③ 悠悠:思念貌,忧思貌。
④ 当日者:指值日的人。过一天是一天的人。

横塘驿站

贺铸诗咏苏州

贺铸(1052～1125),北宋词人,字方回,人称贺梅子。山阴(今浙江绍兴)人,出身贵族,宋太祖贺皇后族孙。贺铸一度闲居苏州,杜门校书。其居住地在通和坊西端的昇平桥东堍附近。他不附权贵,能诗文,尤长于词。其词内容、风格较为丰富多样,兼有豪放、婉约两派之长。

一、《梦江南》①

梦 江 南②

九曲池头三月三③,柳毵毵④。香尘扑马喷金衔⑤。涴⑥春衫。

---

① 唐圭璋. 全宋词. 郑州:中州古籍出版社,1996:355.
② 梦江南:词牌名。
③ 三月三:阴历三月三日。魏晋以后固定这一天为上巳节,人们都到水边嬉游采兰或洗沐,以示驱除不祥,名曰"修禊"。
④ 毵毵(sān sān):枝条细长的样子。
⑤ 衔(xián):马嚼子。
⑥ 涴(wǎn):污染,弄脏。

苦笋鲥鱼①乡味美,梦江南。阊门②烟水晚风恬③。落归帆。

【按】从这首词下片提到江南和阊门来看,写的无疑是作者长期居留过的苏州;但开头所谓"九曲池",苏州并无其地。细味词意,九曲池应该指北宋时汴京城里供游览观赏的金明池等水面,从题目中的"梦"来看,应是居北方时对苏州的怀念。词的上片,极尽能事写游人如织的场面,读者从"柳毵毵"的那种枝叶细长柔嫩之貌,自然可以联想到柳色掩映中的丽人。但是,尽管"千呼万唤",人却没有直接出场。作者虚晃一枪,一句"香尘扑马喷金衔,浣春衫",实际上就是写人马之多。但是,这一切引不起作者的兴趣,作者的兴趣在江南,三月三,正是江南"苦笋鲥鱼"上市之时,想到这儿,无疑要为之神往而梦思。江南的代表是苏州,苏州的代表是阊门,在作者的心中,这个时期阊门的晚风也该是安逸舒适的,整个苏州城此时都应该笼罩在烟水茫茫之中,使人感到惬意。河汉中的归舟慢慢落下风帆,于是,作者在梦中乘船来到了苏州。几笔点染写出了苏州城的春景,更透露出作者对江南绵长又深沉的思念。

二、《青玉案》④

横塘路(青玉案)⑤

凌波⑥不过横塘⑦路。但目送、芳尘去⑧。锦瑟华年⑨谁与度。月楼花院,琐窗⑩朱户。只有春知处。

---

① 鲥(shí)鱼:生活在长江中,五六月间产卵时,脂肪肥厚,味鲜美。
② 阊门:见本书《陆机诗咏苏州》,这里代指苏州。
③ 恬:安逸,舒适。
④ 唐圭璋.全宋词.郑州:中州古籍出版社,1996:360.
⑤ 横塘路:即青玉案,词牌名。
⑥ 凌波:形容女子步态轻盈。
⑦ 横塘:在苏州城外,是作者隐居之所。
⑧ 芳尘去:指美人已去。
⑨ 锦瑟华年:指美好的青春时期。
⑩ 琐窗:雕绘连琐花纹的窗子。朱户朱红的大门。

飞云冉冉①蘅皋②暮。彩笔③新题断肠句④。若问闲情都几许⑤。一川烟草,满城风絮。梅子黄时雨⑥。

【按】本篇为词人退隐苏州期间所作,这是作者最负盛名的代表作。从季节背景来看,应该是初夏;从情感基调来看,是"愁",抒发作者所感到的"闲愁"。从表面来看,写的是路遇佳人而不知所往的怅惘情景,也就是一片相思;从实际来看,"香草""美人"历来是文人作品中理想境界的象征,故作者含蓄地流露其怀才不遇的感慨。上片中,"但目送、芳尘去",春天已过,芳尘已逝,美人不知所往,实际上,就是不知自己的前途如何!"只有春知处",宋人词中常有以"处"表时间者,就如"怒发冲冠,凭栏处"——大概只有逝去的春才知道时间的可贵!下片则承上片词意,写自己"傻等"的境况,蘅皋已暮,自己已老,只能就此写下断肠句。这种愁,既不是离愁,更不是穷愁。这是赋"闲"不为所用,达不到理想境界的愁,漫无目的,漫无边际,飘飘渺渺,捉摸不定,却又无处不在,无时不有。对这个"愁"的最恰当的形象比喻,就是那"梅子黄时雨"!该时段到处湿漉,四下发霉,在苏州住过者都知道那时候的天气与人的心情,正如"闲愁"缕缕,这一比喻将无形变有形,将抽象变形象,变无可捉摸为有形有质,显示了超人的艺术才华和高超的艺术表现力。正因为此句,贺铸得到了"贺梅子"的雅称。

人称贺铸的这首《青玉案》为"前无古人",而辛弃疾的《青玉案·东风夜放花千树》为"后无来者"!

---

① 冉冉:指云彩缓缓流动。
② 蘅(héng)皋(gāo):长着香草的沼泽中的高地。
③ 彩笔:比喻有写作的才华。
④ 断肠句:伤感的诗句。
⑤ 都几许:总计为多少。
⑥ 梅子黄时雨:江南一带初夏梅熟时多连绵之雨,俗称"梅雨"。

三、《鹧鸪天》①

鹧 鸪 天②

重过阊门万事非,同来何事③不同归。梧桐半死④清霜后,头白鸳鸯失伴飞。

原上草,露初晞。旧栖新垅⑤两依依。空床卧听南窗雨,谁复挑灯夜补衣?

【按】这首词是宋徽宗建中靖国元年(1101)作者从北方回到苏州时悼念亡妻所作。贺铸妻赵氏,虽为宋宗室济国公赵克彰之女,但勤劳贤惠,贺铸曾有《问内》诗写赵氏冒酷暑为他缝补冬衣的情景,夫妻俩的感情很深。贺铸年近50,闲居苏州三年,其间相濡以沫、甘苦与共的妻子亡故。如今故地重游,物是人非,岂不哀哉。

再度到苏州,睹物思人,岂能不哭相濡以沫的妻子!"同来何事不同归",问得似乎无理,实则极度"有情"。半死的梧桐与失伴的鸳鸯,这一组比喻升华情感,催读者泪流满腮。"原上草,露初晞",实为比兴,表面上是对亡妻坟前景物的描写,实际上借露水哀叹妻子生命的短暂。下阕以"旧栖"与"新垅"鲜明对比,强化"屋里人"对"墓中人"的无比思念,而一句"谁复挑灯夜补衣"将抒情推向了高潮。

这首词在艺术构思上最突出之处在于将生者与死者紧密联系在一起,与苏轼的《江城子·十年生死两茫茫》共为悼亡诗词的巅峰。

---

① 唐圭璋. 全宋词. 郑州:中州古籍出版社,1996:353.
② 鹧鸪天:词牌名。因此词有"梧桐半死清霜后"句,贺铸又名之为"半死桐"。
③ 何事:为什么。
④ 梧桐半死:枚乘《七发》中说,龙门有桐,其根半生半死(一说此桐为连理枝,其中一枝已亡,一枝犹在),斫以制琴,声音为天下之至悲,这里用来比拟丧偶之痛。清霜后:秋天,此指年老。
⑤ 旧栖:旧居,指生者所居处。新垅:新坟,指死者葬所。

石湖仲春

范成大诗咏苏州

范成大(1126—1193),字至能,一字幼元,晚号石湖居士。苏州人。晚年隐居苏州石湖十年。(参阅拙作《苏州文脉》)

一、《初归石湖》①

初 归 石 湖②

晓雾朝暾绀碧烘③,横塘西岸越城东④。

---

① 周汝昌.范成大诗选.北京:人民文学出版社,1984:208.
② 石湖:位于江苏省苏州古城西南,向南直通太湖。
③ 朝(zhāo)暾(tūn):初升的太阳。绀(gàn):稍微带红的黑色。碧:青绿色。烘:烘托。
④ 横塘:在苏州市西南。越城:春秋越国在吴王吴城下囤兵处。参阅拙作《苏州古石桥》。

范成大(500名贤之一)

行人半出稻花上,宿鹭孤明①菱叶中。
信脚②自能知旧路,惊心时复③认邻翁。
当时手种斜桥柳,无限鸣蜩④翠扫空。

【按】范成大出川返京后,以中大夫除参知政事(副宰相),但因与宋孝宗政见不合,任职仅两月,六月间即落职返乡。这首诗就作于他初归石湖之时。

这首诗有三个着力点:"景""人""情"。诗的上半首以写景为主。首联点出回石湖时的时间和石湖的地理位置,既有绚丽的色彩,又有准确的方位。颔联的"稻花""菱叶"是对季节的交代,动静结合,简单明了。其间虽然有"行人",但却是泛写,是对景物的点缀。实际上,从开头两联的景物中,已经能读出作者的喜悦之情。颈联正式涉及人,一是"知旧路"的作者,一是"邻翁",从这两句中,也可以看出作者临近家门的激动心情。尾联抒情,借当年自己种下的柳树在鸣蝉的叫声中随风摆动,写出了"人是物非"的无奈心情。总之,景中有人,景中有情,写人、抒情又借力于景,景、人、情达到了完美的结合。

二、《枫桥》⑤

枫　　桥⑥

朱门白壁枕弯流,桃李无言满屋头。

---

① 明:在这里的意思是显露在外,不隐藏。
② 信脚:信步走来,随意漫行。
③ 时复:过了一段时间才。
④ 蜩(tiáo):鸣蝉。
⑤ 周汝昌.范成大诗选.北京:人民文学出版社,1984:45.
⑥ 枫桥:在苏州阊门之西,进阊门的必经之处。参阅拙作《苏州古石桥》与《苏州文脉》。

墙上浮图路旁堠①,送人南北管②离愁。

枫桥

【按】枫桥是一座并不雄伟的石桥,它的出名,是因为唐代张继写过一首《枫桥夜泊》,把游子的离愁别绪,渲染得浓郁感人。枫桥是进苏州阊门的必经之路,南来北往的迁客骚人多有在枫桥吟诗填词者。

范成大的这首七绝,通过白描手法写出了人与景之间的和谐统一。作为人文景观的"朱门""白壁",紧靠的是弯弯的河流,一个"枕"字,用拟人的手法写出了两者之间的关系;而"桃李",却又依傍着人的"屋头",一个"满"字,显示出两者之间的紧密关系。"墙上浮图",并不是说宝塔建在墙头上,实际上指的是从远处看宝塔显示在墙头上,也就是说,如果从枫桥离开苏州去他乡,回头看渐行渐远的宝塔,看看"路旁堠","行人"怎能不产生"愁"意呢?

三、《横塘》③

横 塘④

南浦春来绿一川,石桥朱塔两依然。
年年送客横塘路,细雨垂杨系画船⑤。

【按】南浦有双关意味,一指横塘水,一指别离处,南北朝江淹《别赋》有"春草碧色,春水渌波,送君南浦,伤如之何"。显然,这个"南浦"带有《别赋》的意蕴,也就是说,范成大一开始就将读者带进离愁别绪中。横塘有桥,其北原有

---

① 浮图:浮屠,梵语译音,即僧塔。这里指寒山寺塔。堠(hòu):古代记路程的小堡或碑石,五里单堠,十里双堠。
② 管:吹奏的乐器。
③ 周汝昌.范成大诗选.北京:人民文学出版社,1984:46.
④ 横塘:水名,在苏州城西南横山之东,南连石湖,为进入太湖的要道。
⑤ 画船:装饰华美的游船。

横塘寺,寺中有塔,"石桥"与"朱塔"是静止的,"依然"平静地站立在那儿,但是送别时人的心情无法平静。细雨蒙蒙,更添愁绪,"柳"谐音"留",古人有折柳相别的传统,为了平仄和谐,此处以"杨"代"柳"。横塘是水,行走水路必须用船,那么,就用"垂杨"系一会儿那艘将要开行的船只吧!

四、《四时田园杂兴》①

(一) 春日田园杂兴(选二)

土膏欲动②雨频催,万草千花一饷③开。
舍后荒畦犹绿秀,邻家鞭笋④过墙来。

社⑤下烧钱鼓似雷,日斜扶得醉翁归。
青枝满地花狼藉,知是儿孙斗草⑥来。

【按】作为本色的田园诗人,范成大对农村生活以及农事非常熟悉,他的诗歌给我们提供了吴地农村的风俗画。前一首,写出了初春田间解冻,泥土滋润的欣欣向荣的情况,一场春雨,换来了百花齐放,屋后的荒地也有了绿意,最能体现春意的竹笋出土了。后一首,则是将农村祭祀土地神的风俗呈现在读者面前。人们在土地庙前烧纸钱,鼓声如雷不绝于耳,而那些农夫们,为了马上开始的春耕,拼得一醉,不由得使人想起晚唐诗人王驾《社日村居》的"家家扶得醉人归"。然而,那些小孩子也没闲着,他们尽情地玩着斗草的游戏。就这样,作者通过大人和孩子两个维度,展示了吴中农村的初春风情。

(二) 晚春田园杂兴(选二)

胡蝶双双入菜花,日长无客到田家。
鸡飞过篱犬吠窦⑦,知有行商来买茶。

---

① 周汝昌.范成大诗选.北京:人民文学出版社,1984:233—251.
② 土膏:肥沃的土地。欲动:松动,开冻。
③ 一饷(xiǎng):一顿饭的时间。
④ 鞭笋:竹根曰鞭,鞭长成竹。
⑤ 社:土地庙。
⑥ 斗草:以草名相斗,以品种多者为胜。
⑦ 窦:墙洞。

三旬①蚕忌闭门中,邻曲都无步往踪。
犹是②晓晴风露下,采桑时节暂相逢。

【按】前一首诗中,各种意象组成了一幅充满生活气息的画面。开头写的是静,第三句开始动了,因为有客商来了,所以惊动了村中的鸡狗,有人来买茶,意味着农民新年的第一笔收入来了。后一首诗说的是养蚕的趣闻。蚕初出时,怕风冷,怕异味,蚕户在三四月份有"关蚕房门"的习俗,以红纸、花纸等贴于门上,谓之门神将军,可避邪护蚕。居家与邻里不相往来,只留养蚕的少妇独宿蚕房。邻里之间怎样才能见面呢——幸好还有采桑叶的田头。

(三) 夏日田园杂兴(选二)

梅子金黄杏子肥,麦花雪白菜花稀。
日长篱落无人过③,唯有蜻蜓蛱蝶飞。

昼出耘田夜绩麻,村庄儿女各当家④。
童孙未解供耕织,也傍桑阴学种瓜。

【按】前首写出了初夏时乡村色彩的绚丽,一、二、四句的写景很有趣味,色彩绚丽,动静结合。但是,写景不是纯粹的"写景",农民劳作的情景隐含其间,含蓄而有韵味。夏日日长,但为啥"篱落无人过"呢?我们要看后首:农民们都冒着烈日"耘田"。第四句的"种瓜"颇有问题,桑树成阴必定是盛夏之景,此时这些"未解供耕织"的稚子,对三四个月前的种瓜情景早已印象淡薄,此时所见,只能是卖瓜人而非种瓜者。实际上,石湖景区内有青石刻制的《四时田园杂兴》诗碑,是范成大的原作,准确性毋庸置疑。上面分明写着"卖瓜"而不是"种瓜"。这时候的孩子在桑阴下现学现玩的游戏,当然应是"卖瓜"了。

---

① 三旬:30日。
② 犹是:还是。
③ 日长:夏日白天长了。过:到此的意思。
④ 当家:各有任务。

(四) 秋日田园杂兴(选二)

杞菊①垂珠滴露红,两蛩②相应语莎丛③。
虫丝罥④尽黄葵叶,寂历高花侧晚风。⑤

中秋全景属潜夫⑥,棹入空明⑦看太湖。
身外水天银一色,城中⑧有此月明无?

【按】前一首写景,第一句"杞菊",范成大祠堂诗碑上为"杞棘"。枸杞有刺,刺上滴水,秋时枸杞果实如红珠垂挂,就如红色的露珠。若用"杞菊"则为两种植物,不能形成此一意境。第二句则从听觉维度呈现,草丛中的蟋蟀鸣声,告诉人们真正的秋天到了。然后,通过挂满虫丝的"黄葵叶",在晚风中倾斜的花朵作进一步的渲染。后一首着重写秋天的"潜夫"——就如自己一样的隐士。秋高气爽,可以驾一叶小舟,看看太湖的秋色夜月。这种水天一色的意境,是在城里汲汲于功名者无法体会到的,这份自豪非隐居者是体会不到的。

(五) 冬日田园杂兴(选二)

拨雪挑来踏地菘,味如蜜藕更肥醲。
朱门肉食无风味,只作寻常菜把⑨供。

斜日低山片月高,睡余行药⑩绕江郊。
霜风捣⑪尽千林叶,闲倚筇枝⑫数鹳巢。

---

① 杞菊:枸杞与菊花。其嫩芽、叶可食。
② 蛩(qióng):蟋蟀类秋虫。
③ 莎(suō)丛:草丛。
④ 罥(juàn):挂,缠绕。
⑤ 寂历:寂寞。侧晚风:因晚风而偏斜。
⑥ 潜夫:隐士。
⑦ 空明:水为月光照射,明澈如空。
⑧ 城中:喧嚣之地,名利场。
⑨ 菜把:菜蔬。
⑩ 行药:服药后宣导药力。
⑪ 捣:石湖景区内《四时田园杂兴》诗碑中此处为"扫"字。
⑫ 筇枝:竹枝。

【按】前一首首句为"拨雪挑来踏地菘",但范成大祠堂诗碑上却为"拨雪挑来蹋地菘"。"蹋地菘",吴中人士称之为"蹋棵菜",叶圆,墨绿色,贴地生长,为冬令佳蔬。而"踏地菘"就不知是什么了。"蹋地菘"味美,当感到"肉食无风味"时,换一下口味确实不错,就如在官场呆腻了,到农村做个隐士也不错。这就是"诗中有我"了。后一首写的是日近黄昏,孤月高悬,自己服药后散步的所见所闻、所作所为。枯叶满地,只能与归巢的鸟鹊为伴。与其说表现了自己的闲适,还不如从另一方面设想。看到此景,作者想到了病中的自己,此时自己隐居石湖,昔日门庭若市的情景不见了,现在是"门前冷落鞍马稀",此景正与作者内心失落凄凉的心境相映衬,达到了情景交融的境界。总之,这两首诗表达了两种心情,但并不相悖,因为人的情绪总是有变化的。

垂虹桥西段

姜夔诗咏苏州

姜夔(kuí)(1154—1221),字尧章,号白石道人,饶州鄱阳(今江西省鄱阳县)人。南宋文学家、音乐家。姜夔能自度曲,其词格律严密。其作品素以空灵含蓄著称,姜夔对诗词、散文、书法、音乐,无不精善,是继苏轼之后又一难得的艺术全才。

一、《姑苏怀古》[①]

姑苏[②]怀古

夜暗归云绕柁牙[③],江涵星影鹭眠沙。

---

① 钱仲联.苏州名胜诗词选.苏州市文联,1985:117.
② 姑苏:苏州西南有姑苏山,因而苏州也别称姑苏。
③ 柁牙:指舵板。

行人怅望苏台柳,曾与吴王扫落花。

【按】这首七绝用了欲扬先抑的手法。开头两句似乎与"姑苏台"无关,仅仅写晚云、行船、白鹭、星斗,但是一个"绕"字和一个"眠"字,道出了山河的一片平静。然而,这平静中却孕育着不平静,这个不平静是诗人内心的不平静。一句"行人怅望苏台柳",把诗歌推向了高潮,诗人怀古伤今的况味油然而生。这个"行人",当然就是作者自己,作者默默地望着姑苏台,心潮起伏:那些随风依依的柳树,经历了多少年的风霜?或许,它们曾用低垂的细条,为吴王扫拂着满地飘坠的花瓣。似乎是"咏柳"但何止是咏柳。作者把柳树当做历史的见证者,表明心中无尽苦涩。正是因为前半部分的平静,才显示出后半部分的不平静。整首诗景物的渲染与感慨的抒发相得益彰,物是人非的历史感更加厚重,作者怅惘悲凉之情也愈发明显。

苏州的柳

二、《过垂虹桥》①

过 垂 虹②

自作新词韵最娇,小红③低唱我吹箫。
曲终过尽松陵④路,回首烟波十四桥⑤。

---

① 宋诗一百首.香港:中华书局香港分局,1974:88.
② 垂虹桥:详见本书《吴文英诗咏苏州》。
③ 小红:范成大送给作者的歌女。
④ 松陵:吴江。
⑤ 十四桥:指沿途经过的众多石桥。

【按】这是姜夔创作的一首七言绝句。据记载,范成大晚年在家乡苏州石湖定居,姜夔在范家踏雪赏梅、吟诗作词,心情舒畅。范成大特地举行了一场冬宴,有心让姜夔在众人面前展露才华,遂请他写新曲。姜夔在席上作了两首梅花词《暗香》和《疏影》,为助兴,范成大还特地吩咐了家中一位美丽的歌女小红即兴演唱。更令姜夔高兴的是,范成大把小红赠给了他。这首诗就是姜夔带着小红回家路过垂虹桥时所作。这首诗风格轻快,表现出一种如歌如画的幽情雅韵,作者的得意之情溢于言表。美人低唱,才子吹箫,一曲终了,竟然过了吴江!船快,更是作者心中轻快,回顾船儿穿过的那些桥洞,真是喜上心头。短短四句,一个才情横溢,沉浸在甜蜜中的诗人形象似在眼前。

三、《除夜自石湖归苕溪》①

除夜自石湖归苕溪②

细草穿沙雪半消,吴宫烟冷水迢迢③。
梅花竹里无人见,一夜吹香过石桥。

石湖

【按】这首诗与上一首《过垂虹桥》一样,也是写除夕夜从范成大处乘船回苕溪的所见所闻。然而,情感的基调却与上面这首不尽相同。细草、沙地、残雪,呈现出一个幽冷、萧条、缥缈的残冬世界,这是途中诗人看到的近景,也是为"吴宫"的出场作铺垫,"吴宫"远景出场了,高大的吴宫、疾驶的小舟,但意绪中却是"烟冷"。何以"烟冷"?这里有对历史的拷问,有对往昔的感伤,以及与好友相别的感慨。幸好还有梅花,看不见的梅树,萦绕一夜的梅香,又将心中的落寞和孤寂驱散——我从何处来?我向何处去?或许,过了"石桥"就有答案。

诗平易浅显,韵味华美,但却内涵深刻,体现了诗人深厚的功底。

---

① 宋诗一百首.香港:中华书局香港分局,1974:87.
② 除夜:除夕。石湖:参阅拙作《苏州文脉》与本书《范成大诗咏苏州》。苕(tiáo)溪:浙江吴兴县的别称,因境内苕溪得名。吴兴即今湖州,姜夔安家于此。
③ 吴宫:见本书《白居易诗咏苏州》。迢迢:遥远的样子。

今日葑门

吴文英诗咏苏州

吴文英(约1200—约1260),字君特,号梦窗,四明鄞县(今浙江宁波)人。吴文英喜欢"自度曲",即自己创作词牌,谱写新的曲调。在南宋词坛,吴文英属于作品数量较多的词人,存词有三百四十余首,作品集为《梦窗词》。吴文英与号"草窗"的周密齐名,合称为"二窗"。

一、《八声甘州·灵岩陪庾幕诸公游》①

八声甘州②·灵岩陪庾幕③诸公游

渺空烟四远,是何年、青天坠长星④?幻苍崖云树,名娃金屋⑤,

---

① 唐圭璋.全宋词.郑州:中州古籍出版社,1996:1964.
② 八声甘州:词牌名。
③ 庾(yǔ):露天谷仓。幕:幕府僚属。作者也曾经在苏州当过粮仓的幕僚。
④ 长星:彗星类。此句意为灵岩山是天上落下的星。
⑤ 苍崖云树:青山丛林。名娃金屋:此指西施,为越王勾践献给吴王夫差的美女。金屋,用汉武帝金屋藏娇的故事。

残霸①宫城。箭径酸风射眼②,腻水③染花腥。时靸双鸳响,廊叶秋声④。

宫里吴王沉醉,倩五湖倦客⑤,独钓醒醒⑥。问苍波无语,华发⑦奈山青。水涵空⑧、阑干高处,送乱鸦、斜日落渔汀。连呼酒,上琴台⑨去,秋与云平。

【按】这首怀古词是作者游苏州灵岩山时所作。意境在虚与实之间回旋,是这首词的显著特点。

上片开头紧贴"灵岩"之"灵"字,说此山是天上星星坠落而成,奇特的想象,令读者产生无穷的遐思,此为化实为虚。然后写"幻",从灵岩"云树贴天"导入吴王建宫馆于此的史实,无论是名娃、宫城,还是箭径、腻水、响屧廊,都是曾经存在过的事物,显然,名为写"幻",实为写实;然而,这些实景又能引发读者想象出无尽的画面,这又是化实为虚。下片开头,以"沉醉"的吴王与清醒的范蠡作对比,因吴王的"沉醉"而促使范蠡的成功,因范蠡的清醒而导致吴王的身败名裂,两者相辅相成,这是实写。然后,作者"问苍波无语",因为这一切无法"务实",只能发出"华发奈山青"和"水涵空、阑干高处,送乱鸦、斜日落渔汀"的感叹,感叹自己壮志未酬的哀愁,这又回归"虚"了。

这首词名义上是写看到吴国遗迹想起了吴国兴衰的史实,暗中却指向对南宋小朝廷偏安一隅,恐蹈当年吴王夫差覆辙的忧虑——这又是一重虚实相间,借怀古以讽今,将自己对国事的忧虑和怀才不遇的愁苦都蕴藏于其中。

---

① 残霸:指吴王夫差,他曾先后破越败齐,争霸中原,后为越王勾践所灭,霸业有始无终。
② 箭径:即采香泾,俗名一箭河。酸风:凉风。射眼:寒风吹得眼睛发痛。
③ 腻水:宫女濯妆的脂粉水。
④ 靸(sǎ):拖鞋,此作动词,指穿着拖鞋。双鸳:鸳鸯履,女鞋。廊:响屧廊。
⑤ 倩:美。五湖倦客:指范蠡。范蠡辅佐越王勾践灭吴后,功成身退,泛舟五湖(太湖)。
⑥ 醒醒:清楚;清醒。
⑦ 华发:花白头发。
⑧ 涵空:指水映天空。
⑨ 琴台:在灵岩山上。

二、《十二郎·垂虹桥》①

十二郎②·垂虹桥

上有垂虹亭,属吴江。

素天际水③,浪拍碎、冻云不凝。记晓叶题霜④,秋灯吟雨,曾系长桥过艇。又是宾鸿⑤重来后,猛赋得、归期才定。嗟绣鸭解言,香鲈堪钓,尚庐人境。⑥

幽兴⑦。争如⑧共载,越娥妆镜。念倦客依前,貂裘茸帽⑨,重向淞江⑩照影。酹酒苍茫,倚歌平远,亭上玉虹腰冷⑪。迎醉面,暮雪飞花,几点黛愁⑫山暝。

【按】可以这么说,诗人在创作这首词时用上了意识流的手法,也就是说,思维的跳跃非常大。

开篇"素天"两句,绘当时桥的四周景色,点出时在寒冬季节。猛然间作者"记"起了某年秋天的一个清晨:岸上还有霜露沾连在树叶上,将船停

垂虹桥东段

---

① 唐圭璋.全宋词.郑州:中州古籍出版社,1996:1956.
② 十二郎:词牌。
③ 素天:没有色彩灰蒙蒙的天。际水:交接着水。
④ 晓叶题霜:清晨的树叶上沾着霜露。
⑤ 宾鸿:即鸿雁。
⑥ 绣鸭解言:引陆龟蒙养斗鸭的故事。一个飞扬跋扈的太监用弹弓打死了陆龟蒙的彩色斗鸭,陆龟蒙骗他说这只鸭子能如鹦鹉般说话,正准备献给皇帝,现在被你打死,我只能如实汇报了,吓得太监连连讨饶。香鲈堪钓:引张翰莼鲈之思的故事。尚庐人间:引陶渊明诗句"结庐在人境"。
⑦ 幽兴:优雅的趣味。
⑧ 争如:怎么比得上。
⑨ 貂裘茸帽:穿着裘衣,头戴貂帽。
⑩ 淞江:吴淞江。
⑪ 玉虹腰冷:桥背称虹腰。
⑫ 黛:女子的眉毛。

靠在垂虹桥傍,乘兴吟哦起这儿的秋雨景色。"又是"一句带作者回到了如今鸿雁南飞、宾雀入室的季节,猛然间作者决定该回去了。然而,思绪却飞到了很远的过去,遥想起陆龟蒙养斗鸭的趣事,遥想起张翰的莼鲈之思,垂虹桥畔如此优雅有趣,真想如陶渊明般"结庐"而居——这又是回到了当前,实在不想回去。于是,那次和那个她共同乘船到桥头的情景再现,想起她借河水为镜梳妆的倩影。当发现过去的那一切都无法体现时,还是回到当前吧。如今我孤身旧地重游,孤零零地站在吴淞江边的垂虹桥上,酹酒祭苍天,高歌飘四远,以此抒发自己胸中的郁结,陪伴我的只有苍茫暝色中如黛眉般的远山的影子。

从字里行间,我们不难看出作者不得志的愁闷,实际上,那个"共载"的伊人对水梳妆的倩影,有可能就是作者的理想境界。在理想境界与现实世界中徘徊,这就是吴文英的《十二郎》。全词从"冻云"始,至"雪花"止,首尾衔接,叙事完整,脉络分明。

三、《浣溪沙·观吴人岁旦游承天》①

浣溪沙②·观吴人岁旦游承天③

千盖笼花④斗胜春。东风无力扫香尘。尽沿高阁步红云⑤。

闲里暗牵经岁恨⑥,街头多认旧年人⑦。晚钟催散又黄昏。

【按】吴文英在苏州待了十多年,耳濡目染下他对苏州的民间风俗颇感兴趣。在这首《浣溪沙》中,他将苏州人初一拜年的习俗表现得淋漓尽致。承天寺由唐代诗人"市长"韦应物笔下的重玄寺改名而来。它是《平江图》上仅次于报恩寺的古刹,原址在苏州接驾桥的西北处(参阅拙作《姑苏老街巷》),也就是说在苏州城的中心,城中心的寺庙当然是市民活动的中心。从这首诗中可以看出,为了这个初一的拜年活动,苏州人可是准备了很久。首先,承天寺中的僧人将在暖室中精心培育出来的盆盆鲜花安置在寺内游廊等处,人们可以感

---

① 唐圭璋. 全宋词. 郑州:中州古籍出版社,1996:1943.
② 浣溪沙:唐教坊曲名,后用为词牌,"沙"或作"纱"。
③ 岁旦:指旧历岁首。承天:为苏州承天寺。
④ 千盖笼花:经过多重护理养育的花朵。
⑤ 红云:形容花多。
⑥ 闲里:吴中习俗,年初一互相拜年。经岁恨:跨年的遗憾。
⑦ 旧年人:如今是新年的初一,见到的人当然是去年的人了。

受到一种胜过万紫千红的繁春时节的氛围。游人行走在寺中走廊里,好像是置身在花的海洋中一样。游人们更是做好了心理准备,他们在寺庙中寻找着自己的熟人旧友,希望将年前留下的一些遗憾,在拜年声中尽情得到释放。诗人也是如此,一直到"晚钟"敲响的黄昏时分,才在失望中离开。

四、《探芳新·吴中元日承天寺游人》①

探芳新②·吴中元日承天寺游人

九街头③,正软尘润酥,雪销残溜④。禊赏祇园⑤,花艳云阴笼昼。层梯峭空麝散⑥,拥凌波、萦翠袖。叹年端、连环转,烂漫游人如绣。

肠断回廊伫久。便写意溅波⑦,传愁蹙岫⑧。渐没飘鸿⑨,空惹闲情春瘦。椒杯香乾醉醒⑩,怕西窗、人散后⑪。暮寒深,迟回处⑫、自攀庭柳。

【按】同样是以元日承天寺为背景写人,上一首《浣溪沙》是从"面"上写吴人的初一拜年活动,而这首《探芳新》是通过初一承天寺的"如绣"的人群引出"点"上的伊人。吴文英在苏州期间,与一歌女深深相爱,后纳之为妾,有一段浪漫旖旎的爱情经历。从词中"飘鸿""西窗人散"等句,可知此词作于该妾已离他而去之时。上片中,极尽渲染初一时处于苏州闹市区的承天寺的热闹非凡,一句"烂漫游人如绣",道尽作为南宋时副首都的苏州的繁华。然而这种繁华却勾起了作者的伤感。显然,上片是从反面烘托,游人如织的烂漫场面和自

---

① 唐圭璋. 全宋词. 郑州:中州古籍出版社,1996:1948.
② 探芳新:吴文英自度曲。
③ 九街头:九交之道,闹市。
④ 软尘:飞扬的尘土,代指都市的繁华热闹。润酥:指滋润了。残溜:融雪在房、篷等顶上零星的滴水。
⑤ 禊:烧香许愿。祇(qí)园:此处借代寺庙。
⑥ 麝散:香气四散。
⑦ 写意:写下心中的愁绪;溅波:激起心底的波澜。
⑧ 蹙:收缩。岫:山。此句为眉锁春山之意。
⑨ 飘鸿:逝去的飞鸿,喻人。
⑩ 椒杯:代指椒酒。乾:男性,此处指自己。
⑪ 西窗:反用李商隐"何当共剪西窗烛"典故,意为没有机会了。
⑫ 处:时。

己苦苦思念的孤苦形成了鲜明对比。"肠断"一句,总领下片叹别离。在寺内回廊伫立良久,见他人都是双双游寺,而自己却只有孤身一人,不由牵动心中的离愁别恨。伊人如飘鸿般一去不复返,心中的愁结聚成了山。借酒浇愁醉而又醒,李商隐当年能盼望"共剪西窗烛",而我能盼什么呢?"暮寒深"三句,从感叹中惊醒,复归现实,游寺晚归,寒意渐起,只能自折垂柳枝,寄托离别情。

五、《夜合花·自鹤江入京泊葑门有感》①

夜合花②·自鹤江入京泊葑门有感③

柳暝河桥④,莺晴台苑⑤,短策⑥频惹春香。当时夜泊,温柔便入深乡。词韵窄,酒杯长。剪蜡花⑦、壶箭⑧催忙。共追游处,凌波翠陌⑨,连棹横塘⑩。

十年一梦⑪凄凉。似西湖燕去,吴馆巢荒⑫。重来万感,依前唤酒银罂⑬。溪雨急,岸花狂。趁残鸦、飞过苍茫。故人楼上,凭谁指与,芳草斜阳。

【按】这首词与上一首《探芳新》的主题相同,都是怀念同一位伊人。作者自吴淞江的支流白鹤溪坐船去南宋都城临安,途经苏州城东的葑门,并在此停泊上岸游春。就在此时,唤起无限旧情,想起了十年前与伊人在此的同游,词

---

① 唐圭璋.全宋词.郑州:中州古籍出版社,1996:1965.
② 夜合花:词牌名。
③ 鹤江:白鹤溪,吴淞江支流。京:南宋时的京城为临安,如今杭州。葑门:苏州城东之门,偏南。
④ 柳暝河桥:日暮时停舟于杨柳掩映的河桥之下。暝,日落黄昏之时。
⑤ 莺晴台苑:晴日登上莺声婉转的苏州的苑囿。
⑥ 短策:短的马鞭。
⑦ 蜡花:烛花。
⑧ 壶箭:计时的铜壶滴漏。
⑨ 凌波翠陌:与美人在岸上遨游。凌波,女子步履轻盈貌。翠陌,长着青草的道路。
⑩ 连棹横塘:与美人在水上遨游。棹,船桨,指船。横塘,苏州城西地名。
⑪ 十年一梦:引杜牧诗句"十年一觉扬州梦",指往事已过十来年。
⑫ 似西湖燕去,吴馆巢荒:形容人去楼空如燕去巢荒。西湖、吴馆,作者经常住宿的地方,此处指佳人离去。
⑬ 银罂(yīng):银制的酒器。

韵响亮、飞扬,表现了作者急狂、苍茫的失落无依之情。

运用矛盾修辞,是这首词上片的显著特点。首先是"柳暝"与"莺晴","暝"字写尽河边桥畔杨柳的浓密娇柔之态,使人想起了陆放翁的"柳暗花明又一村";"晴"尽显莺飞燕舞的旖旎,使人想起了白居易的"几处早莺争暖树"。一"暝"一"晴",光与影的巧妙组合,风景尽在不言之中。"词韵窄"与"酒杯长",又是看似矛盾。作者精于声韵之学,却忽然嫌词的韵律狭窄束缚人,似乎不合常理,但是,岂不闻高手有"一时无法尽情抒写"的窘迫?酒杯岂能有长短的变化,又是不合常理,但是,就是这个杯中之物,带走了大量的时光。上片描绘的美好光景皆为过往之虚景,一起嬉游荡漾的回忆至今仍在作者心里未能忘怀,足可见其情深意切,而下片却转而写实,如今"重来",却孤身一人,"雨急、花狂",故人不在,个中滋味谁能体会,非"凄凉"两字能写尽。

就下片的写作特点而言,"西湖燕去,吴馆巢荒"用了互文修辞。吴文英一生未第,游幕终身,于苏、杭、越三地居留最久。而西湖、吴馆又是这些地方的代表景观,究竟是何处"燕去"?究竟是何处"巢空"?又岂能分辨!

远眺枫桥

高启诗咏苏州

高启(1336—1374),元末明初著名诗人,文学家。字季迪,号槎轩,苏州人。元末隐居吴淞江畔青丘浦,自号青丘子(参阅拙作《苏州文脉》)。高启才华高逸,学问渊博,尤精于诗,有"小太白"之称。实际上,他的散文也很有特色,他的游记散文以《游灵岩记》与《游天平山记》为代表。高启与刘基、宋濂并称"明初诗文三大家"。

一、《之荆操》①

之 荆 操②

粤③我有土,岐山之下;孰是营之④,维我考祖⑤。

---

① 《四库全书》集部别集类,高启《大全集》卷二。
② 之荆:前往荆州,这里的荆州泛指江南,所以"之荆"就是"奔吴"的意思。操:操琴,弹琴。琴曲也都有"操"命名,这里就是"琴曲"的意思。
③ 粤:文言助词,用于句首,没啥意思。
④ 孰是营之:何人经营了那块土地。
⑤ 维:句首语气词。考祖:祖先。

今我于迈①,自岐徂荆;
岂不怀归,念我弟兄?
民勿我思②,我思安只③;
国已有后,先君季子。

【按】苏州人极度尊重泰伯。为了让自己三弟季历的儿子姬昌(后来的周文王)能够继承王位,泰伯带领二弟仲雍来到苏州一带,开创了吴地的文化。

高启的《之荆操咏泰伯庙》是一首"诗经体"的四言诗。这首诗很有趣,因为作者采用了一个有趣的角度,那就是从泰伯的"主观镜头"来叙事抒情。开头四句说,我们(按:代泰伯言,下同)周人在岐山之下有自己的乐土,经营者就是我的父祖。紧接着四句说,如今我从岐山到江南,难道不想回乡吗?难道不想念我的弟兄吗?第三层的意思很明确,我愿岐山的百姓不要想念我,我在江南安居。国家已经有了继承者,那就是我的弟弟季历。第一人称的手法,把读者与泰伯的心灵距离拉近。特别是对圣贤内心矛盾的揭示,更让读者觉得圣贤可亲可近。

高启(500 名贤之一)

二、《望虞辞》④

望　虞　辞

虞山峨峨兮出云油油⑤,胡敛其施兮弗雨九州⑥。

---

①　迈:行。
②　民勿我思:(岐山)那儿的百姓不要思念我。
③　思:语气词。安只:安心在此。
④　吴鼎科.至德志.上海:上海古籍出版社,2013:72.
⑤　油油:常形容云、水流动貌。
⑥　胡:为何。敛:收敛;施:给予。弗:通怫(fú),忧愁。雨:降落。全句意为老天为何收敛了给予而将忧愁降落到九州大地。

下有蛟龙兮海波横流,谁使子来兮从伯氏以游①?

朝于隮②兮望岐周③,国有祀④兮有何求?

唐虞逝兮道阻修⑤,惭德舆⑥兮干戈日休,我思夫人兮心焉孔忧⑦。

【按】从"兮"字可知,这是一首模仿"楚辞体"的小诗,寥寥数语,将一个文人的忧思抱负尽陈其上。在这首诗里,诗人不再是一个舞文弄墨的书生,而是一个与屈原有着一样家国愁情的热血之士。

诗人抬头仰望,只见巍峨高大的虞山直插云霄,"油油"写出了天上的白云在山峦间徐徐流动的状态,云卷云舒自由自在,更为眼前大气壮阔的景象增添了宁静而灵动的一笔。但是,"胡敛其施兮弗雨九州",这是责问老天,为后文作铺垫。第三至第六句首先描绘了奔吴时险恶的环境,蛟龙升空、海波横流,南奔的困难艰险烘托出仲雍大无畏的精神。由此,诗人不禁向仲雍发出了慨然一问:如此恶劣的生存条件,是什么让你跟随泰伯毅然决然来到了这里?作者又以仲雍的口吻自问自答:每日朝霞初升之时,我确实要忍不住向北而望家的所在,但是,吴地人民需要我,他们虔诚地为我祭祀,这就足矣,夫复何求呢?一问一答,一实一虚间,天地顿开。辞的最后,诗人又联想到尧舜的太平盛世已一去不复返,回想当年的平安景象,实在为当今的大地感到惭愧。所以,我不得不深切地忧虑仲雍的逝去。儒者的一腔热忱因为时代的惶惑而无所依附,全诗以"忧"字结尾,愁绪滚滚而出。

三、《齐云楼》⑧

齐 云 楼

境临烟树万家迷,势压楼台众寺低。

---

① 子:你,指仲雍。伯:指泰伯。
② 隮(jī):升起。
③ 岐周:岐山下的周代旧邑。地在今陕西省岐山县境,周始建国于此,故称。
④ 祀:祭祀。
⑤ 唐虞:唐尧与虞舜的并称,此处代指杰出的领导者,指向仲雍。修:长。
⑥ 舆:地。
⑦ 夫(fú)人:那个人,指仲雍。孔:很,文言副词。
⑧ 李圣华.高启诗选.北京:中华书局,2005:61.

斗柄①正垂高栋北，山形都聚曲栏②西。
半空曾落佳人唱，千载犹传醉守③题。
劫火重经化平地，野乌飞上女垣④啼。

齐云楼

【按】这是一首七律，写于苏州城被朱元璋攻破，张士诚彻底失败之时。齐云楼建于唐代，其高与云齐，原在苏州郡治子城上。当苏州城被攻破时，张士诚将自己的妻妾置于楼上，一把火烧死。首联首先宏观介绍齐云楼的环境与高大，颔联聚焦于齐云楼本身，方位对北斗星斗柄，站在楼上，可以看见绵延的西部之山。颈联最为重要，名义上写的是高耸入云的齐云楼上的歌舞，甚至还在念叨当年白居易吟诵《和公权登齐云》；实际上，这歌舞升平就是取祸的根本——后期张士诚君臣腐化堕落，量变达到了质变。所以说，这首七律内容的指向性甚是明确。细心的读者不难看出，这齐云楼就是指张士诚高耸入云的事业，毁于一旦。所以，在最后的尾联中，作者只能让"野乌""飞上女垣啼"，这就是吊古伤今了。

四、《归吴至枫桥》⑤

归吴至枫桥

遥看城郭尚疑非，不见青山旧塔微。
官秩⑥加身应谬得，乡音到耳是真归。

---

① 斗柄：北斗七星中第五至七颗星排列成弧状，形如酒斗之柄。古人即根据斗柄指向，来定时间和季节。
② 曲栏：曲折的栏杆。
③ 醉守：指白居易，自号"醉吟先生"。
④ 女垣：城墙上砌有射孔的小墙，即女墙。
⑤ 李圣华.高启诗选.北京：中华书局，2005：147.
⑥ 官秩：官吏的职位或依品级而定的俸禄。

夕阳寺掩啼乌在，秋水桥空乳鸭飞。
寄语里阎①休复羡②，锦衣今已作荷衣③。

【按】这首七律写于作者终于脱离了官场的羁绊，回归苏州经过枫桥时。高启本身就无心于仕途，所以此诗中回乡的惊喜之情溢于言表。首联还是疑惑，或许是天气原因，作者的眼前出现了城郭，但因为没有看见自己熟悉的"青山旧塔"，实际上就是说，官场生活竟然使自己脱离了家乡苏州。然而，这仅仅是铺垫。颔联进行了反思：几年的官场生活，实在是错误的选择，只有听到了"乡音"，才发现自己回到了真正的"自己"。颈联写故乡的环境，"夕阳寺掩啼乌在"，明显套用唐张继的《枫桥夜泊》，但用得很活。尾联使全诗达到了高潮：乡亲们，你们千万不要将我看成是京城来的高官，我现在和你们一样，都是苏州城的普通百姓了。这是出自内心的喜悦。

五、《吊七姬冢》④

吊 七 姬 冢⑤

叠玉连珠⑥弃草根，仙游应逐坠楼魂。
孤坟掩夜香初冷，几帐留春被尚温。
佳丽总伤身薄命，艰危未负主多恩。
争妍无复呈歌舞，寂寂⑦苍苔锁院门。

【按】这首七律告诉了我们一个悲惨的故事。七姬，是张士诚女婿潘元绍的七个小妾，苏州城将被朱元璋攻破时，潘元绍逼迫七姬全部自杀，而他自己却投降了朱元璋。（参阅拙作《姑苏老街巷》）

首联中，"叠玉连珠"表现七姬之死的惨状，作者用来类比的是绿珠坠

---

① 里阎：即里间，此处指乡人。
② 休复羡：没什么值得羡慕的。
③ 锦衣：官服。荷衣：隐士之服。
④ 李圣华.高启诗选.北京：中华书局，2005：248.
⑤ 七姬冢：在如今苏州临顿路西侧蒋庙前。
⑥ 叠玉，连珠：连成串的珠子。
⑦ 寂寂：寂静无声貌。

楼。当年石崇有美妾绿珠,孙秀求之不得,就矫诏收捕石崇。石崇被围困后对绿珠说:我是因为你才获罪的,绿珠被逼,坠楼而死。颔联中,"几帐留春被尚温"与"孤坟掩夜香初冷"形成鲜明的对比,表现七姬悲剧。颈联是对七姬的赞赏,七姬中,年最长的30岁,年最幼的仅18岁,她们虽然命薄,却未曾辜负主人,然而他们的主人呢?作者实在无语,只能说,从此再无歌舞,院门紧锁了。

六、《阖闾墓》①

阖 闾 墓②

水银为海③接黄泉,一穴曾劳万卒穿。
漫设④深机防盗贼,难令朽骨化神仙。
空山虎去⑤秋风后,废榭乌啼夜月边。
地下应知无敌国,何须深葬剑三千⑥。

【按】这首诗 1990 年左右被镌刻在苏州虎丘剑池的峭壁上,诗中描绘了建造阖闾墓时,水银为海,劳民伤财。尽管深藏机关,预防盗墓,也无法将腐朽尸骨化为神仙。如今虎去山空,秋风萧瑟,台榭荒废。地下的吴王阖闾是否知道,人死后已不再有敌我之分,何必要用三千把宝剑陪葬呢?这首七律

虎丘剑池壁高启诗

的第一个特点是引用了大量的传说,如水银为海、空山虎去、三千宝剑等,给我

---

① 李圣华. 高启诗选. 北京:中华书局,2005:274.
② 阖闾墓:在苏州虎丘剑池之下。
③ 水银为海:传说阖闾墓中"铜椁三重,倾水银为池,黄金珍玉为凫雁"。
④ 漫设:随意设置。
⑤ 空山虎去:传说阖闾安葬后,虎丘山上曾出现过一只老虎。
⑥ 深葬剑三千:传说吴王阖闾安葬时以"扁诸""鱼肠"等三千宝剑作为殉葬品。

们留下了珍贵的文学遗产。另外,强烈的对比是这首诗的又一特点,如"一穴"与"万卒","朽骨"与"神仙"等。此外,强烈的讽刺,是这首诗另一个特点,吴王阖闾,可谓是炙手可热的人物,但最终不是也化为一堆朽骨吗?将三千宝剑埋于坟中,又能起什么作用呢?联想到高启生性淡泊,不好名利,拒绝为官的所做所为,就明白了其中深义。

七、《江上晚归》[①]

江上[②]晚归

渺渺双凫[③]落晚沙,一江秋色艳明霞。
逢人不用停舟问,大树村中即我家。

【按】高启,因隐居于苏州城东青丘浦大树村(如今遗迹无踪),而号青丘子,在青丘浦过着自在清闲而内心孤独的生活。

"渺渺",一种若有若无的境界,估计这时的作者已经醉眼朦胧了;"双凫"优美地飞翔着,而作者却独归,可谓"双凫"是眼前的景(景语),"孤独"是内心的语(情语);一个"落"字让这首诗的境界全出,不由得使人联想起"平沙落雁",真乃未成曲调先有情。显然,首句以动景为主,然而这个"动"却趋向于"静"——傍晚的静谧;此乃动中有静。第二句写的是"静"景,然而,这个"静"是相对的"静",此处的"艳"字为使动用法,"一江秋色"使得晚霞更加地"明艳";"秋水共长天一色",此乃静中有动。一、二两句动中有静,静中有动,动静的完美结合画出了一幅醉酒晚归图,不由得使人想起王维《山居秋暝》的动静结合手法。后两句写自己的情态,既然明知"大树村中即我家",为什么又要说"逢人不用停舟问"呢?诗人醉矣。"你们别去问路,我知道自己家在哪!"恰如其分地表达这一份憨趣。

诗中,隐隐露出一丝孤独,但作者是"寄情"而非"纵情"。果然,隐居生活并没有给他带来安宁,最终因魏观一案而被冤杀。

[①] 王稼句,胡伯诚. 城东诗抄赏析. 济南:山东画报出版社,2011:82.
[②] 江上:从地理位置看,这个"江"应是苏州段的娄江或吴淞江。
[③] 凫:水鸟、野鸭类。

八、《过保圣寺》①

过 保 圣 寺②

隔江寒雾隐楼台,远逐钟声放艇来。
乱③后不知僧已去,几堆红叶寺门开。

保圣寺

【按】高启隐居地是如今苏州工业园区胜浦镇的青丘浦,前往甪直保圣寺很方便。从表面上看,这是一首典型的写景诗。一、二两句为因果关系,第一句通过视觉,表现了一种朦朦胧胧的景象;正因为看不清,所以,第二句中只能通过听觉,写自己追逐着钟声,行船来到保圣寺。那么,保圣寺的境况如何呢?一个"乱"字转向他处:和尚早已不知去向。但是,作者怎能忍心写出寺庙的破败呢?所以宕开一笔,借用"几堆红叶"挡住了读者的目光,给读者留下无尽的想象。诗贵含蓄,高启深得其魅。

九、《卓笔峰》④

卓 笔 峰⑤

云来初似墨,雁过还成字。

---

① 《四库全书》集部别集类,高启《大全集》卷十七。
② 过:探望。保圣寺:在苏州城西南甪直古镇。寺中有十八尊罗汉塑像,相传为唐代"塑圣"杨惠之作,一说罗汉为宋人雷潮夫妇所塑。(参阅拙作《苏州古石桥》《苏州文脉》)高启隐居的青丘浦离甪直不远。
③ 乱:元末动乱。
④ 《四库全书》集部别集类,高启《大全集》卷十六。
⑤ 卓笔峰:在苏州天平山,为一卓然而立的巨石,形如一支巨大的毛笔的笔尖指天。

千载只书空①,山灵恨②何事。

卓笔峰

【按】怪石为天平山一绝,怪石以万笏朝天景区为首,而万笏朝天的主笏就是卓笔峰。卓笔峰,顾名思义,像一枝又高又直的、不平凡的、指向天空的笔,似乎以天空为纸,书写着什么,这就是"书空"。"书空"为全诗的"眼"。这一天是阴天,"云来如墨",这枝笔能写什么呢?难道作者认为大雁在空中列成的"一"或"人"就是这枝笔写出的字吗?让我们回顾一下"书空"的出典:东晋殷浩被桓温启奏免除官职,终日对着空中写着"咄咄怪事"四字,以表现心中的不平。看来,这与高启对现实的高度不满关系密切吧,诗人引用"书空"这一典故暗含自己内心的烦闷,对现实不平之忧愁,这就是山灵所"恨"!卓笔峰又称为"卓峰观日",如果晴天,在这里观看日出颇为赏心悦目,然而,这一天是"云来初似墨"——这也是名不副实的"咄咄怪事"!

---

① 书空:用手指在空中虚划字形。
② 恨:遗憾。

太仓州桥

陆容诗咏苏州

陆容(1436—1497),字文量,号式斋,苏州太仓人。与张泰、陆釴齐名,时号"娄东三凤"。钱谦益称他"好学,居官手不释卷,家藏数万卷,皆手自雠勘"。病故后,其子陆伸,字安甫,汇列其书目,并以新得者,再总为经、史、子、集,合为若干卷。著有《菽园杂记》等。

太 仓 州①

地控东南实壮哉,沧波浩渺达登莱②。

陆容(500 名贤之一)

---

① 张炎中,吴聿明. 娄东诗韵. 上海锦绣文章出版社,2009:01.
② 登莱:登州府蓬莱。

五乡始系中丞置①,六国曾尊正朔来。②
赋税近储无匮乏,兵农分理绝嫌猜。
即今万古宏规定,廊庙原资梁栋材。

　　【按】太仓州是明清时期太仓地区的行政区名称。明弘治十年(1497)划昆山之新安、惠安、湖川三乡,常熟之双凤乡,嘉定之乐智、循义两乡建立太仓州,并辖崇明县,隶苏州府。也就是说,那时候太仓州正式"挂牌"成立。估计这首七律写成不久,陆容就去世了。我们通过这首诗,可知道当时太仓的盛况。

　　这是一首七律。首联写太仓的位置,"地控东南",确实是"壮哉",向北漂洋过海,能直达山东登州。颔联先说太仓下属各乡的情况,再说太仓与海外各国的关系,由内到外,层次清晰。颈联写太仓的富足与各行政单位的分工明确。尾联将之称为"万古宏规定",就是一厢情愿了,后来太仓州的名称、辖区范围屡有变化,一度其范围曾远远超出陆容的时代,但是,1912年辛亥革命后,太仓州和镇洋县合并,定名太仓县,即如今的太仓市。

---

① 五乡:此处泛指太仓州各处。中丞:官名,此处应该指江苏巡抚。
② 六国:泛指琉球、日本诸国。尊:同"遵"。正朔:指帝王颁布的历法。

阳澄湖落日

杨循吉诗咏苏州

杨循吉(1456—1544),明代官员、文学家。字君卿,一作君谦,号南峰、雁村居士等,苏州人。成化二十年(1484)进士。授礼部主事,30多岁时即称病隐退,结庐在苏州天平山之北的支硎山下课读经史,有文集传世。

游阳城湖上晚步[①]

一宿江乡俗事稀,小春天热换棉衣。
偶然来到水云立,惊起田间鸦乱飞。

杨循吉(500名贤之一)

---

① 许学良.阳城诗咏.苏州:古吴轩出版社,2007:32.

【按】杨循吉论诗主张直吐胸怀、实叙景象、老少皆懂,诗作多数是叙写自己生活中的点滴感受、琐碎小事。但是,老少咸宜并不等于浅白无趣,杨循吉以自己的诗歌展示自己的诗论。

  这首诗所咏的对象是阳城湖,阳城湖即阳澄湖,在苏州城东北五公里,跨如今的相城区和昆山市。阳澄湖水产资源十分丰富,其中素有"蟹中之王"美称的阳澄湖清水大闸蟹更是驰名中外。由静入动是这首诗的显著特点。当乡间的琐事随着一江春水向东流去,作者在一个晚上换下棉袄到湖边散步。因为是晚上,湖边静悄悄,田间的鸦雀都已归巢休息。然而,一石激起千层浪,作者的到来"惊起田间鸦乱飞"。于是,化静为动了,就是这一个细节,给了诗歌活力。

阊门水城门

唐寅诗咏苏州

唐寅(1470—1523),字伯虎,小字子畏,号六如居士,苏州人。明朝著名书法家、画家、诗人。绘画上与沈周、文征明、仇英并称"吴门四家",又称"明四家"。诗文上,与祝允明、文征明、徐祯卿并称"吴中四才子"。(参阅拙作《姑苏名宅》与《苏州文脉》)我们特地从《唐伯虎集》中选取如下几首诗歌,从"管"中"窥"唐寅笔下的苏州。

唐寅像

一、《桃花庵歌》①

桃花庵②歌

桃花坞里桃花庵,桃花庵里桃花仙;
桃花仙人种桃树,又摘桃花换酒钱。
酒醒只来花前坐,酒醉还来花下眠;
半醒半醉日复日,花落花开年复年。
但愿老死花酒间,不愿鞠躬③车马前;
车尘马足贵者趣,酒盏花枝贫贱缘。
若将富贵比贫者,一在平地一在天;
若将花酒比车马,他得驱驰我得闲。
别人笑我忒④疯骚,我笑他人看不穿。
不见五陵豪杰墓⑤,无花无酒⑥锄做田。

【按】唐寅当年在苏州看上了一处房产,该处是别人废弃的别墅。就在这个"别业"的南面,是苏州城内一处叫做"桃花坞"的地方,于是,唐寅将新建在此处的房子自称为桃花庵。

这是一首七言古体诗,全诗画面艳丽清雅,语言清新流畅,读者很容易理解它的表面内容。如果从"花"入手品读,就能体会到这首诗的深刻含义。全诗"花"字共出现了 13 次,显然,除了最后的那朵"花"外,都是桃花。之所以有意突出"桃花"这一意象,是因为桃花是平常的花,是贫贱的花,这个桃花就是自己——优游林下、洒脱风流、热爱人生、快活似神仙的唐寅。种桃树、卖桃花沽酒是其生活的写照;与花为邻,始终不离开桃花,花开花落而初衷不改的是自己。桃花很平常,不攀高枝,甘于贫贱,却将美丽洒向人间,而唐寅自己呢?据说,唐寅在决定买房时,因为没有钱,只好用自己的部分藏

---

① 唐寅. 唐伯虎全集. 中国书店,1985:13.
② 庵:屋舍也。
③ 鞠躬:恭敬谨慎的样子,表示屈从、屈服。
④ 忒(tuī):太。
⑤ 五陵豪杰墓:汉代五个皇帝的陵墓,即长陵、安陵、阳陵、茂陵、平陵,都在长安附近,后人也用"五陵"指富贵人家聚居长安的地方。
⑥ 无花无酒:指没有人前来祭祀,摆花祭酒是祭祀的礼俗。

书作抵押,向京城一位当官的朋友借钱。后来,他用了两年多时间努力写字画画卖钱,才还清了购房款。所以说,桃花就是诗人自己。为了突出自己"贫贱不能移"的意志,作者用了多重的对比,深刻地揭示贫与富的辩证关系:钱可以买来享受却买不来闲适、诗意的人生,精神上的富足正是自己的人生写照。至于最后的"无花无酒锄做田"中之"花",既有象征富贵的牡丹花,更应该有桃花吧。

二、《阊门即事》①

阊 门 即 事

世间乐土是吴中,中有阊门更擅雄②。
翠袖三千楼上下,黄金百万水西东。
五更市卖何曾绝,四远方言总不同。
若使画师描作画,画师应道画难工。

【按】这是一首七律,在唐寅的笔下,苏州阊门显示了无穷的魅力。唐寅是地道的苏州人,而且他早期的家在吴趋坊,后来的家在桃花坞,都离阊门不远;所以,唐寅评价阊门是吴中乐土之雄首,显得更为真实。首联从"世间乐土"入手,是由面到点的写法,以突出阊门是"乐土"中的"乐土"。颔联中,翠袖为青绿色衣袖,原指女子的装束,此处代指姑苏才俊,这是为了和对句的"黄金"呼应。"三千"与"百万",从表面上看是夸张,但实际上并不夸张,真正到此的"翠袖"何止"三千",此处的"黄金"何止"百万"!颈联说的是市场的繁荣,如今镌刻在阊门北码头的一副楹联"三更市贾何曾绝,四远方言总不同",肯定就是从这个颈联而来。唐寅毕竟是画家,尾联转到画画,如此的繁华景象,一支画笔如何能画尽,也就是说,阊门的繁华,岂是我这首诗能够道尽!

---

① 唐寅.唐伯虎集.翠竹山房刊本,明万历十四年:76.
② 中有阊门更擅雄:见本书《〈红楼梦〉与苏州》和《白居易诗咏苏州》。

三、《姑苏八咏》(选五)①

其一　天平山②

天平之山何其高？岩岩③突兀凌青霄。
凤回松壑烟涛绿，飞泉漱石穿平桥。

千峰万峰如秉笏，崚崚嶒嶒④相壁立。
范公祠⑤前映夕晖，盘盘翠黛⑥寒云湿。

【按】有人将这组诗与以下几组称为律诗，错了。律诗全诗 8 句，其二、四、六、八句必须押同一个韵，但是，这首诗前四句与后四句却押不同的韵，从意思来看，这 8 句属一首诗，但从韵律来看，却是两首七言绝句。实际上，苏州天平山高度仅 200 来米，但在唐寅的笔下，却显得无比的高峻。而其怪岩、飞泉，又是如此的多姿多彩。只要反复阅读"范公祠前映夕晖"一句，就可知作者在借天平山说范仲淹的高大。

其二　姑苏台⑦

高台筑近姑苏城，千年不改姑苏名。
画栋雕楹结罗绮，面面青山如翠屏。

吴姬窈窕称绝色，谁知一笑倾人国⑧！
可怜遗址俱荒凉，空林落日寒烟织。

---

① 唐寅.唐伯虎集.翠竹山房刊本，明万历十四年：36—38.
② 见本书《高启散文中的苏州》。
③ 岩岩：高大；高耸。
④ 崚崚嶒嶒：形容山势特别高峻。
⑤ 范公祠：苏州天平山下范仲淹享堂。
⑥ 翠黛：黑绿色。
⑦ 姑苏台：见本书《范仲淹诗咏苏州》。
⑧ 一笑倾人国：由成语"一笑倾城"而来，多用于形容女子的绝色与美貌。倾：倾覆，指因女色而亡国。

【按】据说姑苏台高三百丈,宽八十四丈,由九曲路拾级而上,登上巍巍高台可饱览方圆二百里范围内的湖光山色和田园风光,其景冠绝江南,闻名于天下。高台四周还栽上四季之花果,还建了灵馆等,供吴王逍遥享乐。由于越王勾践破吴时将其一把火烧得精光,其具体地址如今说法颇多。在这首诗中,作者只能想象着姑苏台当年的盛况,想象着西施等美女的倾城倾国之笑;然而,这一切却早已连一片焦土也看不到了。作者借此,无非是表明自己的落寞之情,联想到作者因科场舞弊案而黯然回苏州的境况,也就明白了。

其三 百花洲①

昔传洲上百花开,吴王游乐乘春来。
落红乱点溪流碧,歌喉舞袖相徘徊。

王孙一去春无主,望帝春心归杜宇②。
啼向空山不忍闻,凄凄芳草迷烟雨。

【按】读这两首诗,首先要明白诗中的几个典故与诗句引用。其一为当年吴王在百花洲游春的旖旎风光,然而,吴王早就灰飞烟灭,再也无法回到百花洲了。其二,通过[宋]李之仪《踏莎行·紫燕衔泥》中的句子"王孙一去杳无音",引出望帝啼鹃的故事:相传上古时蜀地之王望帝,名叫杜宇,他有德有能,后来主动将王位让给了巫山,独自离去。死后,他化作了一只杜鹃,由于思念故土,这只小鸟整天叫着"不如归去",李商隐有诗云"望帝春心托杜鹃"。显然,唐寅在此表示一种思乡之情。科场舞弊案后,唐寅曾一度被有心篡位的宁王朱宸濠骗到南昌,

百花洲遗址

---

① 百花洲:苏州城西部位于盘门至胥门城墙内侧与第一直河之间的狭长地带,形似洲岛。古时为姑苏驿所属园林,现已辟为公园。
② 望帝春心归杜宇:唐李商隐《锦瑟》诗有"望帝春心托杜鹃"句。

后发现苗头不对,就设法逃离,最后终于回归苏州。或许,这首诗与此有关吧。

其六 寒山寺①

金阊门外枫桥路,万家月色迷烟雾。
谯阁②更残角韵悲,客船夜半钟声度。

树色高低混有无,山光远近成模糊。
霜华满天人怯冷,江城欲曙闻啼乌。

【按】寒山寺,因唐张继的《枫桥夜泊》诗而名扬海内外。唐寅的这两首《寒山寺》,是在张继的诗中渗入了自己悲情的影子。"万家月色迷烟雾",显然从"月落乌啼"而来,但一个"迷"字却给人朦胧的感觉。"客船夜半钟声度",与张继诗意境差不多。"霜华满天人怯冷"显然来自"霜满天",但"怯冷"却增了一层寒冷之悲。"江城欲曙闻啼乌"来自张继的"乌啼",但张继的"乌啼"是半夜,而唐寅的"乌啼"在天将亮时,天将亮时的乌啼更令人伤感。

其七 长洲苑

长洲苑内饶春色,泼黛峦光翠如湿。
银鞍玉勒斗香尘③,多少游人此中集。

薄暮山池风日和,燕儿学舞莺调歌。
当年胜事空陈迹,至今遗恨流沧波。

【按】这也是一首吊古伤今的诗。长洲苑,春秋时吴王阖闾游猎之处,关于其址,争论不休,如今,游人大多借望亭之西的太湖边怀古伤今。但唐寅只能对它进行想象,首先,把长洲苑的景物放在春天的背景下;接着,想象长洲苑中

---

① 寒山寺:位于苏州市古城区西,始建于南朝萧梁天监年间(502~519),一度曾是中国十大名寺之一,寺内古迹甚多。
② 谯阁:即谯楼,指古代城门上建造的用以瞭望的楼。
③ 银鞍:银质的马鞍。玉勒:玉饰的马衔。香尘:芳香之尘,多指女子之步履而起者。

的人,有骑着"银鞍玉勒"马匹的贵家公子,有走路扬起"芳尘"的仕女;再下来,到了傍晚,就是莺莺燕燕(代指美女)的歌舞。然而,这一切都成了空,留下的遗憾不是一点半点,作者怎能不愁满怀呢?

长洲苑湿地公园

今日七子山

叶燮诗咏苏州

吴江才子叶绍袁,妻才女沈宜修,连同诸子女享誉文坛,尤其是三女叶小鸾与幼子叶燮(xiè)。叶燮(1627—1703),字星期,号已畦。苏州吴江人,清初诗论家,著有诗论专著《原诗》,被认为是继《文心雕龙》之后,我国最具逻辑性和系统性的一部文艺理论专著。叶燮晚年隐居在苏州横山,人称"横山先生",此横山,即今日之七子山。

庚戌六月,吴江一夕水发淹没民居,效竹枝体(五首选二)①

太湖风卷水漫天,城里居民屋上眠。
市上米珠无买处,朝来湿米斗三钱。

人家养子惜如金,何事长桥抛掷频?
一陌②青钱沽③一婢,夜来愁听唤娘声。

---

① 清乾隆《吴江县志》卷五十。
② 一陌:旧时一百纸钱之称。亦泛指一串钱。
③ 沽:买。

【按】这是两首用竹枝词的形式写成的诗,竹枝词是古代巴蜀民间以吟咏风土为主要特色的一种诗体,经唐刘禹锡的改编,成为描写民间风貌的七言绝句。

吴江恐怖的水灾,在作者笔下得到了如实的呈现。这里所选的两首,内在联系紧密。太湖突然发怒,大水淹没吴江城,人们只能躲到屋顶。然而,可怕的是粮食的紧缺,被大水浸湿的米卖到了天价。这还不算惨,为了活命,人们被迫卖儿鬻女,一个小女孩卖给人家当婢女,竟然只值"一陌"钱!那一句"夜来愁听唤娘声",催人泪下。总之,这两首诗为因果关系,卖儿为了买米,买米为了活命!

隔石湖望上方山

汪琬诗咏苏州

汪琬(500名贤之一)

汪琬(1624—1691),字苕文,号钝庵,晚号尧峰,苏州人。由明入清,在清初出仕。与侯方域、魏禧,合称明末清初散文"三大家"。晚年隐居太湖尧峰山,闭户撰述,不问世事,学者称"尧峰先生"。

一、《寄赠吴门故人》①

寄赠吴门故人

遥羡风流顾恺之②,爱翻新曲复残棋③。
家临绿水长洲苑,人在青山短簿祠④。

---

① 沈德潜.清诗别裁.长沙:岳麓书社,1998:107.
② 顾恺之:东晋时无锡人,博学多才。
③ 翻新曲:谱制新乐曲。复残棋:下棋老手在棋枰上下棋完局后,能再摆出原来某一阶段的残局。
④ 短簿祠:《吴郡志》:"短簿祠在虎丘云岩寺。寺本晋东亭献穆公王珣及其弟珉之宅,珣居桓温征西府时号'短主簿',俗因以名其祠。"

芳草渐逢归燕后,落花已过浴蚕①时。
一春不得陪游赏,苦恨蹉跎满鬓丝。

【按】这个"吴门故人",就是作者的好友苏州人顾苓(1609—1682后),顾苓由明入清后隐居不仕,吟赏山水,颇得人生乐趣;相反,作者却为仕途而不能尽游赏之乐。首联用类比法,引用顾苓的同姓顾恺之棋曲自乐的故事,表现对顾苓所选择的隐居生涯的钦羡之情。颔联为神来之笔,"短簿祠"对"长洲苑",都从苏州名胜出发,且极为工整,"青山"对"绿水",又从优美的环境出发,羡慕之情可见一斑。颈联紧承颔联,写出了春天的盎然生机,于是引出了尾联,为不能同游而充满遗憾。

二、《泊石湖有怀》②

泊石湖有怀

江风逗馀凉③,辍棹自成赏。
谷口霞已开,洲心月初上。
遥闻欸乃④曲,知是渔人唱。
独树影萧条,孤鸿色惆怅。
不见故人来,时向烟中望。

这首五古诗是典型的山水田园风格。诗人隐居的尧峰山离石湖不远,石湖,就是宋时范成大的隐居之处。用清新的文字写出清新的山水,是这首诗的典型特点。"江风逗馀凉",通过感觉交代季节状况,一个"逗"字境界全出。三、四两句则是通过视觉表现具体的时间。五、六两句通过听觉表现,与三、四两句相映成趣。七、八两句突然出现"萧条"的"独树影"与"惆怅"的"孤鸿色",似乎与清新颇不协调,再看最后两句就明白了,原来作者表达的是一种"不见故人来"的孤独之情。我们从"霞已开"到"月初上",可以看出作者已经等"故人"有些时间了。

---

① 浴蚕:指古时用盐水选蚕种。
② 沈德潜.清诗别裁.长沙:岳麓书社,1998:105.
③ 馀凉:充裕的凉荫。
④ 欸乃(ǎinǎi):象声词,划船时歌唱之声。

石公山远眺

韩菼诗咏苏州

韩菼(500名贤之一)

　　韩菼(tǎn)(1637—1704),字元少,别号慕庐,苏州人。康熙十二年(1673)参加殿试,韩菼在试卷文章中指斥"三藩"拥兵自重,图谋不轨,提出应尽快撤藩。殿试结束,担任评卷的"读卷大臣"把前十名的卷子送呈康熙皇帝。康熙皇帝正在筹划撤藩,韩菼的对策正中他下怀,遂在韩菼卷的卷首硃书"第一甲第一名"六个大字。于是,韩菼成为有清一代苏州26名状元之一。一般认为,韩菼所写的八股文为最"标准"的八股文。

送砺岩洗马移家石公山次悔庵韵①

乍脱朝衫赋《遂初》②,青螺一点卜幽居③。
菜根咬得当何肉,虫篆④窥来半禹书。
吞却五湖无蒂芥⑤,联将三益⑥有樵渔。
此时风月从吟弄⑦,幸惠新诗并起予⑧。

【按】我们可以从诗题来了解这个简单的故事:"砺岩洗马"把家搬到太湖西山中的石公山,才子尤侗写了一首诗,韩菼次韵写下这首诗。我们没法看见尤侗的原诗,但根据和诗的"游戏规则",从韩菼的这首诗中也可略知一斑,应该是对这位"砺岩洗马"选择太湖西山为居处的羡慕。这首七律的首联,说的是这位"砺岩洗马"终于获得了"自由";颔联想象他在石公山的生活:嚼嚼菜根,看看古书;而颈联的想象更为开阔,把这种与渔樵为伍的生活想象得无牵无挂;尾联再进一层:可以尽情地吟风弄月,给别人以启发,这个"别人",当然应该是韩菼本人。康熙十八年(1679),韩菼乞假回家,改葬父母。他在家一住就是5年,对此,史书未详。实际上,他此时已有激流勇退,归隐田园,潜心治学的念头。这首诗,就是一个注释。

---

① 沈德潜.清诗别裁.长沙:岳麓书社,1998:295.砺岩:应该是这个"洗马"的名字。洗(xiǎn)马:古代官名,即太子洗马,为太子的侍从官。石公山:位于太湖中洞庭西山东南,靠近包山。悔庵:被顺治皇帝称为"真才子"、被康熙皇帝称为"老名士"的苏州人尤侗。
② 遂初:这里指的是晋孙绰居于会稽,游放山水十有余年,乃作《遂初赋》以致其意。
③ 青螺:指青山。卜:选择(处所)。幽居:僻静的居处。
④ 虫篆:即虫书,秦八体书之一。禹书:指《山海经》,旧说《山海经》为禹所撰,藏在石公山附近的包山。
⑤ 五湖:见本书《归有光散文中的苏州》。无蒂芥:没有牵挂。
⑥ 三益:借指良友。
⑦ 吟弄:吟咏,吟唱。
⑧ 起予:指启发他人。

借外景的沧浪亭

顾贞观诗咏苏州

顾贞观(1637—1714),清代文学家。原名华文,字远平,号梁汾,江苏无锡人。明末东林党人顾宪成四世孙。顾贞观工诗文,词名尤著,与陈维崧、朱彝尊并称明末清初"词家三绝",同时又与纳兰性德、曹贞吉共享"京华三绝"之誉。

秋晓登沧浪亭呈宋中丞[①]

初日上东南,林亭空宿翳[②]。
草香珠露重,的皪[③]侵衣袂。

---

① 沈德潜.清诗别裁.长沙:岳麓书社,1998:292.
② 宿翳:中医病名,相当于西医学的角膜瘢痕,此处指林亭黎明前的黑暗。
③ 的皪(lì):释义为光亮、鲜明貌。

唱杳①曲池菱，吟馀小山桂。
犹闻遗翰墨②，但惜沉碑碣③。
望古情已深，怀贤感亦系。
由来澹荡④人，别作流传计。
翕赩贱原尝⑤，虚徐狎庄惠⑥。
谁陪飞盖⑦游，属和高文丽⑧。

【按】中丞是明清时用作对巡抚的称呼，宋荦(1634—1714)曾于康熙三十一年至四十四年(1692—1705)担任江苏巡抚，任职地点在苏州。其间于康熙三十四年至三十五年(1695—1696)重建沧浪亭，移亭于土山之巅，并曾写有《重建沧浪亭记》(见本书《宋荦散文中的苏州》)。另外，从相关年月来看，这个"宋中丞"必是宋荦。

这是作者"呈"给巡抚大人宋荦的一首五言古风。诗的开头六句，通过视觉、嗅觉、听觉写出了秋日凌晨登苏州沧浪亭的见闻，真是好一派秋日风光。接着，突然出现"犹闻遗翰墨，但惜沉碑碣"两句，也就是说，作者的描写从自然景观转向人文景观。然而，作者并没有对这些沉淀的"翰墨""碑碣"作描绘，而是以"望古情已深，怀贤感亦系"开启下文，可见作者的写景、怀古，都有另外的目的，这就是为了写当今的"贤"者。这位贤者胜过了当年的平原君与孟尝君，他与人的交往胜过了当年的惠子与庄子的交往，谁有资格能和他共同乘车出游？谁有资格能够和他一起诗文唱和呢？这个贤者就是当今的宋荦！宋荦被朝廷誉为"清廉为天下巡抚第一"，康熙帝曾御书"怀抱清朗""仁惠诚民"等赐宋荦。看来，顾贞观对宋荦的赞颂并不过分。

---

① 杳(yǎo)：渺茫遥远。
② 翰墨：前人遗留下来的诗文。
③ 碑碣：石碑方首者称碑，圆首者称碣。后多不分，以之为碑刻的统称。
④ 澹荡：即骀荡，使人和畅，多形容春天的景物。
⑤ 翕赩(xīxì)：光色很盛的样子。原尝：战国时期赵国平原君和齐国孟尝君合称。
⑥ 虚徐：从容不迫；舒缓。狎：戏弄。庄惠：战国时期的惠子和庄子，庄惠之交缘于他们彼此之间的相互信任，彼此敬仰对方的德行。
⑦ 飞盖：指驰车；驱车。
⑧ 属和：跟着别人唱。高文：指优秀诗文。

邓尉山司徒庙

沈德潜诗咏苏州

沈德潜(1673—1769),字确士,号归愚,清代苏州人。他满腹经纶,但在科举之路上屡败屡战,从 22 岁参加乡试算起,40 年中经历了 16 次失败。乾隆四年(1739),他终于考中进士,但已经是 66 岁的老头了。沈德潜从此一路官运亨通,扶摇直上,直到退休之前,一直没有离开皇帝的身边。他论诗主张"格调说",所谓"格调",本意是指诗歌的格律、声调,同时也指由此表现出的诗歌的"蕴蓄""理趣",以及富于变化的美感。(参阅拙作《姑苏名宅》)

一、《吴趋行》①

吴　趋　行②

吴趋美风土,灵秀天所钟。
尼父③未及游,让德④旧已崇。
文章实渊薮⑤,岂为财赋雄。
而何民俗移,奢忲⑥颓古风。
江河日滔滔,莫挽波流东。
不思开国初,感叹将焉穷。

沈德潜(500名贤之一)

【按】1400年前,沈德潜的苏州同乡陆机的《吴趋行》将苏州推向了全国。而今如何求变,如何突破,是放在沈德潜面前必须考虑的问题。陆机写到了泰伯之"让",沈德潜也写到了泰伯之"让",但却将重点指向"民俗",认为苏州应该是文化之乡,如今却产生了奢靡之风,且有愈演愈烈的趋势,即使是滔滔的江河,也无法阻挡。于是,诗人"感叹将焉穷",就是说,如此今后将无路可走。从总体来说,陆机出于当时中原对吴地的不理解,他的《吴趋行》是对苏州风土人情的夸耀;而沈德潜出于"盛世"下的民俗走样,他的《吴趋行》表达的是内心的担忧。

二、《吴王井》⑦

吴　王　井

双井分日月,渊涵⑧在山顶。

---

① 沈德潜.沈德潜诗文集.北京:人民文学出版社,2011:12.
② 吴趋行:见本书《陆机诗咏苏州》。
③ 尼父:对孔子的尊称。孔子字仲尼,故称。
④ 让德:逊让于有德之人,指泰伯仲雍之让。
⑤ 渊薮:根源。
⑥ 奢忲:即奢泰,奢侈过度。
⑦ 沈德潜.沈德潜诗文集.北京:人民文学出版社,2011:63.
⑧ 渊涵:深广。

寒泉何泠泠①,曾照宫娥影。
山斋灌菜圃,时下来修绠②。
千载鉴亡国,还思景阳井③。

吴王井

【按】灵岩山顶花园,至今还有两口大井。圆形的名"吴王井",据传是吴王建馆娃宫时的饮水水源。对面是八角形的"智积井",这是东晋名僧智积大和尚因山寺僧众日多,"吴王井"不足供水而另凿的一口巨井。这首诗"貌似"五律,但实质不合律诗规律,只是一首五言古体诗。井形状的不同,就是诗中所谓的"分日月"吧。但不管怎样,在山顶有这样的井,本身就是奇迹。这两口井,前者成了西施等美人照影的工具——当然颇有夸张;而后者是山顶僧人饮用的水源,两者功能区别甚大。就在这时候,作者的"理趣"来了,他突然想到了另一口井,这就是标志着南朝陈灭亡的景阳井。在作者的心中,这口吴王井也是吴王夫差亡国的标志。

三、《晚入邓尉山宿还元阁》④

晚入邓尉山宿还元阁⑤

晚钟流岩壑,寻声经叠嶂。
重游二十年,云山故无恙。

---

① 泠泠:形容清凉。
② 修绠:汲水用的长绳。
③ 景阳井:即胭脂井,位于南京市玄武湖南侧、鸡鸣寺内。隋兵南下过江,陈后主闻兵至,与妃张丽华、孔贵嫔躲此井。至夜,为隋兵所执,后人因称此井为辱井。
④ 沈德潜.沈德潜诗文集.北京:人民文学出版社,2011:95.
⑤ 邓尉山:位于苏州城西南,吴中区光福镇西南部,传说因东汉太尉邓禹曾隐居于此而得名。

来登四宜堂①,聊此息筇杖。
老桂渐凋残,吾生岂强壮。
凭轩送远目,百里纳清旷。
晴雪漫陂陀②,香风透屏障。
花影连湖光,夕阳摇滉漾③。
俄顷寒烟凝,岚岭换形相。
夜投还元阁,高枕鸟巢上。
风雨惊梦魂,松涛入纸帐④。

【按】苏州光福的邓尉山与玄墓山实际上是一座山,苏州人习惯上称北半座为邓尉山,称南半座为玄墓山。作者这次登山是傍晚,因为他随着"晚钟"(实际上应该是"暮鼓")而上,这个钟声,应该从玄墓山圣恩寺而来,因为第五句的"四宜堂"以及题目中的"还元阁"都属于圣恩寺。从"重游二十年"来看,这时的作者年岁已经不小了,所以他认为"老桂渐凋残,吾生岂强壮"。然而,这并不影响他在山顶的"凭轩送远目,百里纳清旷",这一切,作者通过视觉、嗅觉予以表现,而且处处体现那种动态的美,这从"漫""透""连""摇""凝""换"等动词可以看出,其中,既表现了长时间的聚焦,又表现了瞬间的变化。天黑了,作者入住"还元阁",但是还没有停止观赏景物,不过这时用的是听觉。

四、《吴江道中》⑤

吴江道中

烟里鸣柔橹,舟行趁蚤⑥潮。
湖宽云作岸,邑小市侵桥。
野雁藏芦叶,溪鱼上柳条。

---

① 四宜堂:在苏州光福玄墓山圣恩寺。
② 陂陀:倾斜不平;不平坦。
③ 滉(huàng)漾:广阔无涯。
④ 纸帐:以藤皮茧纸缝制的帐子。
⑤ 沈德潜.沈德潜诗文集.北京:人民文学出版社,2011:221.
⑥ 蚤:早。

那堪①霜降后,枫落正萧萧②。

【按】吴江原是苏州东南的一个属县,现在成了苏州的一个区。水网遍布,是那儿的特色,也就是说,吴江最能体现苏州的水乡特色。沈德潜的这首五律,就体现了这种特色,可以说除尾联外,诗中处处有水。首联中,乘着"蚕潮",欸乃的橹声已经在水中响起。颔联中,宽大的水面令人想到那云朵就是对岸,而小巧的集市却布满了桥梁,"市侵桥",实际上是"桥侵市"!颈联到了集市的外面,无论是躲在"芦叶"里"野雁",还是被人钓到用"柳条"穿起来的"溪鱼",都给了这幅画面动态的美。然而,这一切因为"霜降"的来临,秋天将要"收藏",或许将要"冬眠"了。这是一种对自然的担忧,但是否也有对自己仕途的担忧呢?

五、《灵岩》③

琴台

灵 岩

琴台独上俯嶙峋,吴越兴亡总劫尘④。
香草自荒麋鹿径,空山曾识苎萝⑤人。
云迷石磴疑无路,花放禅房别有春。
极目烟波堪一苇⑥,浮家应问五湖⑦滨。

【按】琴台在灵岩山灵岩寺的西部,据说是当年西施弹琴的地方,琴台是灵岩山的最高处,登上琴台,可以俯瞰灵岩山,更可以吊古伤今,所以,沈德潜从琴台入手。这是一首七律。讲究起、承、转、合,首联,诗人在琴台忆起了吴越争斗的一场浩劫,

---

① 那堪:怎堪;怎能禁受。
② 萧萧:形容马叫声或风声等。
③ 沈德潜.沈德潜诗文集.北京:人民文学出版社,2011:297.
④ 劫尘:谓兵火战乱,大灾难。
⑤ 苎(zhù)萝:即苎萝,山名,在浙江省诸暨市南,相传西施为此山鬻薪者之女,后以苎萝代指西施。
⑥ 堪:勉强承受。一苇:指一条小船。
⑦ 五湖:见本书《归有光散文中的苏州》。

这是"起"。颔联之"承"的着眼点在"动"物,昔日种满香草的地方成了麋鹿的游乐场,而西施早已成了历史,或许空山还记得她。颈联之"转"颇有深意,深得陆放翁"山重水复疑无路,柳暗花明又一村"之韵,这"别有春"之春究竟在何处?尾联告诉我们:就像范蠡那样驾一叶小舟,到烟波迷茫处去寻找。这就是沈德潜的"蕴蓄"吧。

六、《登莫釐峰》①

登莫釐②峰

东山突兀此峰尊,缥缈相望似弟昆③。
杖底白云千叠起,袖边红日一丸奔。
鱼龙积气常屯聚,涛浪穿空互吐吞。
隋代荒坟虚想象,清樽何处酹忠魂?

【按】洞庭东山莫釐峰,因隋朝忠臣莫釐将军隐居并安葬于此而名,莫釐峰与洞庭西山缥缈峰隔湖相峙,各显风姿。莫釐远眺,是东山古八景之一。

东山莫釐峰

这是一首七律。首联即突出莫釐峰之突兀,在太湖72峰中,莫釐峰确实与洞庭西山的缥缈峰为最高的两峰之一。颔联中,作者写的是峰顶所见,脚下是白云缭绕,用"千叠起",形象生动,且颇有新意;西天红日西斜,作者将之用

---

① 沈德潜.沈德潜诗文集.北京:人民文学出版社,2011:365.
② 釐:同"厘"。
③ 弟昆:指弟兄。

"一丸"表示,可谓新鲜,而且一个"奔"字,显示落日速度之快。颈联说的是太湖的气势,无论是"鱼龙积气",还是"波涛穿空",必须是居高临下,才能感受得到。然而这一切都是"宾",真正的"主"却是莫釐将军,于是,作者"变化"了,实际上这个"变化"合情合理,在莫釐峰顶怀念莫釐将军,当然是水到渠成。然而坟已荒废,手端一樽清酒,究竟该洒向何处呢?或许,这无与伦比的景色就是莫釐将军的化身吧!

赵翼故居

赵翼诗咏苏州

赵翼(1727—1814),字云崧,号瓯北,常州府阳湖县(今江苏省常州武进区)人,清中期著名的史学家、诗人、文学家。乾隆二十六年(1761)赵翼参加科考,成为清朝最悲剧的"高考"状元。他靠实力拿到殿试第一,但是,乾隆皇帝却认为清代陕西未曾出过状元,把殿试第三的王杰与之互换,于是,"状元"赵翼成了"探花"赵翼。但是,这并不影响他在学术上的成就,他与同时代的袁枚、蒋士铨并称为"乾隆三大家",又与袁枚、张问陶(船山)合称"乾嘉性灵派三大家"。赵翼长于史学,考据精赅,所著《廿二史札记》与王鸣盛《十七史商榷》、钱大昕《廿二史考异》合称"清代三大史学名著"。赵翼辞官回乡后,曾在暨阳(今苏州属下张家港市杨舍镇)开当铺,并在暨阳城南设寓所,每年夏天来此避暑。前后在暨阳写下诗歌60来首。

一、《自杨舍检校质库回》①

自杨舍检校质库②回

暨阳城③下小舟开,正值村村放早梅。
潮落沙痕挽水出,日斜山影渡河来。
有田二顷宁求益,每字三缣④亦论财。
却愧沧江⑤渔父好,夜深只载月明归。

【按】这首七律写于他核对当铺财物之后,或许,他原准备带着当铺赚到的钱回家。首联通过村民的举动交代了时间,所谓的"放早梅",应是初夏。由于当时杨舍镇的北面就是长江,已接近长江口,受潮水涨落的影响很大;杨舍的西面是香山,这个"山影"应该是香山之影。总之,颔联写出了杨舍附近的地势。颈联有些自责的情绪,有了两三顷田地,应该满足求太平了,帮别人写些文字也能赚几个小钱,弦外之音——何必为了当铺的一些收入而斤斤计较呢?为了父老乡亲,自己愿意只带着一船月光回家。赵翼同情民生还有个故事:赵翼出任广西镇安知府时,发现粮食收购部门有"大斗进小斗出"的现象,于是,他立即对有关人员严加惩处,制定了各种利民的改革措施。

二、《望寿兴沙洲》⑥

望寿兴沙洲⑦

沙洲涨出海中央,争筑圩田在渺茫。
种得木棉⑧天下暖,真成东海变栽桑。

---

① 梁一波.张家港诗咏.凤凰出版社,2008:106.
② 杨舍:即今苏州属下张家港市杨舍镇。检校:审查核对。质库:当铺。
③ 暨阳城:即如今苏州属下张家港市杨舍镇。
④ 缣(jiān):双经双纬的粗厚织物之古称,古时多用作赏赠酬谢之物,亦用作货币或纸张。
⑤ 沧江:江流;江水。
⑥ 梁一波.张家港诗咏.凤凰出版社,2008:108.
⑦ 寿兴沙洲:即寿兴沙,在杨舍镇的北面,清代是长江中的一座江心洲,如今和陆地连成一片。
⑧ 木棉:即棉花。

【按】当年的沙洲县——如今的张家港市的一大部分由长江中"涨"出的沙洲构成。长江口区的人们,习惯上将眼前辽阔的江面称为"海",而将真正的海称为"洋",所以说,这首诗的第一句就是说长江中涨出了沙洲。既然"涨"出了土地,岂能让它荒置?于是,

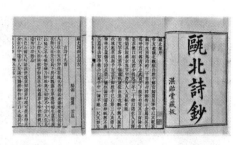

瓯北诗钞

当地的农民就有了进一步向"渺茫"的"海"要田的创新意识。有了田地,就种棉花,种了棉花,就能使得天下温暖。这难道不是沧海变桑田吗?这是一首短短的叙事诗,赵翼通过简短的叙事,写出了他对创新的渴求,这不由得使人想起他的《论诗五首·其二》诗:"李杜诗篇万古传,至今已觉不新鲜。江山代有才人出,各领风骚数百年。"

三、《暨阳望海》①

暨阳望海

决眦②真教目力穷,凭高一览大瀛③东。
五更红涌扶桑④日,万里青排舶䑲风⑤。
视绝中休无过鸟,气能横跨只垂虹。
正当海不扬波世,何物萑苻⑥敢呈雄!

【按】上面说过,长江口区的人将长江口宽阔的江面称之为"海",而杨舍,就在"海"边,所以,这个"望海",就是望宽阔的江面。首联中,作者就开始想象,通过"海"面想象着"洋"的东岸。颔联中的那阵"舶䑲风",足以向当年出现过大量倭寇的东岸的日本显示威力。颈联细写这阵"舶䑲风"的威力:风中鸟儿无法展翅,气势可与垂虹媲美。尾联以"海不扬波"暗指"乾嘉盛世",如此,那些海盗还敢逞凶吗?然而不幸的是,赵翼去世后数十年,"大瀛东"的"萑苻"还是参与了瓜分中国的强盗行径,再过了数十年,甚至做起了独霸中国的美梦!

---

① 梁一波.张家港诗咏.凤凰出版社,2008:108.
② 决眦(zì):表示极目远眺。
③ 瀛(yíng):大海。
④ 扶桑:日本。
⑤ 舶䑲(bó chào)风:指梅雨结束夏季开始之际强盛的季候风。
⑥ 萑苻(huán fú):古代泽名,此处多盗贼出没,诗中代指盗贼。

《浣沙记》剧照

梁辰鱼《浣纱记》与苏州

梁辰鱼(1521—1594),字伯龙,号少白、仇池外史,苏州昆山人,著名的戏剧作家。梁辰鱼是利用昆腔来写作戏曲的创始者和权威,因其作品的脍炙人口,无形中给予昆腔传播很大的助力。从元末到魏良辅时期,昆腔还只停留在清唱阶段,到了梁辰鱼,昆腔才焕发舞台的生命力,这是梁辰鱼在中国戏剧史上的重大贡献。他曾作《红线女》等杂剧,但以《浣纱记》传奇最著名。(参阅拙作《苏州文脉》)

浣纱记(故事梗概)

越中才子范蠡,风流倜傥,才华横溢,善于用兵与权谋,深受越王赏识,年纪轻轻便担任上大夫一职。

一个美好的春日,范蠡独自一人来到诸暨游玩。西施,原名施夷光,因祖居苎萝西村,便被唤为西施。此女子身居乡野,相貌卓越,却甘心贫苦，雅志贞坚。这日，天气晴朗，溪水明静，西施便到溪边浣纱。就这样，才子佳人一见钟情，范蠡向西施表达了爱慕之意，西施赠范蠡一缕溪纱作答为定情之物。

这一时期，吴越两国之间的纷争升级，之前因国土相邻，彼此征伐，并且吴王阖闾曾战败于越王勾践之手，吴王阖闾儿子夫差想要报父仇和国仇，屡屡挑战勾践，两国之间战争一触即发。

经过一场血战，吴王夫差打败越国，并将越王勾践夫妇和范蠡带到苏州充当人质。勾践被俘后，在苏州穹窿山下被迫养马，受尽凌辱。三年后，勾践因长期以做小之态迷惑夫差，取得夫差的信任，被放归越国。勾践因曾受尝粪之辱甘愿卧薪尝胆，发愤图强，密谋复仇，重振辉煌。

范蠡深谙美色误国之道，忍痛向勾践献计，将恋人西施进献给夫差，意图用美色消磨夫差的意志，离间吴国君臣。

三年不见音信，西施相思成疾，却难料重逢之日就是再别之时。范蠡与西施互诉衷情，并将当年的定情物溪纱各留一半以作留念。

西施以国家为重，毅然牺牲青春进入姑苏，这段时期的西施，人在姑苏，心中的痛苦只能强忍。她克服自己内心的悲痛与屈辱，以美貌为诱，迷惑夫差，使之废弛国政，杀害忠良。姑苏城内的夫差沉迷美色，且狂妄自大，听信小人伯嚭谗言，将忠臣伍子胥杀害，日日笙歌夜舞，荒废朝政，此时的苏州城已危机四伏。

苦心经营之下，勾践率军再赴姑苏围攻夫差，并与西施里应外合，最终使夫差落得个自尽的下场。

吴越纷争终于落下帷幕，范蠡功成身退，决心远离政治是非，想要带西施远走他乡。西施本因曾做夫差之妾而自觉不配范蠡，却被范蠡一番真诚打动，两人经过世事磋磨，依旧不忘初心，都珍藏着定情物溪纱。

最终西施、范蠡两人于太湖乘舟远去，过上了隐士生活。

梁辰鱼的传奇《浣纱记》，取材于春秋时代吴越争霸的故事。首出《家门》云："看今古浣纱新百记，旧名吴越春秋"，可见此剧系依据名为《吴越春秋》的旧本改编而成。《录鬼簿》收录的元杂剧有《进西施》（关汉卿作）和《越王尝胆》（宫天挺作），但剧本都已佚。梁辰鱼曾"考订元剧，自翻新调，作《江问东白苎》《浣纱》诸曲"。

五人之墓厅内

李玉《清忠谱》与苏州

李玉画像

李玉(生卒年不详),字玄玉,一作元玉,苏州人。书舍名为一笠庵,人称"一笠庵主人"。明末清初戏曲作家。他出身于下层社会,家世低微,平生雅好词曲,娴于音律。明末已创作了《一捧雪》《人兽关》《永团圆》和《占花魁》等传奇本,以"一人永占"闻名于世。明亡以后,他一度"绝意仕进",专力于戏曲创作,与苏州的曲家、剧作家朱佐朝、朱素臣、张大复、毕万后、叶稚斐等交往密切,形成戏曲界的"苏州派"。清顺治十七年(1660),李玉以苏州五人反抗魏忠贤等阉党残暴统治被杀之事为素材(参阅拙作《苏州老街巷》《苏州文脉》),写下了剧本《清忠谱》。

清忠谱(故事梗概)

明朝天启年间,苏州人周顺昌因东林党一案受株连,被削籍回苏州老家居住。一日,周顺昌拜访因弹劾魏忠贤而被削籍归故里的苏州人文震孟,听他说起魏忠贤在朝廷为非作歹,不禁怒火中烧,大骂魏贼。又听说去职在家的魏大中被逮捕入京,押解的船只途经苏州。周顺昌赶去和魏大中见上一面,并将自己的女儿许配给他的孙子。

魏忠贤的干儿子,江南巡抚毛一鹭等为魏忠贤在苏州山塘街近虎丘处建造了生祠。为迎接魏忠贤塑像入祠,毛一鹭等要官民都要去叩贺。周顺昌非但不拜,还当众痛斥魏忠贤种种罪恶。毛一鹭等周顺昌一走,立即派人向魏忠贤告状,准备结果周顺昌的性命。

魏忠贤听毛一鹭密告,便派了缇骑由京城直奔苏州捉拿周顺昌。周顺昌闻报后毫不惊惧。他挥笔写下"小云栖"三个字,吩咐妻子这是前日龙树庵僧西崖嘱题的匾额。这时天色将明,周顺昌带家人去家庙拜别了祖宗英灵,大笑着去公堂候审。

苏州有位义士名叫颜佩韦,正直豪爽,他与杨念如、马杰、沈扬、周文元4人结为义兄弟。听说魏忠贤派人来捉拿周顺昌,他们感于义愤,一起到西察院搭救周顺昌。到了西察院,只见人山人海,校尉用皮鞭来驱散百姓。过了一会儿,苏州府寇太守到,寇太守见百姓执香号泣,哀声震地,便答应等毛巡抚来了为周顺昌说情。一会儿,毛一鹭来了,众百姓一起喊道"求宪天爷爷做主",并出疏保留周乡宦。寇太守和陈知县也在旁求情,毛一鹭却说:"谁抗拒就一齐杀头。"但碍于群情汹汹,又在寇太守的劝说下,毛一鹭才同意请周顺昌进西察院议事,但一等周进去就把大门关上。过了会儿,有人听得里面正在开读圣旨给周顺昌上了刑具。大家又惊又怒一齐冲了进去。毛一鹭命手下人用刀乱砍,激怒的群众奋力还击,当场打死一个校尉。毛一鹭慌忙逃走。事发后,毛一鹭立即上疏请旨屠城,幸亏通政司徐如珂压下此奏,这样保全了苏州全城百姓。而颜佩韦五人则被当做为首分子斩首,苏州人将这五人的尸骨埋在了虎丘山前面山塘河大堤上,后人称之为"五人之墓"。

周顺昌被押送上京惨遭酷刑。一天,魏忠贤与亲信倪文焕和许显纯一起来审讯他。魏忠贤要他下跪,周顺昌指着魏破口大骂,并用枷具击打倪、许。魏忠贤气急败坏,让手下将他的门牙敲断,周顺昌昏厥过去,醒来后又将满口鲜血喷向倪、许两人。最后,他被押回天牢。不久,魏忠贤就派人将周顺昌秘密处死。

熹宗皇帝驾崩,崇祯皇帝即位。魏忠贤被发遣凤阳看守皇陵,结果在涿州旅店上吊自杀。东林党人重新被启用,魏忠贤的那帮爪牙纷纷被治罪。苏州百姓兴冲冲地奔向山塘街,放火烧了魏忠贤的生祠,又拿了魏忠贤的塑像去祭奠周顺昌和颜佩韦等五人。周顺昌儿子周茂兰上京以血疏上奏,毛一鹭等得到了应有的下场。周氏一家都得到了封荫,寇太守和陈知县还送来了"清忠风世"四字的匾额以示表彰。

苏州人写苏州,而且是实实在在的苏州,所以说,《清忠谱》是一部真正意义上的现实主义的作品。故事的背景为在苏州展开的市民运动,周顺昌、魏忠贤、毛一鹭以及颜佩韦等五人都是实实在在的历史人物,而且五人墓至今仍在苏州山塘街上。

全剧人物众多,斗争场面波澜壮阔,场景变换频繁,但结构严谨,戏剧矛盾集中,情节开展有条不紊,英雄人物的形象得到了充分的展现。从表达方式来看,《清忠谱》有重大的突破,它一改昆曲自始至终由旦角独唱的传统,在最后摧毁魏忠贤生祠、为五人建墓的情节中,增设了众人齐唱的壮阔场面。《清忠谱》被列为中国十大古典悲剧之一。十大古典悲剧包括元朝的《窦娥冤》《汉宫秋》《赵氏孤儿》《琵琶记》《精忠旗》《娇红记》《清忠谱》《长生殿》《桃花扇》《雷峰塔》。

葛成墓

山塘街上的五人墓边,还有一座葛成墓,葛成(1568—1630)是苏州丝织工人的领袖,带领苏州群众反抗苛捐杂税而入狱,出狱后主动提出为五人守墓,去世后葬在五人墓旁。(参阅拙作《苏州文脉》)李玉另写有剧本《万民安》反映此事,可惜剧本已经无法找到。

况公祠

朱㿾《双熊梦》与苏州

朱㿾(hé),字素臣,清初戏曲作家,苏州人,生卒年均不详,目前仅知道约公元1644年前后在世。朱素臣毕生致力于戏曲创作和研究,著有传奇19种,朱㿾与朱佐朝、李玉等友善。他曾和毕魏、叶时章共同编定李玉的名作《清忠谱》。朱㿾所写的最为著名的、与苏州关系最大的就是《双熊梦》(《十五贯》)。

双熊梦(故事梗概)

山阳县有熊氏兄弟两人,哥哥熊友兰外出做工,弟弟熊友蕙在家读书。邻居冯玉吾是商人,其子童养媳侯三姑聪明美丽。冯玉吾将一副金环和十五贯钱交给三姑保管。

某天夜里,老鼠将冯家的金环和十五贯钱叼到了熊家。友蕙一大早起床读书时,突然发现了老鼠叼来的金环和钱,友蕙正愁无米下锅,并未多想这些物品来自何处。不堪老鼠骚扰的他首先买来鼠药掺入面饼,并把毒饼放入鼠穴,然后,持着老鼠衔来的金环到冯家的店铺换取钱米,冯玉吾认出金环,武断地认定是三姑私下所赠。冯家儿子锦郎在门口发现了老鼠衔来的毒饼,误食后居然中毒身亡!冯家自然将友蕙和三姑联系起来,一并告到县衙,说他俩通奸而且谋杀亲夫。县令过于执听信冯家的一面之词,便认定侯三姑与友蕙有奸情,不由分说将两人屈打成招。

友蕙的哥哥友兰听说兄弟被捕入狱,心急如焚,带着客商陶公慷慨相赠的十五贯钱,赶回家去。

无锡屠户游葫芦借了十五贯,喝得醉醺醺后回家和继女苏戌娟开玩笑,戏称是卖她所得,苏戌娟不愿为奴,连夜出走投亲。

当地无赖娄阿鼠潜入游家,杀死游葫芦并盗走了十五贯钱。

苏戌娟路遇赶往家去的熊友兰,两人同行。众街坊发现游葫芦遇害报官,公差连忙追赶,抓住了苏戌娟和熊友兰。由于友兰身上正好带着十五贯钱,众人便认为人赃俱获。案子又由过于执审理,过于执又将两人屈打成招,判为死罪。

苏州太守况钟受命监斩两对年轻人,行刑前,两对年轻人鸣冤,况钟发现两桩案子疑点重重,决定暂缓行刑,连夜求见都察院御史周忱,为四人请命,要求复审。周忱遂以半月为限,令其查明案情。

于是况钟星夜赶往冯、熊两家仔细勘察。结果在熊家发现了鼠洞,掘开一看,竟然找出一只掺有鼠药的面饼和冯家丢失的十五贯钱。原来锦郎遇害的"凶手"是老鼠!

再说况钟扮成测字先生到无锡城隍庙测字,遇到形迹可疑的娄阿鼠,立即亮出招牌,叫娄阿鼠测字。而他所测之字正是"鼠"。况钟从"鼠"出发,步步紧逼,终于诱导娄阿鼠如实坦白自己的案情。到这时候,娄阿鼠可笑地将逃生的希望都寄托在况钟身上。于是,况钟请君入瓮,让他上了自己的船,娄阿鼠糊里糊涂地自投罗网。

于是两案昭雪。况钟收苏、侯二女为义女,又百般撮合她俩和熊氏兄弟的婚事,终于,友兰与戌娟,友蕙与三姑结为夫妇。

《十五贯》的故事最早出现在宋代话本《错斩崔宁》中，故事的背景是南宋时期，作者不详，最早收入《京本通俗小说》。后来，明末冯梦龙作了改编，改名为《十五贯戏言成巧祸》，选入了《醒世恒言》第三十三卷。到了清初，又被剧作家朱㾉改编为传奇《双熊梦》，并将故事的主角设置为明代苏州的"市长"况钟。况钟确实是个受民爱戴的清官（参阅拙作《苏州文脉》），将这个故事挪到他的身上，可见况"市长"在百姓中的口碑。对中国戏曲稍微有些了解的观众，都应该知道，在上个世纪50年代，中国戏剧界发生了一件大事，有一句话一直传到今天，叫"一出戏救活了一个剧种"，这出戏说的就是经过改编的《十五贯》，而这个剧种说的就是昆曲。

琥珀匙

叶时章《琥珀匙》与苏州

叶时章(生卒年不详),字稚斐,苏州人,清初戏曲作家。同李玉、朱素臣等为友。所作传奇今知有八种,现存《琥珀匙》《英雄概》两种。其中《琥珀匙》与苏州关系密切。明末清初,苏州一带广泛流传着一个王翠翘故事。王翠翘是明朝江南地区一位著名的传奇女子,她劝说了倭寇头领之一徐海投降,并接受了明朝招安。叶时章根据这个故事,写下了他著名昆曲剧本《琥珀匙》。

琥珀匙(故事梗概)

钱塘女子桃佛奴是一个既貌美又有才气的女子,她画得一手好画,尤其能弹得一手琥珀匙,名闻遐迩。她平日里颇能照顾孤寡老人,如给咸婆送画,给贾瞎子谱曲。

一日,桃佛奴在家中花园里弹起了琥珀匙,优雅的声音引起到杭州游玩的吴中秀才胥塓的注意,胥塓听得如醉如痴。一个不小心,桃佛奴的头发被树枝挂住了,留下了玉钗。胥塓发现之后,将一首小诗放在了玉钗原来的地方。佛奴回来寻玉钗,结果得到了一首小诗。两人因诗而钟情,并且私定了终身。

桃佛奴的父亲桃员外是一位彩缎商人,一日,一位长相奇特的金髯翁来到桃员外处,用800两纹银求购数匹缎锦。

当地贪官魏青,以这800两纹银是国库之财为由,将桃员外抓去,刑讯逼供,强迫他再拿1 200两纹银,共2 000两纹银,才能将他放出监狱。桃员外一家变卖家产之后,还差400两纹银。桃佛奴为救父,竟托其妹践胥塥之盟,而自卖为人妾求得钱财,以将父亲赎出。烟花行老手贝十戈到杭州采买绝色女孩,以给扬州束御史做妾的名义,将佛奴买走。佛奴被带到扬州之后,用忠贞的意志和娴熟的笔法画画,帮助烟花行营业,才得以保全贞洁。

桃员外夫妇想念女儿,多方打听之后,从杭州来到了扬州,想到束御史那里看望女儿。没想到的是,真正的御史大人并没有用钱买下自己的女儿。就在这种情况下,御史大人主动帮忙寻找佛奴。

再说吴中才子胥塥科举高中,即至杭州桃家下聘,未曾想到桃家发生了如此重大的变故。他立即起身寻找佛奴。在寻找佛奴途中,遇到了先前到桃员外处用800两纹银购缎锦的金髯翁。金髯翁是太湖中一个劫富济贫的大盗,而他盗取的这800两纹银,就属于钱塘县令搜刮来的用以买官的财产。他将这些银两放到桃员外家,就是为了暂避风头,未曾想到给桃家带来了灾祸。金髯翁听说了胥塥与桃佛奴的故事,慷慨允诺帮忙。

桃佛奴在扬州偶然遇到了自己过去帮助过的贾瞎子,她以自己的悲惨遭遇为底本,给贾瞎子专门制作了唱词。贾瞎子在街市上演唱,遇到了真的御史大人和侠盗金髯翁。正当金髯翁准备劫出桃佛奴时,束御史通过官方手段将桃佛奴救了出来。后来,由于御史夫人的嫉妒,事情又出现了波折,还是金髯翁出手,解决了问题。

于是,吴中才子胥塥与钱塘才女桃佛奴终成眷属。

琥珀匙是一种近似琵琶的弹奏乐器,俗称"浑不是""火不思",是这个剧本故事情节的线索。

《琥珀匙》全剧通过桃佛奴的遭遇,暴露和讽刺了封建官吏的贪残,歌颂了江湖大盗的侠义行为。叶时章原本有"庙堂中有衣冠禽兽,绿林内有救世菩提"等语,因而"为有司所恚,下狱几死"。《琥珀匙》曾被梆子、川剧改编为《苦节传》《芙奴传》。2012年,浙江昆剧团将《琥珀匙》进行改编演出,引起轰动。

后　　记

经过一年半的努力,这本书终于到了写"后记"的时候。当从出版社接受任务的时候,确实有点踌躇满志,认为难度不大。但实际操作却时时遇阻。

首先是选材。原准备精选古代苏州人的作品,但由于自身的孤陋寡闻,在浩如烟海的典籍中遨游了一阵,却发现难以集中反映吴文化;又考虑到选苏州人写苏州的作品,范围太小,一些优秀的作品难以入围。几经斟酌,决定在苏州内外文人写苏州的作品中选取。于是,就有了约60人160篇左右的作品选择,力求比较全面地反映古代文人对吴文化的展示。其中,也涉及一些我们认为比较优秀的但不被一般选本重视的作品。

对不同的版本,我们以自认为较好的为主,遇到一些问题则参照他本,一些微观层面的修改,正文中不特地注明。

其次是分类。经过了以题材分类与以作者分类的几度犹豫,最后确定以颇能为读者接受的文学作品四大体裁为分类标准。于是,此书基本定型。

在本书的编写过程中,苏州图书馆张晞,苏州五人墓负责人安达,苏州碑刻博物馆高杰,苏州大学文学院研究生谷雯雯、刘晓岚、夏漩漩、掌明星等,在收集材料、文字斟酌方面给了很大的帮助。另外,我的弟子严青、曹传赟、蒋淼、李烨、陆玲、孙梅婷、张丽峰、张秋红、朱涛等也从不同维度给了我们大量的支持,在此一并表示感谢。

书,永远是遗憾的艺术,希望大方之家批评指正。

王家伦

2021年12月30日于姑苏耕读轩